Miss la gaffe !
MEG CABOT

Miss la gaffe !

MEG CABOT

HACHETTE
Jeunesse

L'édition originale de ce roman
est parue sous le titre
Blabbermouth # 1 : Queen of Babble

© Hachette Livre 2007, pour la traduction Hachette Livre,
43 quai de Grenelle, 75015 Paris

À Benjamin

PREMIÈRE PARTIE

Sacrés vêtements ! Pourquoi en portons-nous ? Beaucoup croient que c'est par pudeur. Or, les premières pièces d'habillement apparurent non pour tenter de dissimuler les parties intimes des hommes mais tout bonnement pour leur tenir chaud. Certaines cultures estimaient qu'elles protégeaient de la magie ceux qui s'en couvraient, alors que d'autres les tenaient juste pour de simples attributs ornementaux ou signes distinctifs.

Ce travail de recherche se donne pour but d'explorer l'histoire des vêtements – ou de la mode – des tout premiers représentants de l'espèce humaine, qui s'affublaient de peaux de bêtes pour ne pas périr de froid, aux hommes et femmes modernes, dont certains n'hésitent pas à parer leur postérieur de fines bandes de tissu (voir : string) pour des raisons que nul n'a été capable à ce jour d'expliquer à l'auteur du présent ouvrage.

Histoire de la mode (mémoire de maîtrise),
Élizabeth Nichols.

1

L'indiscrétion parfois se révèle très utile
Quand échouent nos buts les plus fermes[1]...
William Shakespeare (1564-1616), poète et auteur drama-
tique anglais.

Ça me scie. Que je ne me rappelle pas à quoi il ressemble. Ça me scie. Comment est-ce que je peux avoir
oublié sa tête ? Parce que... il m'a quand même fourré
sa langue dans la bouche ! Comment ai-je réussi à zap-
per la bobine d'un mec qui m'a fourré sa langue dans la
bouche ? Ce n'est pas comme si les gars qui m'ont fourré
leur langue dans la bouche s'étaient bousculés au por-
tillon. Trois, seulement. Les deux premiers ne comptent
pas, en plus. Pour l'un, ça remonte au lycée, quant à

---

1. *Hamlet*, V, 2. (Toutes les notes sont du traducteur.)

l'autre, il s'est finalement révélé homo. Bon sang, ce que c'est déprimant ! Oh puis zut ! J'y songerai plus tard.

Notre dernière rencontre ne remonte pas à SI loin, qui plus est. À peine trois mois. On serait en droit de s'attendre à ce que je me souvienne de quoi a l'air un type avec lequel je suis sortie il y a trois mois. Même si nous avons passé ce dernier trimestre dans deux pays différents.

D'ailleurs, j'ai sa photo. Bon, d'accord, on ne distingue pas très bien son visage... En vérité, on ne la distingue pas du tout, sa fichue tronche, vu que c'est un cliché de... ses fesses. Nues. Omondieu ! Pourquoi m'a-t-il envoyé un truc pareil ? Je n'ai jamais demandé à voir son derrière à poil, moi ! C'est censé être érotique ? Parce que... c'est plutôt raté. Ou alors, c'est moi. Shari a raison, il faut que je me désinhibe. N'empêche, j'ai été drôlement étonnée de trouver une prise de vue panoramique du postérieur dénudé de mon petit ami dans ma boîte mail. Oh, je sais bien que lui et ses potes déliraient. Shari m'a également signalé les différences culturelles entre nous et les Britanniques, qui ont tendance à être bien moins choqués par la nudité que la plupart des Américains. D'après elle au demeurant, il serait de notre devoir, en tant que peuple civilisé, de nous efforcer d'être plus ouverts et moins bégueules. Comme eux. Mouais. Je soupçonne néanmoins que, à l'instar de la majorité des mecs, il estime que son cul est ce qu'il y a de mieux chez lui.

Tout de même. Oh, puis zut ! J'y songerai plus tard.

Je vais m'ôter de l'esprit le derrière de mon copain et tâcher plutôt de le trouver. Il doit bien être quelque part, il a promis de venir me chercher...

Omondieu ! Ne me dites pas que c'est lui ! Non, bien

sûr que non, pourquoi se serait-il attifé d'un blouson pareil ? Aucun être sensé n'accepterait de se fagoter comme ça. À moins de vouloir afficher une sorte de deuxième degré. Ou d'être Michael Jackson, naturellement, le seul homme au monde à oser s'accoutrer d'un blouson en cuir rouge à épaulettes. Et qui n'est pas danseur de break professionnel, s'entend.

Ça ne peut pas être lui. Ô Seigneur, s'il vous plaît, faites que ce ne soit pas lui... Flûte ! Il regarde par ici... nom d'un chien, il regarde par ici ! Baisse les yeux, ma fille, baisse les yeux. Ignore le gars en cuir rouge à épaulettes. Je suis sûr que c'est un charmant garçon, d'ailleurs. Dommage qu'il en soit réduit à acheter ses fringues dans les rebuts de l'Armée du Salut, rayon années 1980.

Je ne veux pas qu'il se doute que je le zyeutais. Il risquerait de croire qu'il me plaît, une bêtise de ce style. Ce n'est pas que j'aie quoi que ce soit contre les sans-abri, pas du tout. Je suis parfaitement consciente que nous sommes nombreux à n'être qu'à deux doigts de devenir SDF, ça ne tient qu'à un fil, un salaire qui saute, et hop, à la rue ! Pour certains, ça tient même à moins que ça. Pour quelques-uns même, nous sommes tellement fauchés que nous vivons encore chez nos parents.

Oh, puis zut ! J'y songerai plus tard. Le truc, c'est que je ne tiens pas à ce qu'Andrew me surprenne en train de discuter avec un sans-abri en blouson de cuir rouge de danseur de break. J'ai envie de faire meilleure impression que ça. Non que ce sera sa première impression, puisque nous sortons ensemble depuis trois mois et tout. Mais ce sera la première qu'il aura de la Nouvelle Moi, celle qu'il ne connaît pas encore.

Ouf ! Ça va. L'autre type a détourné la tête.

Omondieu, c'est affreux ! Je n'en reviens pas qu'ils accueillent les gens de cette façon, dans ce pays. Nous obliger à emprunter ce long couloir en verre au su et au vu de tout le monde... J'ai le sentiment de décevoir chacune de ces personnes en n'étant pas celle qu'elles sont venues accueillir. En plus, ce n'est pas très gentil de la part des Britanniques d'infliger ça à des malheureux qui ont six heures de voyage dans les pattes, huit pour ce qui me concerne, si vous comptez le vol entre Ann Harbour et New York. Dix si vous ajoutez les deux heures d'escale à JFK...

Un instant ! Blouson-rouge-moche ne vient-il pas de me mater ? Omondieu ! SI ! Blouson-rouge-moche m'a bien reluquée. C'est d'un embarrassant ! Je suis sûre que c'est la faute de mes sous-vêtements. Mais comment a-t-il deviné ? Que... hum... que je n'en ai pas. On ne décèle aucune marque de slip sous ma robe, mais ça pourrait signifier que je porte un string. D'ailleurs, j'aurais dû. Shari avait raison. Sauf que c'est tellement inconfortable, quand ça remonte le long de votre...

Je savais que je n'aurais pas dû mettre une robe aussi moulante pour ma descente d'avion, bien que je l'aie personnellement modifiée en la raccourcissant au-dessus du genou, afin de pouvoir marcher normalement. En plus, je me caille. Comment s'explique un tel froid au mois d'août ? Et puis, à cause de la soie si collante, il y a ces marques de culottes... ou plutôt cette absence de marques... et de culotte... N'empêche, dans la boutique, tout le monde m'a assuré que j'étais fantastique. Je n'aurais jamais imaginé qu'une tenue de mandarin, même vintage, me siérait, vu que je suis de type caucasien et tout.

Mais bon. J'avais envie d'être à mon avantage – il ne

m'a pas vue depuis si longtemps. Et puis, j'ai perdu quinze kilos, ce dont il ne se serait pas rendu compte si j'avais débarqué en survêtement. Comme ces célébrités de la page « Mais où avaient-elles la tête ? » de *US Weekly*[1]. Vous voyez le genre, jogging hideux et informe, bottes Ugg de l'an passé et cheveux en pétard ? Quand on est une vedette, il faut en avoir l'allure, même à sa descente d'avion. Ce n'est pas que j'en sois une. De vedette. Je voulais être belle, c'est tout. Je me suis donné un mal de chien, je n'ai pas mangé une miette de pain depuis trois mois, et...

Une minute ! Et s'il ne me reconnaît pas ? Sérieux. J'ai quinze kilos en moins, une nouvelle coupe de cheveux et tout... Omondieu ! Se pourrait-il qu'il soit ici et ne m'ait pas reconnue ? Que je l'aie déjà dépassé ? Faut-il que je retourne dans ce couloir pour le chercher de nouveau ? J'aurais vraiment l'air d'une idiote. Qu'est-ce que je fais ? Flûte ! C'est tellement injuste. Moi qui voulais seulement être belle pour lui, voilà que je suis paumée à l'étranger parce que mon petit ami ne m'a pas reconnue. Et s'il croit que je ne suis pas venue et qu'il rentre tout bonnement chez lui ? Je n'ai pas d'argent. Enfin, rien que mille deux cents dollars, mais ils sont priés de durer jusqu'à mon vol de retour, à la fin du mois...

Blouson-rouge-moche continue de regarder dans ma direction ! Qu'est-ce qu'il me veut ?

Omondieu ! Et s'il faisait partie d'un de ces réseaux de traite des Blanches ? S'il ne traînait par ici que pour sélectionner de jeunes touristes naïves en provenance d'Ann Arbor, dans le Michigan, afin de les enlever et de les expédier en Arabie saoudite où elles deviendront la

---

1. Tabloïd américain.

dix-septième épouse d'un cheikh ? J'ai lu un livre qui racontait une histoire comme ça, un jour... bon, d'accord, la fille paraissait sacrément s'amuser. Mais parce que, à la fin, le cheikh divorçait de toutes ses autres femmes pour ne garder qu'elle vu qu'elle était extra pure et en même temps super douée au pieu.

Ou alors, au lieu de les vendre, il pourrait se contenter d'emprisonner les filles. En attendant une rançon. Halte-là ! Je ne suis pas riche. Ma robe donne peut-être cette impression, mais je l'ai eue à *Vintage Volage* pour à peine douze dollars (ristourne de salariée comprise). Quant à mon père, il n'a pas un rond non plus. Il bosse dans un cyclotron, bon sang ! Ne me kidnappez pas ! Je vous en supplie, ne me kidnappez pas !

Tiens, qu'est-ce que c'est que ce comptoir ? « *Point Rencontre* » Super ! Un bureau d'accueil. La voilà, la solution. Je vais demander qu'on appelle Andrew au haut-parleur. Comme ça, s'il est là, il me récupérera ici. Et je ne risquerai plus rien de Blouson-rouge-moche, qui n'osera quand même pas m'enlever et m'envoyer en Arabie saoudite sous les yeux de l'employé...

— Bonjour, mignonne, vous avez l'air perdu. Je peux vous aider ?

Mais c'est qu'il est adorable, avec son accent craquant ! On en oublierait presque sa cravate immonde.

— Bonjour, je m'appelle Lizzie Nichols. Mon petit ami devait venir me chercher. Andrew Marshall. Malheureusement, il n'a pas l'air d'être là, et...

— Voulez-vous que je lance un appel ?

— Oh oui ! Ce serait adorable ! Parce qu'il y a un type qui me suit. Vous le voyez ? Je crois que c'est un SDF, ou un ravisseur, ou un trafiquant de filles...

— Lequel ?

Ça ne me plaît pas beaucoup de tendre le doigt, mais il me semble qu'il m'incombe de dénoncer Blouson-rouge-moche aux autorités ou, en tout cas, au type de l'accueil, parce qu'il est VRAIMENT très bizarre, avec cet oripeau, et parce qu'il CONTINUE à me mater de façon impolie ou, pour le moins suggestive, comme s'il n'avait pas renoncé à me kidnapper.

— Là-bas, dis-je donc en désignant du menton le sans-abri louche. Cet homme dans la veste affreuse avec des épaulettes. Vous le voyez ? Il nous regarde.

— En effet, acquiesce le type de l'accueil. Très menaçant. Patientez un instant, je vais appeler votre petit ami, et il flanquera à ce crétin la correction qu'il mérite. « M. ANDREW MARSHALL. M. ANDREW MARSHALL, S'IL VOUS PLAÎT, MLLE NICHOLS VOUS ATTEND À L'ACCUEIL. M. MARSHALL, MERCI DE RETROUVER MLLE NICHOLS À L'ACCUEIL. » Et voilà ! Vous m'avez trouvé comment ?

— Génial ! je réponds d'une voix encourageante, parce qu'il me fait un peu pitié. (Ce ne doit pas être marrant d'être assis toute la sainte journée derrière un comptoir à brailler dans un micro.) C'était vraiment...

— Liz ?

Andrew ! Enfin !

Seulement, quand je me retourne, qui je vois ?

Blouson-rouge-moche ! Omondieu ! C'était Andrew. Depuis le début. Je ne l'ai pas reconnu, obnubilée que j'étais par sa veste, la fringue la plus atroce qu'il m'ait été donné de voir. En plus, il s'est coupé les cheveux, et... hum... ce n'est pas très réussi. Plutôt effrayant, même.

— Oh ! Andrew ! Salut.

J'ai du mal à cacher mon embarras. Et ma consternation. Derrière la vitre de son bureau, le préposé à l'accueil éclate d'un rire tonitruant. C'est alors que je me rends compte, avec un pincement au cœur, que je viens de commettre une gaffe.

Une fois de plus.

Les premiers tissus furent élaborés à partir de fibres végétales tels l'écorce, le coton et le chanvre. Le recours aux fibres animales n'intervint qu'à compter du néolithique, au sein de civilisations qui, contrairement à leurs ancêtres nomades, s'étaient installées dans des lieux de vie durables, avec élevages de mouton et métiers à tisser intégrés.

Néanmoins, les Égyptiens ne se mirent à porter de la laine qu'après la conquête du pays par Alexandre – apparemment, ils trouvaient qu'elle grattait, ce qu'on ne saurait leur reprocher, vu la chaleur qui régnait chez eux.

Histoire de la mode (mémoire de maîtrise),
Élizabeth Nichols.

2

Les commérages ne sont ni scandaleux ni malfaisants, juste papotages sur l'espèce humaine par ceux qui l'apprécient.
Phyllis McGinley (1905-1978), poétesse et écrivaine américaine.

— Tu jettes aux orties tes principes féministes.

Voilà ce que me serine Shari depuis un bon moment déjà.

— La ferme !

— Je suis sérieuse ! Ça ne te ressemble pas. Depuis que tu as rencontré ce mec...

— Je l'aime, Shari. Quel mal y a-t-il à ce que j'aie envie d'être en compagnie de l'homme que j'aime ?

— Aucun. En revanche, mettre ta carrière en suspens en attendant qu'il ait terminé ses études...

— De quelle carrière parles-tu ?

Que nous ayons cette conversation – pour la énième fois d'ailleurs – m'ahurit. En plus, Shari s'est plantée devant les amuse-gueule, alors qu'elle est parfaitement au courant que je m'efforce de perdre cinq kilos supplémentaires. Heureusement, elle porte la jupe mexicaine noire et blanche des années 1950 que je lui ai choisie à la boutique, en dépit de ses protestations – comme quoi elle lui faisait un gros derrière. Ce n'est pas vrai. Enfin, si, mais dans le bon sens de la chose.

— Celle que tu aurais si tu déménageais à New York avec moi à ton retour d'Angleterre au lieu de...

Je l'interromps :

— Je t'ai avertie qu'il n'était pas question que nous nous disputions à ce sujet aujourd'hui. Je fête mon diplôme, Shar, tu ne pourrais pas me laisser en profiter ?

— Non, réplique-t-elle, parce que tu te comportes comme une gourde, et tu le sais.

Son copain, Chaz, s'approche de nous et trempe une chips saveur barbecue dans une sauce à l'oignon. Miam ! Des chips saveur barbecue... Si je ne m'en autorisais qu'une tout petite...

— Alors, comme ça, Lizzie est une gourde, maintenant ? s'enquiert-il, la bouche pleine.

Seulement, il est impossible de se contenter d'une seule chips saveur barbecue. On ne résiste pas à en prendre une seconde. Chaz est un grand dégingandé. Je parie qu'il n'a jamais eu à maigrir de cinq kilos, lui. Il est même obligé de mettre une ceinture pour que son Lévis ne tombe pas, le salaud. Un cuir. Il peut se le permettre. En revanche, la casquette de base-ball de l'université du Michigan est une horreur. Hélas, je n'ai jamais réussi à le convaincre que ces couvre-chef sont un accessoire nul. Sur tout le monde. Sauf sur les joueurs de base-ball, naturellement.

— Elle a l'intention de rester ici après son retour d'Angleterre, le rencarde Shari en plongeant à son tour une chips dans la sauce. Au lieu de nous accompagner à New York et de commencer à vivre pour de vrai.

Shari non plus n'a pas besoin de surveiller ce qu'elle avale. Elle a toujours eu un métabolisme génial. Quand nous étions enfants, ses déjeuners consistaient en trois sandwichs au beurre de cacahuète accompagnés d'un paquet de biscuits, et elle n'a jamais pris un gramme. Moi ? Un œuf dur, une unique orange et une cuisse de poulet. Et c'était moi la grosse. Super.

— J'ai une vie ici, je proteste. J'ai un logement...

— Chez tes parents !

— ... un travail que j'adore...

— Directrice adjointe d'un magasin de vêtements d'occasion. Ce n'est pas une carrière, ça !

— Je t'ai expliqué que je voulais économiser, je lui répète pour la millième fois au moins. Ensuite, Andrew et moi déménagerons à New York. Quand il aura terminé ses études. Dans six mois, bon sang ! Ce n'est rien.

— Qui c'est déjà, cet Andrew ? demande Chaz.

Sa chérie lui donne un coup de poing dans l'épaule.

— Ouille !

— Le gars de l'université de Londres, lui rappelle Shari, celui qui logeait avec nous dans le pavillon McCracken, à la cité U. Il était en licence. Lizzie n'a pas arrêté de nous bassiner avec lui pendant tout l'été.

— Ah oui ! L'Angliche qui organisait des tournois clandestins de poker au sixième étage.

J'éclate de rire.

— Tu confonds ! Andrew ne joue pas. Il étudie pour

devenir instituteur, afin de préserver les prochaines générations, nos ressources les plus précieuses.

— Tu parles bien du mec qui t'a envoyé une photo de son cul nu, là ?

— Shari ! je m'exclame, outrée. Tu as vendu la mèche ?

— Juste parce que je voulais l'avis d'un garçon, se défend-elle mollement. Histoire de voir s'il avait une idée du type d'individu susceptible de s'abaisser à ce genre de débilité.

Venant d'elle, une diplômée en psychologie, l'explication se tient. Je jette un coup d'œil interrogateur à Chaz. Il sait des tas de choses – combien de tours du stade de Palmer il faut se taper pour parcourir un kilomètre et demi, par exemple (j'ai eu besoin de ce renseignement à l'époque où je marchais tous les jours afin de maigrir ; réponse : quatre) ; ce que signifie le nombre 33 à l'intérieur de la bouteille des Rolling Stones ; pourquoi tant de mecs sont persuadés que les pantacourts sont flatteurs...

— N'ayant jamais photographié mon cul, je n'ai été d'aucun secours, admet-il en haussant les épaules.

— Il n'y est pour rien, je rétorque, c'est une blague de ses copains.

— Que je qualifierais d'érotisme gay flagrant, commente Chaz. Au fait, pourquoi l'appelles-tu Andrew alors que tout le monde lui donne du Andy ?

— Parce que c'est un surnom de sportif à la noix, ce qu'Andrew n'est pas. Il va être instit', nom d'un chien ! Un jour, il apprendra à lire aux enfants. Existe-t-il métier plus important ? Et il n'est pas homo. J'ai pris soin de vérifier, cette fois.

— Pardon ? s'exclame Chaz. Comment t'y es-tu prise ? Non, tais-toi ! Je ne veux pas le savoir.

— Laisse tomber, intervient Shari. Elle joue à croire qu'il est le *prince* Andrew. Bon, où j'en étais ?

— Lizzie est une gourde, la renseigne bien volontiers son petit ami. Un instant. Depuis combien de temps n'as-tu pas vu ce gus, Liz ? Trois mois ?

— Environ.

— La vache ! Ça va swinguer dans les cottages quand tu descendras d'avion après-demain !

Je prends la mouche, là :

— Andrew n'est pas une bête ! C'est un romantique. Il tiendra à ce que je m'acclimate et me remette du décalage horaire dans les draps en satin de son immense lit. Il m'y apportera le petit déjeuner, un petit déj' typiquement anglais avec... des machins angliches dedans.

— Comme des tomates à l'étouffée ? marmonne Chaz, l'air de rien.

— Bien essayé, idiot, sauf qu'Andrew est au courant. Il m'a demandé dans son dernier mail ce que je n'aimais pas, et j'ai mentionné les tomates.

— Ben j'espère qu'il ne t'apportera pas que le petit déj' au lit, insinue Shari. Sinon, ça ne vaudrait pas le coup de parcourir la moitié de la planète pour se jeter dans ses bras, hein ?

C'est tout elle, ça. Elle est complètement dénuée de romantisme. Je suis vraiment étonnée qu'elle et Chaz sortent ensemble depuis aussi longtemps. Deux ans, c'est un record, pour elle. Mais bon, comme elle aime à me le répéter, leur attirance réciproque est presque uniquement physique. Chaz a une maîtrise de philo, ce qui d'après Shari, le rend quasi impropre à la consommation. « Inutile d'espérer un avenir commun avec lui, me confie-t-elle souvent. Malgré sa fortune, il finira par se sentir totalement inutile. Il souffrira donc d'anxiété et n'assurera plus au pieu. Aujourd'hui, ça reste un joujou sexuel idéal. Je profite de sa quéquette tant qu'il arrive encore à s'en servir. » En somme, Shari a les pieds sur terre. Si je puis dire.

— Je ne pige toujours pas pourquoi tu vas jusqu'en Angleterre pour le retrouver, enchaîne Chaz. Parce que, enfin ! un type avec lequel tu n'as même pas couché, qui ne te connaît pas très bien puisqu'il ignore ton aversion absolue pour les tomates et qui pense que tu te réjouiras d'avoir une photo de son cul à poil...

— Voyons, Chaz, le morigène Shari, c'est à cause de son accent.

— Shari ! je proteste.

— Ah, oui, c'est vrai, il lui a aussi sauvé la vie, précise-t-elle en levant les yeux au ciel.

— Qui a sauvé la vie à qui ? la ramène mon beauf Angelo en approchant d'une démarche chaloupée.

Il vient de découvrir la sauce à l'oignon.

— Le nouveau petit copain de Lizzie, le renseigne Shari.

— Lizzie a un nouveau petit copain ? s'étonne-t-il.

Il est clair qu'il lutte lui aussi contre les calories superflues. Il évite les chips et leur préfère des bouts de céleri. Il suit peut-être un régime pour résorber son bedon, que, au passage, ne flatte guère sa chemise blanche en polyester. Pourquoi ne suit-il pas mes conseils et ne s'en tient-il aux textiles naturels ?

— Comment se fait-il que je ne sois pas au courant ? continue-t-il. RL doit être en panne.

— RL ? s'étonne Chaz en plissant le nez.

— Radio Lizzie, décrypte Shari. Tu débarques d'où ?

— Ah oui, c'est vrai !

Sur ce, il vide sa bière d'un trait.

— J'ai déjà tout raconté à Rose, dis-je en fusillant le trio du regard. (Un jour, je vais me payer ma sœur pour cette histoire de Radio Lizzie. C'était amusant quand nous étions gosses, mais j'ai vingt-deux ans, à présent !) Elle ne t'a donc rien dit, Ange ?

— Quoi donc ? répond cet idiot, l'air ahuri.

Je soupire longuement avant d'éclairer sa lanterne.

— Une élève de première année qui vivait au deuxième étage de la cité U a laissé brûler son pot-pourri sur sa plaque électrique, illégale d'ailleurs. La fumée a envahi le couloir, et ils ont dû nous évacuer.

J'adore raconter ma rencontre avec Andrew, parce qu'elle est super romantique. Plus tard, quand nous serons mariés et vivrons dans une vieille baraque victorienne d'où la tomate sera bannie, à Westport[1] dans le Connecticut, avec notre golden retriever Pataud et nos quatre enfants, Andrew Junior, Henry, Stella et Beatrice, que je serai une célèbre... peu importe ma profession, je serai célèbre... et qu'Andrew sera devenu directeur de l'école voisine, qu'il apprendra à lire aux petits tandis que je serai interviewée par *Vogue*, je relaterai cette histoire – vêtue en Chanel de la tête aux pieds, l'air branchée et en même temps carrément fabuleuse – sur un ton plaisant, tout en servant à la journaliste, dans ma véranda, une tasse d'excellent café torréfié – véranda qui sera entièrement meublée d'osier blanc et de chintz du meilleur goût.

— Bref, je reprends, j'étais sous la douche, si bien que

---

1. Autrement dit, la (grande) banlieue chic de New York, au bord du détroit de Long Island.

je n'ai pas senti l'odeur ni entendu l'alarme anti-incendie. Ce n'est que quand Andrew a déboulé dans la salle de bains des filles en hurlant « Au feu » que...

— C'est vrai que les filles de McCracken se lavent ensemble ? m'interrompt Angelo.

— Absolument, acquiesce Chaz avec flegme. C'est une règle. Parfois, elle se savonnent mutuellement le dos tout en jacassant sur leurs chahuts lesbiens de la nuit.

— Tu te fous de moi ? rétorque Angelo, les yeux exorbités.

— Ne l'écoute pas, lui conseille Shari en reprenant une chips. Il inventerait n'importe quoi.

— Ce genre de trucs arrivaient tout le temps, dans *La Maison close de Beverly Hills*[1], riposte mon beauf.

— Nous ne nous douchions pas ensemble, j'objecte. Enfin, Shari et moi, si, quelque-fois...

— Développe un peu, s'il te plaît, m'enjoint Chaz en ouvrant une nouvelle canette.

— Ignore-le, m'ordonne Shari, sinon il ne va plus s'arrêter.

— Quelle partie de ton corps lavais-tu quand Andy a surgi ? insiste Chaz. Y avait-il une autre fille avec toi à ce moment-là ? Quelle partie de SON corps lavait-elle ? À moins qu'elle t'ait aidée à laver des parties de TON corps ?

— J'étais seule. Naturellement, quand un garçon a fait irruption dans les douches des filles, j'ai hurlé.

— Naturellement, répète Chaz.

— Je me suis enveloppée d'une serviette, et ce type – avec la vapeur, la fumée et tout, je ne le distinguais pas

---

1. Soit *Beverly Hills Bordello*, série TV (1996) racontant la vie d'une maison de passe de bonne tenue dans ce quartier chiquissime de Los Angeles.

bien – m'annonce avec l'accent anglais le plus ravissant qui soit : « Mademoiselle, le bâtiment est en feu. J'ai bien peur que vous ne deviez sortir. »

— Un instant, intervient Angelo. Ce mec t'a surprise à poil ?

— Telle que Dame Nature l'a conçue, confirme Chaz.

— Les couloirs étaient tellement enfumés que je n'y voyais rien, alors il s'est emparé de ma main et m'a guidée dehors. Une fois en sécurité, nous avons discuté, moi dans ma serviette et tout, et c'est là que j'ai compris qu'il était l'amour de ma vie.

— Après une simple conversation, marmonne Chaz, sceptique.

Normal. Les philosophes doutent d'à peu près tout. C'est ce qu'on leur apprend, pendant leurs études. À douter.

— Ben, on s'est aussi pelotés toute la nuit, je précise. Au passage, c'est comme ça que je sais qu'il n'est pas homo. Je ne vous raconte pas son érection !

Chaz s'étrangle avec sa bière.

— Bref (j'essaie de nous ramener à nos moutons), on est sortis ensemble, malheureusement, il devait partir le lendemain pour l'Angleterre, puisque c'était la fin de l'année scolaire...

— Et maintenant qu'elle a eu sa maîtrise, enchaîne Shari, Lizzie s'envole pour Londres, histoire d'être avec lui jusqu'à la fin de l'été. Puis il reviendra ici, et elle pourrira tranquillement sur pied, comme...

Je m'empresse de l'interrompre.

— Shar ! Tu as promis !

Elle me gratifie d'une grimace.

— Écoute, Liz, décrète Chaz en s'octroyant une nouvelle bibine, j'ai bien compris que ce type était l'homme de ta vie, mais puisque vous aurez tout l'an prochain pour être ensemble, pourquoi ne nous accompagnes-tu pas en France ?

— N'insiste pas, lui dit Shari, j'ai essayé de la convaincre un milliard de fois au moins.

— As-tu précisé que nous logerions dans un château du XVIIe siècle entouré de ses propres vignobles, perché au sommet d'une colline surplombant une vallée verte et luxuriante que traverse une longue rivière paresseuse ?

— Elle n'a oublié aucun détail, je rétorque. Et c'est gentil de me le proposer, même si vous n'êtes pas exactement en mesure de lancer des invitations, puisque, si je ne me trompe, le palace en question appartient à l'un des amis que tu as rencontrés dans cet internat pour gosses de riches, et non à toi.

— Un détail sans importance, élude Chaz. Luke sera ravi de te recevoir.

— Ben tiens ! ronchonne Shari. Ça lui fera une esclave de plus pour ses activités de marieur dilettante.

— De quoi ? sursaute Angelo, paumé.

Je lui explique que Luke, l'ami d'enfance de Chaz, possède cette maison de famille en France, et que son père la loue parfois l'été, pour des noces. Et pour être complète, j'ajoute :

— Demain, Shari et Chaz partent là-bas. Ils resteront un mois, gîte et couvert gratuits en échange d'un coup de main lors des cérémonies.

— Comme à Las Vegas[1] ? s'étonne Ange.

— Oui, répond Shari. En plus sélect. Et de meilleur

---

1. Capitale du mariage rapide aux États-Unis, comme Reno est celle du divorce vite fait bien fait sur le gaz.

goût. Et sacrément plus cher que cent quatre-vingt-dix-neuf dollars. Sans compter que le buffet du petit déjeuner n'est pas gratuit et à volonté.

— Quel est l'intérêt, alors ? s'exclame mon beauf, choqué.

Quelqu'un tirant sur ma manche, je baisse les yeux. L'aînée de Rose et Angelo, Maggie, me tend un collier de nouilles.

— Tiens, tatie Lizzie, gazouille-t-elle. C'est moi que je l'ai fait. Pour fêter ton 'plôme.

— Oh, merci, Maggie !

Je m'agenouille pour qu'elle puisse passer le collier autour de ma tête.

— La peinture est pas sèche, signale-t-elle en montrant les bavures rouges et bleues qui ornent désormais ma robe de cocktail rose Suzy Perette[1] millésime 1954, qui n'était pas donnée malgré mon rabais.

— Ce n'est pas grave, chérie. (Elle n'a que quatre ans, la pauvre choute !) Il est magnifique.

— Te voilà, toi ! braille mamie Nichols à cet instant en titubant dans notre direction. Je t'ai cherchée partout, Anne-Marie. C'est l'heure de *Dr Quinn, femme médecin.*

Je me relève afin de la rattraper par son bras maigre comme une allumette avant qu'elle se casse la binette. Elle a déjà réussi à renverser quelque chose sur le corsage en crêpe de Chine vert de la tunique 1960 que je lui ai dénichée à la boutique. Heureusement, les taches de peinture du collier de nouilles que lui a également offert Maggie dissimulent un peu les dégâts.

---

1. Marque d'une entreprise de confection new-yorkaise (sise au 134 W. 37th) qui, entre 1949 et la fin des années 1960, a fabriqué des robes inspirées de la haute couture parisienne et notamment du new look élaboré par Dior. Extrêmement populaire, vu la modicité des prix. Les vintage d'aujourd'hui sont beaucoup plus chers.

— Je suis Lizzie, mamie, dis-je, pas Anne-Marie. Maman est là-bas, près de la table des desserts. Qu'est-ce que tu as bu ?

Je m'empare de la bouteille de Heineken qu'elle brandit et renifle son contenu. Conformément au complot ourdi par toute la famille, elle devrait avoir été remplie avec de la bière non alcoolisée puis soigneusement refermée – mamie Nichols ne tient pas la route quand elle picole, ce qui a souvent donné lieu à ce que ma mère appelle pudiquement des « incidents ». Afin d'éviter ces derniers durant la fête célébrant l'obtention de ma maîtrise, il a été décidé que nous veillerions à ce que ma grand-mère ne boive que de la bière sans alcool. Sans la mettre au courant évidemment, sinon, elle ferait tout un scandale et nous accuserait d'empêcher une vieille dame de s'amuser. Je n'arrive cependant pas à déterminer quel breuvage renferme sa bouteille. Nous avons entreposé les Heineken trafiquées dans une partie bien précise de la glacière, mais elle est capable d'avoir découvert où étaient les vraies. Pour ça, elle ne manque jamais d'imagination. Ou alors, il se pourrait qu'elle PENSE avoir bu de la bière et croie, par conséquent, être ivre.

— Qu'est-ce que tu fiches ici, Lizzie ? me demande-t-elle, inquisitrice. Tu n'es pas censée être à la fac ?

— J'ai eu mon diplôme en mai, mamie. (Enfin, si l'on peut dire, vu que j'ai dû m'appuyer deux mois de cours de rattrapage, histoire d'obtenir la moyenne en anglais !) Nous fêtons ma maîtrise, je te rappelle. Plus exactement, ma maîtrise et mon départ en voyage.

— Tu pars ? s'indigne l'ancêtre. Et tu as l'intention d'aller où, je te prie ?

— En Angleterre, mamie. Je rends visite à mon amoureux. Nous en avons déjà parlé, tu te souviens ?

— Ton amoureux, répète-t-elle en fusillant Chaz du regard. Ce n'est pas celui-là ?

— Non, mamie. Ça, c'est Chaz, celui de Shari. Tu n'as pas oublié Shari, hein ? Elle vivait à deux pas de chez nous.

— Oh ! s'exclame le débris en examinant Shari. La gosse des Dennis. Je me rappelle, maintenant. Il me semble que j'ai aperçu tes parents près du barbecue, ma fille. Toi et Lizzie allez nous régaler de cette chanson à laquelle nous avons toujours droit quand vous êtes ensemble ?

Shari et moi échangeons un coup d'œil horrifié, tandis qu'Angelo ulule de joie.

— Hourra ! Rosie m'a raconté ça. C'était quel titre, déjà ? Un truc comme ceux qu'on braillait aux concours de chant des écoles ou une merde de ce genre ?

— Surveille ton langage, je rétorque en l'avertissant du regard, vu que Maggie est avec nous.

À en juger par son expression, il est évident qu'il ne saisit pas. En soupirant, j'entraîne ma grand-mère vers la maison.

— Viens mamie, sinon tu vas rater ton feuilleton.

— Mais la chanson, insiste-t-elle.

— Plus tard, madame Nichols, promet Shari.

— Je ne vous laisserai pas vous en tirer comme ça, lance Chaz avec un clin d'œil.

Des lèvres, Shari lui répond qu'il peut toujours rêver. Il lui envoie un baiser par-dessus sa canette. Ce que c'est craquant ! J'ai hâte d'être à Londres pour qu'Andrew et moi fassions ensemble des choses aussi craquantes.

— Dépêche, mamie, ton feuilleton...

— Ah oui ! Je me moque bien de cette imbécile de Quinn, confie-t-elle à mon amie. C'est le bel étalon qui traîne dans ses jupes qui m'intéresse. Je ne m'en lasse pas.

— Dans ce cas, je déclare pendant que Shari recrache sa gorgée d'Amstel légère, il ne faudrait surtout pas que tu le loupes...

Hélas, nous avons parcouru à peine quelques pas dans le jardin que nous sommes interceptées par le professeur Rajghatta, le chef de mon père au cyclotron, et sa charmante et souriante épouse, Nishi, en sari rose.

— Toutes nos félicitations pour ta maîtrise ! s'exclame M. Rajghatta.

— Oui, renchérit sa femme. Et permets-moi d'ajouter que tu es ravissante, aussi mince.

— Hum, merci. Merci beaucoup.

— Que comptes-tu faire, maintenant que tu es diplômée en... en quoi, déjà ? s'interroge son mari.

Dommage qu'il porte un étui à stylo dans la poche de sa veste. Mais bon, je n'ai pas réussi à persuader mon père d'y renoncer, alors il est douteux que j'arrive un jour à quelque chose avec son supérieur.

— En histoire de la mode.

— Pardon ? tressaille-t-il. J'ignorais que l'université proposait cette matière.

— Ce n'est pas le cas. J'étais inscrite dans le programme des cursus individuels. Le système qui permet à chacun de choisir son propre sujet, vous en avez entendu parler, non ?

— N'empêche, l'histoire de la mode, répète-t-il, l'air inquiet. Il y a de l'avenir, dans ce domaine ?

— Plein !

Je tâche cependant d'oublier que, le week-end dernier seulement, un coup d'œil au supplément dominical du *New York Times* m'a amenée à découvrir que les offres d'emploi liées au secteur de la mode n'exigeaient pas franchement un bac + 4 (mis à par en marketing), mais stipulaient en revanche qu'il fallait avoir une bonne expérience (ce qui n'est pas mon cas).

— Je pourrais décrocher un emploi au département Costume du Metropolitan Museum of Art de New York. (Ouais, comme femme de ménage.) Ou devenir costumière à Broadway. (Ben tiens. À condition que les autres costumiers du monde entier décèdent subitement en même temps.) Ou même acheteuse pour un détaillant haut de gamme comme Saks sur la Cinquième Avenue[1].

Si seulement j'avais obéi à mon père, qui m'a suppliée de m'inscrire aussi à des UV de commerce !

— Comment ça, acheteuse ? s'offusque mamie, scandalisée. Tu sera styliste, un point c'est tout ! Cette petite déchire ses habits pour les recoudre de manière étonnante depuis qu'elle est en âge de tenir une aiguille, précise-t-elle à l'intention de M. et Mme Rajghatta.

Ce dernier me fixe comme si la vioque venait de lui annoncer que mon passe-temps favori était de danser nue sur les tables.

— Hum, ce n'était qu'un hobby, j'ajoute, une peu nerveuse, pour le rassurer.

Bien sûr, j'évite de mentionner que je réinventais mes vêtements pour la seule et bonne raison que j'étais si dodue que je n'entrais pas dans les fringues marrantes et sympas réservées aux enfants et que j'étais bien obligée de transformer ce que ma mère m'achetait au rayon femmes en quelque chose d'un peu plus jeune. Voilà pourquoi j'adore les frusques d'autrefois. Elles sont de

---

1. Saks est l'un des grands magasins extrêmement chics de New York (comme Bergdorf, Barney's ou Bloomingdale's), et la Cinquième Avenue une des adresses les plus huppées de Manhattan.

bien meilleure qualité que celles d'aujourd'hui et, quelle que soit votre taille, elles flattent toujours votre silhouette.

— Hobby, mon cul ! riposte mamie. Vous voyez cette chemise ? ajoute-t-elle en montrant son corsage souillé. Elle l'a teint elle-même ! Il était orange, et regardez-moi comme c'est chouette, à présent ! En plus, elle a raccourci les manches pour que ce truc soit plus sexy, exactement comme je l'en avais priée.

— Très joli, acquiesce la gentille Mme Rajghatta. Je suis sûre que Lizzie ira très loin, avec un talent pareil.

— Oh, je murmure en me sentant rougir. Je ne compte pas... en vivre. C'est seulement pour m'amuser.

— Tant mieux, décrète le chef de mon père. Parce que quatre années dans une bonne université pour devenir couturière, quel gâchis !

— En effet, je conviens tout en m'abstenant de signaler que je compte garder mon boulot de directrice adjointe du magasin l'année prochaine, en attendant que mon petit copain termine ses propres études.

— On s'en fout, commente ma grand-mère en m'assenant un coup de coude dans les côtes. De toute façon, ça ne t'a pas coûté un rond. Alors, ce que tu as appris ou non, là-bas...

Les Rajghatta et moi-même échangeons un sourire embarrassé.

— Tes parents sont sûrement très fiers de toi, reprend Nishi avec tact. Il faut une belle dose de confiance pour étudier une matière aussi... mystérieuse, alors que tant de jeunes diplômés n'arrivent même pas à trouver un travail, de nos jours. C'est fort courageux de ta part.

Je ravale la bile qui semble toujours me remonter à la

gorge lorsque je pense à mon futur. J'y songerai plus tard. Je préfère penser au bonheur d'être avec Andrew.

— Oh, pour ça, je suis courageuse, je réponds d'une voix faible.

— Un peu mon neveu ! renchérit mamie. Elle part après-demain en Angleterre s'envoyer en l'air avec un julot qu'elle connaît à peine.

— Bon, nous devons rentrer, maintenant, dis-je en entraînant ma grand-mère. Merci d'être venus, monsieur et madame Rajghatta !

— Attends ! Ceci est pour toi, Lizzie, s'écrie celle-ci en glissant un petit paquet enrubanné dans ma main.

— Oh, merci ! Il ne fallait pas !

— Ce n'est rien, juste une lampe de poche. Comme tes parents avaient parlé de ce voyage en Europe, je me suis dit... des fois que tu aies envie de lire, dans le train ou ailleurs...

— C'est vraiment très gentil. Encore merci. Je suis sûre que ça me sera très utile. Au revoir !

— Une torche électrique, grommelle mamie, tandis que je me dépêche de l'éloigner du couple si distingué. Qui se sert d'une ânerie pareille ?

— Des tas de gens, je rétorque. Ce sont des objets très pratiques.

Grand-mère lâche un (très) gros mot. Vivement que je la colle devant *Dr Quinn*, j'aurai la paix. Malheureusement, en chemin, nous sommes confrontés à plusieurs obstacles, dont mon aînée.

— Sœurette ! s'exclame Rose en se détournant du bébé qu'elle a installé sur une chaise haute, à côté de la table de pique-nique, et qu'elle est en train de nourrir d'une purée de petit pois. Dire que tu viens de terminer la fac ! Ça me flanque un de ces coups de vieux !

— Ça tombe bien, tu ES vieille, lui balance mamie dans les gencives.

Rose l'ignore, sa politique dès que l'ancêtre est dans les parages.

— Angelo et moi sommes super fiers de toi, continue-t-elle, les yeux humides.

Dommage qu'elle ne m'ait pas écoutée quant à la longueur de son jean. Les pantacourts sont élégants si vous avez les jambes de Cindy Crawford. Ce qui n'est le cas d'aucune des filles Nichols.

— Pas seulement pour ta maîtrise, enchaîne-t-elle, pour ton régime aussi. Tu es splendide. Et... voilà, on t'a acheté une bricole. (Elle me tend un cadeau.) Ce n'est pas grand-chose... tu sais, entre Angelo qui est au chômage, le bébé à la crèche et tout... mais j'ai pensé que tu aurais l'usage d'une lampe de poche. Après tout, tu adores lire.

— Wouah ! Merci beaucoup, Rose. C'est une vachement bonne idée.

Ma grand-mère ouvrant la bouche pour sortir une horreur, je lui serre les doigts.

— Ouille ! piaille-t-elle. Ne te gêne pas ! Tant que tu y es, poignarde-moi, la prochaine fois !

— Bon, j'emmène mamie à l'intérieur, dis-je. C'est l'heure de *Dr Quinn*.

— Omondieu ! marmonne Rose en regardant l'aïeule. J'espère qu'elle n'a pas fait état de ses fantasmes pervers sur Byron Sully devant tout le monde !

— Au moins, il a un boulot, lui, rétorque la vieille. On ne peut pas en dire autant du toquard de mari que tu...

— Allons-y, je déclare en la poussant vers la baie vitrée. Sully s'impatiente, mamie.

— Tu devrais avoir honte de parler ainsi de ton petit-fils par alliance ! glapit Rose dans notre dos. Attends un peu que je raconte ça à papa.

— Ne te gêne surtout pas ! lui renvoie notre grand-mère. Quelle garce, ta sœur ! se plaint-elle ensuite, je me demande comment tu as réussi à la supporter pendant toutes ces années.

Avant que j'aie eu le temps de répondre que, en effet, ça n'a pas été facile, mon autre frangine, Sarah, me hèle. Me retournant, je la vois vaciller dans notre direction, une sauteuse à la main. Je constate avec tristesse qu'elle porte un pantalon collant beaucoup trop petit pour elle. Mes sœurs n'apprendront-elles donc jamais ? Certaines parties de l'anatomie se DOIVENT de rester secrètes. Mais bon, vu que c'est grâce à ce look que Sarah a mis le grappin sur son mari, Chuck, j'imagine qu'elle s'y tient.

— Salut, marmotte-t-elle. (Son élocution difficile ne laisse guère de doute sur ce qu'elle a ingurgité ; quelle famille décidément !) Je t'ai préparé ton plat préféré, en l'honneur de ce grand jour.

Retirant le film plastique de la casserole, elle passe celle-ci sous mon nez. La nausée me submerge aussitôt.

— Une ratatouille de tomates ! jubile-t-elle. Tu te souviens de la fois où tatie Karen nous en a servi, que maman t'a ordonné d'être bien élevée et de la manger, et que tu as dégobillé près de la terrasse ?

— Oui, je murmure avec l'impression que je suis sur le point de réitérer l'exploit.

— Qu'est-ce qu'on s'était marrées ! Alors, je t'en ai fait une, histoire de nous rappeler le bon vieux temps. Hé, qu'est-ce que tu as ? Ne me dis pas que tu détestes *encore* les tomates. Je pensais que tu avais grandi, depuis.

— Et pourquoi donc ? intervient mamie. Moi aussi, je hais ça. Alors remballe ton truc et fourre-toi-le...

— OK, mamie, je m'empresse de dire, allons vite voir *Dr Quinn*.

Et je l'entraîne avant que les horions se mettent à pleuvoir. Dans la salle à manger, nous tombons sur mes parents.

— La voilà ! s'exclame mon père en m'apercevant. La première des filles Nichols à avoir terminé ses études supérieures.

J'espère que Rose et Sarah ne l'entendent pas. Même si, techniquement parlant, c'est la vérité.

— Salut, papa ! Salut, maman. Super, la fê..

Soudain, je remarque la personne qui se tient avec eux.

— Docteur Sprague[1] ! Vous êtes venue !

— Naturellement, répond ma conseillère d'éducation[2] en me donnant une accolade chaleureuse. Je n'aurais manqué ça pour rien au monde. Non mais regarde-toi ! Tu as tellement minci. Ce régime basses calories a vraiment marché.

— Euh... merci.

— Tiens, je t'ai apporté un petit cadeau de départ... désolée, je n'ai pas eu le temps de l'envelopper.

— Oh ! dit mon père. Une lampe de lecture. C'est génial, Lizzie. Je parie que tu en auras l'usage.

— Absolument, renchérit ma mère. Dans un de ces

---

1. Aux États-Unis, il est d'usage de nommer les personnes ayant soutenu leur thèse par leur titre honorifique de Docteur.

2. Soit *College adviser* en anglais : tout élève arrivant à l'université s'en voit attribuer un. Il s'agit d'un prof de la fac, qui tient bureau ouvert toutes les semaines et reçoit également sur RV. Son rôle est d'aider l'étudiant à choisir son cursus et les options allant avec, de lui donner un coup de main en cas de problème, de parler de son avenir. D'une manière générale les étudiants américains sont très encadrés, et les relations entre profs et élèves bien plus familières que celles existant en France.

trains que tu prendras pour parcourir l'Europe. Une torche électrique est toujours pratique.

— Merde alors ! maugrée ma grand-mère. Elles étaient en solde, ou quoi ?

— Merci infiniment, docteur Sprague, dis-je en vitesse. Excellente idée. Mais vous n'auriez pas dû.

— Je sais, répond-elle aussi sec.

Comme toujours, elle dégage un professionnalisme décontracté, avec son tailleur de lin rouge (bien que je ne sois pas certaine que cette couleur lui aille très bien au teint).

— J'aimerais avoir une petite discussion avec toi en privé, Élizabeth, ajoute-t-elle.

— Bien sûr. Maman, papa, excusez-nous un instant. L'un de vous peut-il aider mamie à s'installer devant la télé ? Son feuilleton a commencé.

— Omondieu ! gémit ma mère. Pas...

— Tu pourrais apprendre beaucoup du Dr Quinn, Anne-Marie, l'interrompt la vioque. Elle sait fabriquer du savon à partir d'intestins de mouton. Et elle a eu des jumeaux à cinquante ans. Cinquante ans ! J'aimerais t'y voir, moi !

Sa voix s'estompe au fur et à mesure que ma mère l'éloigne.

— Quelque chose ne va pas ? demandé-je à ma CE en la conduisant dans le salon. La pièce n'a guère changé durant les quatre années que j'ai passées à la cité U, laquelle est située quasiment au coin de notre rue. Les deux fauteuils où mes parents lisent chaque soir, lui des livres d'espionnage, elle des romans d'amour, sont toujours recouverts d'un tissu destiné à les protéger des poils de notre chienne, Molly. Les photos de notre enfance – moi de plus en plus rondouillarde au fil des ans, Rose et Sarah de plus en plus minces et belles – s'alignent sur la moindre surface de mur disponible. L'endroit est douillet, usé et modeste, et je ne l'échangerais contre aucun autre au monde.

À l'exception du salon de Pamela Anderson dans sa maison de Malibu, que j'ai découvert la semaine dernière dans *Cribs*[1] sur MTV. Il est étonnamment joli. Vu le personnage...

— Tu n'as pas eu mes messages ? s'enquiert Mme Sprague. J'ai essayé de te contacter sur ton portable toute la matinée.

— Euh... j'ai été très occupée. J'ai aidé ma mère pour la fête. Pourquoi ? Que se passe-t-il ?

— Ce que j'ai à te dire n'est pas très facile, soupire-t-elle. Autant y aller franchement. Lorsque tu t'es inscrite en cursus individuel, tu savais qu'une maîtrise exigeait la remise d'un mémoire, n'est-ce pas ?

— Un quoi ?

Jugeant d'après mon expression ébahie que je n'ai aucune idée de ce dont elle parle, Mme Sprague se laisse tomber dans le fauteuil de mon père en grognant.

— Une dissertation rédigée en bonne et due forme. Bon sang, je m'en doutais ! Tu n'as donc lu aucun des papiers que t'a remis le département, Lizzie ?

— Bien sûr que si ! Enfin, je les ai parcourus. Ils étaient d'un ennuyeux !

— Et tu n'as pas été surprise que le tube censé contenir ton diplôme soit vide, à la cérémonie d'hier ?

— Ben, si. Mais j'ai pensé que c'était parce que l'examen d'anglais que je devais repasser n'avait pas encore

---

1. Émission de télévision dans laquelle les stars ouvrent les portes de leur maison aux téléspectateurs.

été validé. Je vous signale d'ailleurs que j'ai suivi des cours de rattrapage.

— Certes. Sauf que tu devais également écrire un mémoire. Soit, en gros, un condensé de ce que tu as appris depuis quatre ans, Liz. Tu ne seras officiellement diplômée que lorsque tu l'auras remis.

— Mais... (ma bouche est comme paralysée, soudain)... je pars après-demain en Angleterre.

— Dans ce cas, tu devras t'y mettre à ton retour.

Cette fois, c'est moi qui m'affale dans un fauteuil.

— Ça me tue, dis-je d'une voix mourante tandis que mes trois lampes de poche glissent sur mes genoux. Mes parents ont organisé cette énorme fête, il y a au moins soixante invités, des profs de mon lycée se sont déplacés, et vous m'annoncez que je n'ai pas ma maîtrise ?

— Pas tant que tu n'auras pas pondu ce travail. Je suis désolée, Lizzie, mais un minimum de cinquante pages est exigé.

— Cinquante !

Elle m'aurait dit mille cinq cents que ç'aurait été du pareil au même. Comment vais-je pouvoir profiter de petits déjeuners anglais dans le lit colossal d'Andrew si cette épée de Damoclès me pend au-dessus de la tête ? Soudain, une autre idée me traverse l'esprit. Je ne suis plus la seule des filles Nichols à avoir terminé ses études.

— Omondieu ! Je vous en supplie, ne dites rien à mes parents, docteur Sprague ! S'il vous plaît.

— Ne t'inquiète pas, je serai muette comme une tombe. Et crois bien que je suis navrée. Je n'arrive pas à comprendre comment ce malentendu a pu se produire.

— Moi si, j'avoue d'une voix misérable. J'aurais dû aller dans une petite fac privée où l'on vous surveille de près. Dans une grande université d'État, il est si facile de perdre le fil. J'en suis la preuve vivante.

— Sauf que ça t'aurait coûté des milliers de dollars, et que tu aurais le souci de les rembourser, maintenant. En ayant fréquenté l'université d'État où travaille ton père, tu as eu droit à un enseignement supérieur gratuit, ce qui te permet, au lieu de devoir trouver un boulot tout de suite, de t'envoler pour l'Angleterre afin de passer du temps avec... comment s'appelle-t-il, déjà ?

— Andrew, je réponds d'un ton découragé.

— C'est ça ! Bon, déclare-t-elle en mettant son sac à main coûteux sur son épaule, il vaut mieux que je me sauve. Je suis juste passée t'annoncer la nouvelle. Si ça peut te consoler, Lizzie, je suis sûre que tu vas nous rédiger un travail passionnant.

— Mais je ne sais même pas quoi raconter !

— Une courte histoire de la mode suffira. Afin de démontrer que tu as appris quelque chose pendant tes études. Et puis, ajoute-t-elle avec enthousiasme, tu pourrais faire des recherches pendant ton séjour à l'étranger !

— Ah bon ? (Je me sens déjà mieux.)

Une histoire de la mode ? Pourquoi pas ? J'ADORE la mode. Mme Sprague a raison, l'Angleterre sera un endroit idéal pour m'y coller. Ils ont toutes sortes de musées, là-bas. Je visiterai la maison de Jane Austen ! Si ça se trouve, ils ont des vêtements lui ayant appartenu. Comme ceux que les acteurs portaient dans *Orgueil et préjugés*. J'ai littéralement SUCCOMBÉ à ces fringues ! Avec un peu de chance, ce sera même rigolo. J'ignore complètement si Andrew voudra aller à la maison de Jane Austen. Sûrement. Il est britannique, Jane Austen aussi, il s'intéresse forcément à l'histoire de son pays. Oui, tout cela va être génial.

— Merci de vous être déplacée en personne, docteur Sprague, dis-je en me levant pour la raccompagner. Et merci aussi pour la lampe.

— Je t'en prie. Je ne devrais pas te le dire, mais tu vas nous manquer, à la fac. Tu y apportais toujours tellement de vie quand tu débarquais dans l'une de tes tenues si... (son regard balaie mon collier de nouilles et ma robe tachée de peinture)... inhabituelles.

Je lui souris, un peu gênée.

— Merci. Et si vous avez un jour envie que je vous trouve une tenue... inhabituelle, n'hésitez pas. Passez me voir à *Vintage Volage*, et je...

À cet instant, ma sœur Sarah déboule dans le salon, ayant apparemment tout oublié de la vexation que je lui ai infligée avec sa ratatouille de tomates, car elle rit comme une hystérique. Elle est suivie de son mari, Chuck, de mon autre frangine, Rose, flanquée d'Angelo, de Maggie, de nos parents, des Rajghatta, de Shari et Chaz et de toute une bande d'invités.

— La voilà ! hurle-t-elle, plus ivre que jamais.

M'attrapant par le bras, elle m'entraîne sur le palier, l'endroit qui, lorsque nous étions enfants, servait de scène aux petites pièces que nous donnions devant nos parents. Ou, plus exactement, que JE donnais devant nos parents et mes sœurs, vu qu'elles m'y obligeaient, les garces.

— Allez, la diplômée ! lance-t-elle en bafouillant. Nous voulons tous vous entendre chanter votre chanson, toi et Shari.

Sauf que ça ressemble plutôt à : « Nous v'lons touch' vous jentendre chanter vot' chanson, toi zet Shari. » Je remarque d'ailleurs que cette dernière est prisonnière de la poigne de fer de Rose.

47

— Non ! je rétorque aussitôt.

— Allez ! s'écrie Rose. No' p'tite cheur et cha p'tite camarade chantent !

Sur ce, elle propulse Shari vers moi, et nous manquons de nous affaler par terre.

— Je n'ai jamais vu pareille jalousie sororale, chuchote mon amie à mon oreille. Incroyable ce qu'elles t'en veulent parce que, contrairement à elles, tu n'as pas été forcée de laisser tomber tes études et de rester à la maison avec le polichinelle qu'un pauvre débile t'avait fourré dans le tiroir dès ta première année de fac.

— Shari !

Je suis choquée par sa façon de résumer la vie de mes sœurs. Bien que, techniquement parlant, ce ne soit pas faux.

Je tente de plaider mon cas auprès de ma sœur :

— Écoute Rose, pas maintenant. Je ne suis pas d'humeur. Plus tard, peut-être.

— Toutes les diplômées doivent chanter, insiste-t-elle en me toisant, d'un air menaçant cette fois.

— Dans ce cas, je ne suis pas concernée.

Trente visages ébahis me reluquent. Je comprends que je viens de commettre une gaffe et je m'empresse de rectifier :

— Je rigole.

L'assemblée éclate de rire, sauf ma grand-mère, qui débarque de la salle télé juste à ce moment.

— Sully n'est même pas dans cet épisode, râle-t-elle. Zut de zut ! Quelqu'un va-t-il se décider à donner à boire à une pauvre vieille ?

Là-dessus, elle s'écroule sur le tapis où elle s'endort en ronflant gentiment.

— Je l'adore, me confie Shari tandis que les invités se

ruent vers mamie, nous oubliant complètement au passage.

— Moi aussi. Tu n'imagines pas à quel point.

Les Égyptiens, qui inventèrent le papier toilette et la toute première méthode contraceptive jamais connue (zeste de citron en guise de stérilet et crottes de crocodile comme spermicide, moyen efficace sinon agréable aux narines), étaient très portés sur l'hygiène et préféraient le lin à tout autre tissu, car il se lavait facilement – un choix guère surprenant si l'on songe à l'usage tellement particulier des crottes de crocodile.

Histoire de la mode (mémoire de maîtrise),
Élizabeth Nichols.

3

Quiconque suit l'instinct naturel en partageant un ragot fait l'expérience du soulagement explosif accompagnant la satisfaction d'un besoin primal.
Primo Levi (1919-1987), chimiste et écrivain italien.

— Je savais bien que c'était toi ! jubile Andrew avec cet accent délicieux qui donnait des frissons à toutes les nanas de McCracken. Qu'est-ce qui t'a prise ? T'es passée devant moi sans t'arrêter !

— Elle a cru que vous étiez un kidnappeur, l'informe le gars de l'accueil entre deux hoquets de rire.

— Hein ? s'écrie mon amoureux en nous contemplant successivement, moi et l'autre nul. Qu'est-ce qu'il raconte, Liz ?

— Rien, dis-je en le prenant par le bras pour l'éloigner en vitesse du comptoir. Rien du tout. Omondieu ! Je suis super contente de te voir.

— Moi aussi, répond-il en m'enlaçant et en me serrant contre lui (si fort que ses épaulettes m'écorchent la joue). Putain, t'es canon. T'as perdu du poids ou quoi ?

— Un peu, j'avoue avec modestie.

Inutile qu'il sache qu'aucun féculent – pas la moindre fichue petite frite ou miette de pain – n'a touché mes lèvres depuis que nous nous sommes quittés, en mai. Je remarque soudain un chauve d'âge moyen qui s'est approché et me sourit poliment. Il est habillé d'un coupe-vent bleu marine et d'un pantalon de velours marron. En août ! Voilà qui n'est pas bon signe, si vous voulez mon avis.

— Ah oui ! se ressaisit Andrew. Liz, voici mon père. Papa, je te présente Liz !

Si c'est pas mignon, ça ! Il a amené son père à l'aéroport pour que je le rencontre ! Il doit VRAIMENT prendre notre relation au sérieux. Soyons magnanime – je lui pardonne le blouson moche. Presque.

— Comment allez-vous, monsieur Marshall ? je m'enquiers en tendant la main. Ravie de faire votre connaissance.

— Moi aussi, répond-il avec un gentil sourire. Mais appelez-moi Arthur. Et ne vous occupez pas de moi, je ne suis que le chauffeur.

Andrew s'esclaffe. Je suis le mouvement. Sauf que... il n'a donc pas de voiture à lui ?

Mais oui bien sûr ! Shari m'a expliqué que les choses sont différentes, en Europe. Plein de gens ne possèdent pas d'auto parce qu'elles sont extrêmement chères. Et le pauvre Andrew qui essaye de joindre les deux bouts avec son seul salaire d'enseignant ! Il faut que j'arrête de porter des jugements aussi tranchés sur les autres cultures. Que mon petit ami ne soit pas motorisé est chou. Quelle remarquable conscience écologique ! D'ailleurs, il vit à Londres. Des tas de Londoniens n'ont pas de véhicule, j'en suis sûre. Ils prennent les transports en commun ou ils marchent, comme les New-Yorkais. Ce qui explique pourquoi il y a si peu d'obèses à New York. Parce que les habitants y sont de sains adeptes de l'exercice physique. Il ne doit pas y avoir beaucoup de gros à Londres non plus, maintenant que j'y songe. Il suffit de regarder Andrew, au demeurant. Il est maigre comme un clou. Et il a de merveilleux biceps de la taille d'un pamplemousse... Quoique... maintenant que je les regarde de plus près, ils évoquent plutôt des oranges. Mais bon, comment savoir, avec ce blouson moche ?

Quoi qu'il en soit, cette proximité avec son père est charmante. Au point de l'inviter à l'accompagner accueillir sa copine à Heathrow. Mon paternel est toujours trop occupé par son boulot pour consacrer du temps à des choses pareilles. Il faut admettre que son emploi au cyclotron est d'une extrême importance, vu qu'ils n'arrêtent pas de fissurer des atomes et autres trucs dangereux du même acabit. M. Marshall est instituteur, lui. Le rêve d'Andrew. Les enseignants ont deux mois de vacances, l'été. M. Rajghatta tomberait à la renverse si mon père exigeait deux mois de vacances.

Andrew s'empare de ma valise à roulettes, plutôt légère. Mon bagage à main est bien plus lourd, vu qu'il est bourré de ma panoplie complète de maquillage et de produits de beauté. Ça m'aurait été égal que la compagnie aérienne égare mes affaires, mais je serais morte s'ils avaient perdu mes crèmes et secrets de jeunesse. Sans eux, j'ai l'air d'un monstre. Mes yeux sont si petits et de traviole une fois débarrassés d'eyeliner et de mascara que je ressemble à un cochon... en dépit des assertions contraires de Shari avec qui j'ai partagé ma chambre de cité U ces quatre dernières années. Elle prétend que je pourrais me passer de maquillage, qu'il suffirait que je le veuille. Mais pourquoi diable renoncerais-je à une invention aussi ingénieuse et pratique, notamment pour celles d'entre nous qui sont affligées d'yeux porcins ?

Malheureusement, le maquillage, ça pèse des tonnes. Du moins quand on est obligé d'en avoir autant que moi. Sans parler de tout ce qui concerne la coiffure – produits et équipement. Les cheveux longs, ce n'est pas de la tarte. On est obligé de trimballer au minimum dix kilos de bazar pour les shampouiner, les après-shampouiner, les démêler, les défriser, les sécher, les gonfler et les rendre brillants. Et je passe sur les multiples adaptateurs que j'ai dû emporter pour mon sèche-cheveux et mon fer à défriser, dans la mesure où Andrew s'est révélé complètement inutile quand il s'est agi de me décrire à quoi ressemblaient les prises électriques au Royaume-Uni. (« Ben, à des prises, tiens ! » a-t-il répondu au téléphone. Si c'est pas typique des mecs, ça !). Bref, j'ai dû apporter tous les adaptateurs que j'ai dégotés à la droguerie locale.

En même temps, c'est sans doute aussi bien qu'Andrew se soit chargé de ma valise à roulettes et pas de mon bagage à main, parce que s'il me demande ce qu'il y a dedans pour qu'il soit si pesant, je serai forcée de lui avouer la vérité. J'ai en effet décidé que notre relation ne devait reposer sur aucun artifice, pas comme avec ce mec, T. J., que j'ai rencontré à une soirée cinéma de McCracken au début de mes études. C'était un sorcier convaincu et pratiquant, ce qui ne m'aurait pas gênée, car je suis complètement tolérante, question religion... sauf qu'il s'est aussi révélé être un coureur de gros jupons, ce que j'ai découvert en le surprenant dans la cour en train de peloter Amy De Soto. Et, excusez-moi, mais je n'ai jamais atteint les cent kilos, ce qui était le cas de cette garce la dernière fois que je l'ai aperçue. S'il y a quelqu'un qui devrait laisser tomber les céréales pendant un moment, c'est bien elle. Quand je pense qu'il a tenté de me faire avaler que c'était son démon familier qui lui avait ordonné de coucher avec elle... Glissons ! En tout cas, voilà pourquoi j'ai l'intention de ne rien cacher à Andrew. À cause de T. J. qui n'a même pas eu cet égard envers moi.

Ce qui ne signifie pas pour autant que je suis obligée de lui dire toute la vérité si je peux l'éviter. Ainsi, il n'y a aucune raison qu'il sache que mon bagage à main est aussi lourd parce qu'il renferme environ soixante-quinze millions d'échantillons Clinique, un paquet de cotons astringents (j'ai hélas hérité une peau luisante du côté de ma mère), une grande boîte de pastilles contre les brûlures d'estomac (je me suis laissé dire que la nourriture anglaise n'était pas la meilleure du monde), une autre de cachets à base de fibres (pour la même raison), le sèche-cheveux et le fer à défriser mentionnés ci-dessus, les vêtements que je portais dans l'avion avant de me changer pour enfiler ma robe de mandarin, une Game Boy avec Tetris, le dernier Dan Brown (on ne s'embarque pas pour un vol transatlantique sans lecture), mon mini iPod, trois lampes de poche, un éclaircisseur pour entretenir la blondeur de mes mèches. J'ai dû emballer mon kit de couture – pour les réparations d'urgence – dans ma valise à cause des ciseaux et du découseur, mais j'ai toute ma pharmacie : aspirine, pansements pour les ampoules que je ne manquerai pas d'attraper à force de déambuler main dans la main avec Andrew à travers les musées britanniques pour m'imprégner de tout cet art merveilleux, pilule, antibiotiques et produits contre l'acné. Et, bien sûr, le calepin où j'ai entamé mon mémoire.

À ce stade de notre relation, Andrew n'a pas besoin de découvrir que je ne suis pas née aussi jolie que j'en ai l'air – un tel résultat exige de déployer pas mal d'efforts. Et s'il était de ces garçons qui aiment les beautés aux joues naturellement roses comme Liv Tyler ? Je n'ai aucune chance, moi, face à ce genre de délicate fleur anglaise. De toute façon, une fille doit conserver une part de mystère.

Houps ! Je m'égare. Revenons à Andrew, qui me demande comment s'est déroulé mon vol. Pourquoi diable porte-t-il ce blouson horrible ? Il ne croit quand même pas qu'il a de l'allure dedans, non ?

Je lui réponds que le voyage s'est super bien passé. Mais je ne mentionne pas ma jeune voisine, laquelle m'a superbement ignorée tant que j'étais en jean, T-shirt et queue-de-cheval. Ce n'est qu'après ma sortie des toilettes, où je m'étais maquillée, coiffée et revêtue de ma robe en soie une demi-heure avant l'atterrissage, que la gosse a sursauté et a timidement susurré :

— Excusez-moi, vous ne seriez pas l'actrice Jennifer Garner ?

Quoi ? Moi ? Cette gamine me prenait pour Jennifer Garner ! D'accord, elle avait à peine dix ans et elle portait un T-shirt avec Kermit la grenouille (une attitude de rebelle, sans doute, car elle était quand même trop âgée pour encore regarder *5, rue Sésame*). N'empêche. Personne ne m'avait encore jamais confondue avec une actrice de cinéma ! Surtout pas une star aussi maigrelette que Jennifer Garner. Sauf que, coiffée et maquillée, il me semble que j'ai effectivement des airs de Jennifer Garner... enfin, si elle n'avait pas perdu ses rondeurs enfantines. Et si elle avait une frange. Et si elle mesurait un mètre soixante-sept.

J'imagine que la morveuse n'a pas songé qu'il n'y avait guère de chances pour qu'une vedette aussi célèbre se rende seule en Angleterre en classe économique. Passons.

— Euh... oui, c'est bien moi, me suis-je donc surprise à lui balancer.

De toute façon, je ne la reverrai jamais. Alors, pourquoi ne pas lui octroyer ce petit plaisir ? D'ailleurs, elle a ouvert de grands yeux tellement elle était contente.

— Je m'appelle Marnie, a-t-elle pépié en sautant sur son siège. Je suis votre plus grande admiratrice.

— Salut, Marnie.

— M'man ! a-t-elle chuchoté à la femme qui somnolait de l'autre côté. C'est ELLE ! Je te l'avais bien DIT.

En plein coaltar, la mère a levé sur moi ses yeux ensommeillés, et a marmonné :

— Oh, bonjour.

— Bonjour, ai-je répondu en me demandant si ma voix ressemblait assez à celle de Jennifer Garner.

Il faut croire que oui, parce que la môme a enchaîné :

— Je vous ai adorée dans *30 ans sinon rien*.

— Merci. C'est un des rôles dont je suis la plus fière. Avec *Alias*, bien sûr.

— Je n'ai pas l'autorisation de regarder, a commenté sombrement Marnie. Ça passe trop tard.

— Oh ! Eh bien, tu n'auras qu'à visionner le DVD.

— Je peux avoir un autographe ?

— Naturellement.

Sur ce, j'ai pris le stylo et la serviette en papier marquée British Airways, et j'ai gribouillé : « Meilleures pensées à Marnie, ma plus grande fan ! Bises, Jennifer Garner. » Pas difficile de deviner qu'elle allait rapporter ce truc à la maison après son séjour en Europe afin de le montrer à toutes ses copines.

Ce n'est qu'alors que j'ai commencé à éprouver quelques menus scrupules. Imaginez un peu qu'une amie de Marnie possède un VÉRITABLE autographe de Jennifer Garner et que ces deux-là se mettent en tête de comparer les écritures ? Marnie allait nourrir des soupçons. Elle irait sans doute jusqu'à se demander pourquoi Jen n'avait pas voyagé en compagnie de son agent et pourquoi elle avait préféré la classe économique. Elle finirait alors par comprendre que j'avais menti et que je n'étais pas la VRAIE Jennifer Garner. Cela risquait de détruire sa foi dans la bonté humaine, de la rendre méfiante à vie, un peu comme moi, en Terminale, lorsque mon cavalier du bal de fin d'année, Adam Berger, m'a annoncé qu'il devait rentrer chez lui pour peindre le plafond et que, par conséquent, il n'était pas en mesure de m'accompagner à la fête qui devait suivre le bal, alors qu'en réalité il se rendait à ladite bringue en compagnie de cet échalas de Melissa Kemplebaum après m'avoir déposée à la maison.

Puis je me suis dit que ce n'était pas grave, puisque je ne reverrais jamais Marnie. On s'en fichait, donc.

N'empêche, je ne juge pas utile de mentionner l'incident à Andrew car, avec sa vocation d'instituteur, je doute qu'il approuve qu'on raconte des craques aux moutards.

Et puis, je l'avoue, je me sens un peu endormie, bien qu'il ne soit que huit heures du matin ici, et il me tarde d'être à l'appartement de mon amoureux. J'espère que ce n'est pas trop loin. Et qu'il a du Coca light dans son réfrigérateur. Parce que je ne cracherais pas dessus.

— C'est tout près, m'annonce M. Marshall, après que j'ai demandé à son fils s'il vivait loin de l'aéroport.

Bizarre que ce soit son père, et pas lui, qui réponde, non ? Mais bon, M. Marshall est prof, et son boulot se résume à ça, pour l'essentiel : répondre à des questions. Ça doit être un réflexe incontrôlable, même en congé.

Je trouve génial qu'il existe des hommes tels Andrew et son père pour assurer l'éducation des enfants. Ces gens-là sont une espèce en voie de disparition. Et je suis vraiment heureuse de sortir avec Andrew et non avec... Chaz, par exemple, qui a choisi ses études de philo rien que pour disposer d'arguments plus efficaces quand il se dispute avec ses parents. En quoi CELA va-t-il aider les générations futures, hein ? Alors qu'Andrew s'est porté volontaire pour accomplir un travail qui ne le rendra jamais riche mais qui évitera à de jeunes esprits de rester en friche. Existe-t-il dessein plus noble ?

La voiture de M. Marshal est décidément garée très, très loin. Nous devons parcourir des tas de longs couloirs aux murs desquels sont accrochées des pubs vantant des produits dont je n'ai jamais entendu parler. La dernière fois qu'il a rendu visite à son ami Luke – celui du château –, Chaz s'est plaint de l'américanisation de l'Europe. D'après lui, on ne peut plus aller nulle part sans tomber sur une affiche pour Coca Cola. Sauf que je ne constate aucune américanisation en l'Angleterre, moi. Jusqu'à présent, je n'ai rien repéré d'un tant soit peu familier. Même pas un distributeur de Coca ! Même pas un qui vendrait du Coca LIGHT !

Attention ! Je ne suis pas en train de critiquer. Je

constate. Même si un Coca light serait vraiment le bienvenu, là maintenant.

Andrew et son père m'assurent que j'ai beaucoup de chance d'être arrivée en un jour aussi radieux. Mais quand nous sortons des bâtiments pour rejoindre le parking couvert, je m'aperçois que la température frôle à peine les seize degrés, et que le ciel – du moins ce que j'en vois à travers les fenêtres du parking – est gris et nuageux. Si c'est ça que les Britanniques considèrent comme du beau temps, je voudrais bien savoir ce qu'ils appellent mauvais temps. En tout cas, on se caille assez les miches pour justifier le port d'un blouson en cuir. Ce qui n'excuse pas cependant qu'Andrew en arbore un. Il existe sûrement quelque part des lois interdisant le cuir en août, comme celle qui n'autorise pas les pantalons blancs avant le *Memorial Day*[1].

Nous sommes presque à la voiture – une petite chose rouge, exactement ce à quoi je m'attendais de la part d'un prof dans la force de l'âge – quand un hurlement retentit. Tournant la tête, je découvre la gosse de l'avion, debout près d'un gros 4 x 4, en compagnie de sa mère et d'un couple de sexagénaires, ses grands-parents j'imagine.

— La voilà ! piaille Marnie en me désignant du doigt. Jennifer Garner ! Jennifer Garner !

Si je l'ignore, Andrew et son père observent la gamine, un sourire perplexe aux lèvres. Mon petit copain ressemble un peu à son géniteur. Sera-t-il lui aussi complètement chauve à cinquante ans ? Cette calvitie est-elle un

---

1. Jour du souvenir, fête nationale fixée au dernier lundi de mai, jour de recueillement en mémoire des soldats disparus dans les guerres où ont combattu des Américains. La règle non écrite d'éviter le blanc avant cette date a tendance à céder devant les diktats de la mode.

héritage issu de la lignée paternelle ou maternelle ? Pourquoi diable n'ai-je donc pas suivi une UV de biologie pendant mes années de fac ? J'aurais pu en glisser au moins une dans mon emploi du temps surchargé...

– Cette enfant s'adresse-t-elle à vous ? s'enquiert M. Marshall.

— Qui ? Moi ?

Je jette un coup d'œil par-dessus mon épaule en faisant mine de remarquer pour la première fois qu'une gosse s'égosille à travers tout le parking.

— Jennifer Garner ! C'est moi ! Marnie ! De l'avion ! Vous vous rappelez ?

La gratifiant d'un sourire, je la salue vaguement. Rouge de bonheur, elle attrape le bras de sa mère.

— Tu vois ! s'écrie-t-elle. Je te l'avais bien dit ! C'est VRAIMENT elle.

Marnie joue les sémaphores, maintenant, et j'agite mollement la main pendant qu'Andrew se débat pour insérer ma valise dans le coffre riquiqui avec force jurons. Comme, jusqu'à présent, il s'est borné à la tirer, il ne s'est pas rendu compte de son poids réel. Mais quoi, c'est long, un mois ! Je ne vois pas comment j'aurais pu prendre moins de dix paires de chaussures. Shari m'a même félicitée d'avoir su renoncer à mes espadrilles à talons. Sauf que j'ai quand même réussi à les glisser dedans à la dernière minute.

— Pourquoi cette fillette vous appelle-t-elle Jennifer Garner ? s'inquiète M. Marshall.

Lui aussi adresse de grands gestes à Marnie que ses grands-parents n'ont pas encore réussi à convaincre de monter dans la voiture.

— Oh, nous étions assises l'une à côté de l'autre durant le vol, je précise en devinant que je m'empourpre.

Ce n'est qu'un jeu que j'ai inventé pour l'aider à supporter ce long voyage.

— Quelle charmante attention ! s'exclame M. Marshall en saluant Marnie encore plus énergiquement. Rares sont ceux qui saisissent à quel point il est important de traiter les enfants avec respect et dignité et non avec condescendance. Il est vital de montrer l'exemple aux plus jeunes. Surtout quand on songe à l'instabilité de la cellule familiale contemporaine.

— C'est bien vrai, je déclare d'une voix que j'espère déférente et digne.

— Vingt dieux ! s'exclame Andrew qui vient de soulever mon bagage à main. Qu'est-ce que tu transportes, là-dedans, Liz ? Un âne mort ?

— Juste quelques petites choses indispensables, je réponds cette fois-ci d'une petite voix étranglée, tant j'ai l'impression que mon comportement déférent et digne est à deux doigts de s'effondrer.

— Désolé que mon carrosse manque de classe, dit M. Marshall en ouvrant la portière conducteur. Je suis certain que vous êtes habitués à mieux, en Amérique. Mais je ne m'en sers presque jamais, vu que je vais à l'école à pied quasiment tous les jours.

Je succombe immédiatement à la vision de M. Marshall déambulant avec sérénité le long d'un chemin de campagne bordé d'arbres, vêtu d'une veste à chevrons à coudes en cuir plutôt que du coupe-vent extrêmement peu inspiré qu'il porte en cet instant – avec un ou deux cockers folâtrant sur ses talons, peut-être.

— Ne vous inquiétez pas, la mienne n'est guère plus grande.

Je suis un peu surprise qu'il reste planté près de la portière au lieu de s'installer.

— Hum, après vous, Liz, finit-il par marmonner.

Quoi ? Il veut que je conduise ? Mais... je viens à peine d'arriver ! Je ne connais même pas le chemin ! Tout à coup, je me rends compte qu'il ne s'agit pas du tout de la place conducteur. Le volant est à droite. Mais oui bien sûr ! Nous sommes en Angleterre ! Riant de ma bêtise, je m'assois. Andrew claque le coffre et contourne la voiture. En découvrant que je suis installée, il regarde son père et aboie :

— Et moi alors ? Je suis censé voyager dans le coffre ?

— Ce ne sont pas des manières, Andy ! le morigène M. Marshall.

Ça me fait bizarre de l'entendre appeler son fils Andy. Pour moi, il est tellement Andrew. Pas pour sa famille, apparemment. Il est vrai que, attifé de ce blouson, il a plus l'air d'un Andy que d'un Andrew.

— Les dames devant, continue M. Marshall en me souriant, les messieurs derrière.

— Je te croyais féministe, Liz ! maugrée Andrew. Tu supportes ce genre de traitement ?

— Oh ! Andrew a raison, il devrait être à l'avant, il a de plus longues jambes...

— Il n'en est pas question, objecte M. Marshall. Vous allez froisser votre robe chinoise.

Et il referme sèchement la portière. Ensuite, il gagne l'autre côté de la voiture et baisse son siège pour que son fils puisse se glisser sur la banquette arrière. Il y a un bref échange que je n'entends pas, puis Andrew s'installe. Je ne vois pas d'autre mot que « maussade » pour qualifier son expression.

La seule pensée qu'Andrew puisse m'en vouloir parce que j'occupe la meilleure place me chiffonne, cependant. Je pense plutôt qu'il est embarrassé de ne pas avoir sa propre voiture. Ça doit être ça. Le pauvre chou. Il se dit sûrement que je m'attendais à ce qu'il vive selon les standards du capitalisme américain. Il faudra que je trouve l'occasion de lui dire que je considère sa pauvreté comme très sexy, car les sacrifices qu'il fait, il les fait pour les enfants. Pas Andrew Junior, Henry, Stella et Beatrice, bien sûr. Je parle des enfants de la terre, ceux auxquels il enseignera un jour.

La vache ! Rien que de penser à toutes les petites vies dont Andrew améliorera le sort en endurant le calvaire de la carrière enseignante m'excite les intérieurs.

M. Marshall s'installe derrière le volant et me sourit.

— Prête ?

— Prête.

Une bouffée d'enthousiasme s'empare de moi malgré la fatigue du décalage horaire. L'Angleterre ! Je suis enfin en Angleterre ! Je vais bientôt traverser la campagne anglaise pour rejoindre Londres ! Si ça se trouve, je verrai même des moutons !

Cependant, avant que nous ayons manœuvré, un 4 x 4 passe derrière nous. Une vitre descend. Marnie, ma copine de l'avion, se penche par-dessus et crie :

— Au revoir, Jennifer Garner !

Puis le véhicule s'éloigne, emportant avec lui une Marnie aux anges.

— Qui diable est cette Jennifer Garner ? s'enquiert M. Marshall en reculant.

— Rien qu'une star de ciné américaine, ronchonne Andrew.

« Rien qu'une star de ciné américaine ? Rien qu'une star de ciné américaine à laquelle ta bonne amie se trouve ressembler trait pour trait, oui ! ai-je envie de hurler.

Qui, du moins, en a suffisamment l'allure pour que des gamines lui demandent un autographe ! »

Mais, pour une fois, j'arrive à la boucler – je ne voudrais pas qu'Andrew se sente diminué en découvrant qu'il sort avec le sosie de Jennifer Garner. Ça peut être très intimidant, pour un garçon. Même un Américain.

Contrairement à l'habit égyptien, qui identifiait clairement les sexes, rien dans la vêture des Grecs à la même
époque ne distinguait les hommes des femmes, lesquelles
drapaient leur corps dans de grands rectangles de différentes tailles retenus par une simple broche décorative.

Ce vêtement, également appelé toge, finit par devenir
l'accessoire incontournable des bringues organisées par
les fraternités universitaires[1], pour des raisons qui
échappent au demeurant à l'auteur du présent ouvrage,
dans la mesure où la toge n'est ni confortable ni élégante,
surtout quand on la porte sur une gaine.

Histoire de la mode (mémoire de maîtrise),
Élizabeth Nichols.

---

1. La fraternité est une association d'étudiants (pour les filles, on appelle ça une
sororité), en général baptisée selon une ou plusieurs lettre(s) grecque(s). La cotisation
coûte plus ou moins cher. Système fort répandu dans les universités nord-américaines,
car il est un bon moyen de se créer à vie un réseau de connaissances aux influences
non négligeables, surtout lorsqu'on fréquente une fac prestigieuse hantée par des
jeunes gens d'excellents milieux. La fraternité a tendance à devenir une deuxième
famille.

4

Les hommes ont toujours détesté les cancans des femmes, subodorant la vérité, à savoir que ces bavardages portent sur la taille de leur sexe.
Erica Jong (1942), enseignante et écrivaine américaine.

Je n'aperçois aucun mouton. Finalement, l'aéroport de Heathrow n'est pas vraiment à la campagne. Si, vu l'allure des maisons (la majorité sont mitoyennes, comme dans le film *The Snapper*[1]... qui, à la réflexion, se déroulait en Irlande, mais c'est pareil), je doutais encore avoir quitté le Michigan, les affiches publicitaires que nous croisons suffiraient à me persuader du contraire. La plupart du temps, je n'arrive pas à identifier le produit qu'elles essayent de vendre – ainsi, l'une d'elles montre une femme en sous-vêtements, avec le mot « *Vodafone* »

---

1. De Stephen Frears (1993).

écrit en dessous ; ce pourrait être une réclame pour une ligne de téléphone rose... et tout aussi bien la promotion d'une marque de lingerie. Malheureusement, quand je pose la question, ni Andrew ni son père ne sont capables de me répondre, car le mot américain que j'emploie – gaine – déclenche leur fou rire. Ça m'est égal, qu'ils me trouvent aussi (involontairement) amusante – au moins, Andrew ne boude plus parce qu'il a été relégué sur la banquette arrière.

Lorsque nous tournons enfin dans la bonne artère – je reconnais le nom grâce aux multiples colis d'aide humanitaire que j'ai expédiés tout l'été à Andrew (boîtes pleines de ses sucreries américaines préférées, paquets de Marlboro Light, ses cigarettes favorites – bien que je ne fume pas et que j'attende d'Andrew qu'il arrête avant la naissance de notre premier enfant) –, je me sens beaucoup mieux que tout à l'heure dans le parking. Et d'une, le soleil a enfin daigné apparaître, petite chose timide derrière les nuages ; et de deux, la rue où vit Andrew est tellement jolie et européenne, avec ses trottoirs propres, ses arbres en fleurs et ses maisons individuelles. On se croirait dans *Coup de foudre à Notting Hill*[1].

Je l'avoue, je suis soulagée. J'avais du mal à imaginer l'appartement d'Andrew, hésitant entre un loft high-tech tel celui de Hugh Grant dans *Pour un garçon*[2] et la mansarde de *La Petite Princesse*[3] (adorable, une fois que le vieux type l'avait restaurée pour elle), mais dans un quartier plus miteux de la ville, genre les docks. Je m'étais préparée à ne pas pouvoir sortir seul dans le coin après la tombée de la nuit, de crainte d'être agressée par des

---

1. De Roger Michell (1999).
2. De Chris et Paul Weitz (2002).
3. D'Alfonso Cuaron (1995).

héroïnomanes. Ou des gitans. Je suis contente de constater qu'en réalité son domicile se situe entre ces deux extrêmes.

D'après M. Marshall, nous ne sommes qu'à un kilomètre et demi de Hampstead Heath, le parc où des tas d'événements célèbres se sont déroulés – même si je ne m'en rappelle aucun pour l'instant – et où, de nos jours, les gens vont pique-niquer et jouer au cerf-volant.

Je suis agréablement surprise de découvrir qu'Andrew loge dans un coin aussi léché et bourgeois. J'ignorais que les enseignants gagnaient assez pour louer des appartements dans des maisons pareilles. Le sien est sûrement au dernier étage, comme celui de Mickey Rooney dans *Diamants sur canapé*[1] ! Peut-être que je vais rencontrer ses voisins farfelus au grand cœur ! Peut-être que je pourrai les inviter – de même que les parents d'Andrew, histoire de remercier M. Marshall d'être venu me chercher à l'aéroport – à un petit dîner afin de montrer mon sens de l'hospitalité américain. Je sais préparer le duo de spaghettis comme maman. Ça a le goût d'un plat compliqué, alors qu'il n'y a rien de plus simple à cuisiner. Ce ne sont que des pâtes, de l'huile d'olive, des piments émincés et du parmesan. Je suis sûre que, même en Angleterre, ils ont tous les ingrédients.

— Eh bien, nous y voilà, annonce M. Marshall en s'engageant dans une place devant l'une des maisons en brique brunâtre puis en coupant le moteur. *Home sweet home.*

Tiens ? Il nous accompagne... j'aurais cru qu'il se contenterait de nous déposer avant de rentrer... je ne sais pas trop où, mais bon, là où les Marshall habitent, une

---

1. De Blake Edwards (1961).

famille qui comprend, si je me souviens bien des mails d'Andrew, un père instituteur, une mère assistante sociale, deux frères plus jeunes que mon chéri et un colley. Bah ! Il veut certainement nous aider à décharger les bagages et à les monter, vu qu'Andrew vit à coup sûr sous les toits de cette mignonne maisonnette devant laquelle nous sommes garés.

Sauf que, une fois que nous avons grimpé la longue volée de marches conduisant à l'entrée, c'est M. Marshall qui tire une clé de sa poche et déverrouille la porte. Et c'est à lui aussi que le museau curieux d'un magnifique chien doré et blanc souhaite la bienvenue.

— Coucou, c'est nous ! lance-t-il dans ce qui n'est pas le hall d'un immeuble de location mais clairement celui d'une maison individuelle.

Je trimballe mon bagage à main pendant qu'Andrew traîne ma valise à roulettes dans les escaliers, sans même prendre la peine de la soulever, si bien qu'on entend *boum ! boum ! boum !* à chaque marche. Je vous jure, je manque de laisser tomber mon fardeau – et tant pis pour le sèche-cheveux – quand je découvre le colley.

— Andrew ! je murmure en me retournant vivement (il est derrière moi). Tu habites chez tes parents ?

Parce que, à moins qu'il garde le chien, je ne vois aucune explication au spectacle hallucinant qui s'offre à moi. Et même ça ne suffirait pas à constituer une explication satisfaisante.

— Bien sûr, répond-il, agacé. Qu'est-ce que tu croyais ?

— Que tu vivais seul

Je m'efforce sincèrement de ne pas prendre un ton accusateur. D'ailleurs, je ne lui reproche rien. Je suis seulement... surprise. Aussi, je dis juste :

— En mai, tu m'as raconté que tu allais te dégoter un logement pour l'été.

— Ah ouais, marmonne-t-il.

Comme nous sommes dehors, il a l'air de juger que c'est le moment de s'accorder une pause cigarette et sort un paquet et un briquet de sa poche. Passons. Le trajet depuis l'aéroport a été long, et son père lui a interdit de fumer dans la voiture.

— Ben, ça n'a pas marché, poursuit-il. Mon pote, tu te souviens ? Je l'ai mentionné dans un mail. Il devait me sous-louer son appart', vu qu'il avait décroché un boulot dans une ferme perlière en Australie. Seulement, il a rencontré une poule et a décidé de pas y aller, finalement, alors j'ai dû emménager chez mes vieux. Pourquoi ? Ça te pose un problème ?

PARDON ? Tous mes rêves mettant en scène un Andrew qui m'apporte mon petit déjeuner au lit – une couche immense aux draps de satin – s'écroulent en mille morceaux que le vent emporte. Je ne préparerai pas le duo de spaghettis pour ses voisins et ses parents. Enfin, pour eux, peut-être que si, mais ça ne sera pas pareil s'ils n'ont qu'à descendre l'escalier pour les manger au lieu de venir de chez eux...

Soudain, une idée me traverse l'esprit qui me glace les sangs.

— Mais Andrew... comment toi et moi... comment allons-nous... avec ta famille dans les parages ?

— Te bile pas pour ça.

Il recrache la fumée de sa cigarette sur le côté, tordant la bouche d'une manière que je trouve, je l'admets, extrêmement excitante. Chez nous, personne ne fume... pas même mamie, depuis le soir où elle a incendié le tapis du salon.

— On est à Londres, poursuit Andrew. Pas dans l'Amérique pudibonde. Ici, on est plutôt détendu par rapport à ça. Et mes parents plus que quiconque.

— Tu as raison. Désolée. Je suis... étonnée. Pour l'appartement... mais ça n'a aucune importance. Tant que nous sommes ensemble. Ton père et ta mère n'ont vraiment rien contre ? Que nous partagions une chambre, je veux dire.

— Hmm ? marmonne-t-il distraitement en tirant ma valise (*boum !*). Ah, à ce propos, j'ai pas vraiment de piaule, dans cette baraque. Tu vois, ils ont emménagé ici l'an dernier, pendant que j'étais aux States. Je leur avais dit que je ne reviendrais pas l'été, euh... sauf que c'était avant que j'aie tous ces ennuis avec mon visa d'étudiant... Bref, ils ont pensé que... euh... que j'avais pris mon envol, quoi. Alors, ils ont acheté une maison plus petite. Y a que trois chambres. Mais t'inquiète, je pieuterai dans celle de mon frangin.

Je me trouve au-dessus de lui. Il est si grand, cependant, que même ainsi je suis obligée de lever légèrement la tête pour regarder ses yeux gris-vert. (Et mon cœur fond.)

— Oh ! Ton frère nous cède sa chambre ? C'est trop gentil !

— Faut pas rêver, me corrige Andrew avec une moue dégoûtée. C'est pas le genre. Tu connais les gosses. Mais rassure-toi, ma mère est un génie de la débrouille. Elle t'a bricolé un lit en mezzanine. Enfin, il était pour moi, au départ, sauf que ça me gêne pas de te le prêter pendant ton séjour.

— Un lit en mezzanine ?

— Ouais, super chouette ! Elle a fabriqué le bazar en contreplaqué, dans la buanderie. Juste au-dessus du lave-linge et du sèche-linge ! Elle a tendu un rideau entre la lingerie et la cuisine, tu seras tranquille. De toute façon, personne n'y met les pieds. Sauf le clebs. C'est là qu'est sa gamelle.

Le chien ? Sa gamelle ? Si j'ai bien compris, au lieu de partager la couche de mon amoureux, je vais dormir avec le colley de la famille. Et sa gamelle.

Ce n'est pas grave. C'est parfait, même. Les enseignants (tel le père d'Andrew) et les assistantes sociales (telle sa mère) ne gagnent pas beaucoup d'argent, et les prix de l'immobilier sont très élevés, en Angleterre. D'ailleurs, je peux déjà m'estimer heureuse qu'ils aient un coin où me recevoir. Alors qu'ils ne disposent pas de chambre pour leur aîné, ils se sont arrangés pour m'en installer une tout à moi ! Car en quel honneur un des frères d'Andrew aurait-il dû me prêter la sienne ? Ce n'est pas parce que, chez moi, j'ai TOUJOURS été contrainte de céder la mienne aux invités de passage que la famille Marshall est obligée de procéder de la même façon... Surtout que je ne suis pas une visiteuse de marque. Rien que la future femme d'Andrew, après tout.

Enfin, dans ma tête.

— Allez, reprend Andrew, bouge-toi. Faut que je me change pour le boulot.

J'étais sur le point de grimper une marche – je me fige sur place.

— J'ai bien entendu ? Tu viens de parler de travail ? AUJOURD'HUI ?

Il a au moins la grâce de paraître gêné.

— Ouais. C'est rien, Liz, je suis juste de service au déjeuner et au dîner...

— Tu es... SERVEUR ?

Mon intention n'est pas de me montrer méprisante.

Je n'ai rien contre les gens qui s'échinent dans les restaurants. Je le jure. Au demeurant, comme tout le monde, j'ai moi aussi tiré mon temps dans ce genre de job, arborant avec fierté l'uniforme en polyester. N'empêche...

— Et ton stage ? Celui dans une prestigieuse école primaire pour surdoués ?

— Oh, ça ? râle Andrew en balançant sa cendre dans les rosiers. (Ce n'est pas vraiment salir, puisque la cendre est souvent utilisée comme engrais.) Rien qu'un coup foireux, au bout du compte. Figure-toi qu'ils avaient pas l'intention de me payer. Pas un centime, merde !

Je déglutis. Dans les arbres, les oiseaux chantent. C'est toujours ça de pris qui me rappelle le Michigan.

— Mais... c'est le propre des stages. L'expérience que tu y acquiers est censée te suffire.

— Ben, c'est pas elle qui paiera mes bières avec mes copains, non ? plaisante-t-il. En plus, ils avaient deux mille candidats pour le poste. Un truc non rémunéré ! Deux mille, tu te rends compte ? Tu sais, ici c'est pas comme chez vous, où les gonzes qu'ont l'accent anglais sont prioritaires, vu que vous, les Amerloques, vous êtes persuadés que celui qui dit « tômate » est plus intelligent que le péquenot moyen qui dit « tomate »... En fait, je me suis même pas donné la peine de postuler. À quoi bon, hein ?

Je le fixe avec des yeux éberlués. Qu'est devenue l'idée de prendre un boulot pour le seul bénéfice d'une expérience et le défi qu'elle représenterait ? Où s'est perdue la vocation d'enseigner la lecture aux enfants ?

— De toute façon, continue-t-il, je veux bosser avec de VRAIS mômes, pas des petits génies snobinards. Ce qu'il me faut, ce sont des petits gars qui ont réellement besoin d'un modèle masculin positif dans l'existence.

Ouf ! Je respire.

— Tu as posé ta candidature dans des écoles de quartiers déshérités, alors ?

— Tu rigoles ? Ces boîtes paient super mal. La seule façon de joindre les deux bouts, dans cette foutue ville, c'est la restauration. En plus, j'ai décroché les meilleures heures, de onze à vingt-trois heures. D'ailleurs, va falloir que je me presse si je veux pas être à la bourre...

« Mais je viens d'arriver ! ai-je envie de crier. Je débarque ici, et toi, tu te tires ? En m'abandonnant pendant DOUZE heures dans ta famille que je n'ai JAMAIS vue ? »

Sauf que je ravale ces paroles. Parce que... Andrew m'a invitée chez lui, quoi ! À titre gracieux, qui plus est. Et moi, je lui taperais un scandale sous prétexte qu'il a un boulot, pas très reluisant qui plus est ? Une petite amie ne se comporte pas ainsi !

N'empêche, mon expression trahit sans doute mes réticences face à la situation, car Andrew m'enlace et me serre contre lui.

— T'inquiète, chuchote-t-il. Je te verrai ce soir en rentrant du boulot. (Soudain, il écrase sa cigarette sous sa semelle, et ses lèvres effleurent ma gorge.) Compte sur moi pour prendre ton pied, ma poule. Je te le promets. Le meilleur de ta vie.

Il est très difficile de réfléchir quand un beau gosse à l'accent anglais vous titille le cou. Non qu'il y ait beaucoup matière à réflexion. Mon amoureux m'adore, je suis la nana la plus chanceuse du monde.

— Eh bien, ça semble...

Mais là, il plaque sa bouche sur la mienne et me roule

un patin sur le perron de ses parents. J'espère que les voisins des Marshall ne sont pas des petites vieilles promptes à s'effaroucher. Et, si c'est le cas, qu'elles ne sont pas en train de regarder par leur fenêtre.

— Merde ! grommelle Andrew. Je dois y aller. À ce soir, OK ?

Mes lèvres picotent encore là où sa barbe naissante les a irritées. Avec toute la pression à laquelle elles viennent d'être soumises, elles sont sûrement aussi gonflées que celles d'Angelina Jolie. Tant pis !

J'ai beau ne pas avoir beaucoup d'expérience dans le domaine des baisers, il me semble qu'Andrew est le meilleur embrasseur de l'univers. Je ne peux m'empêcher de remarquer aussi qu'il se passe des trucs du côté de son entrejambe, ce que j'apprécie beaucoup.

— Tu es vraiment obligé de te rendre au travail ? je lui demande. Tu ne pourrais pas sécher ?

— Pas aujourd'hui. Mais demain, je suis libre. J'ai un ou deux trucs à régler en ville, puis on fera ce que tu voudras, d'accord ?

Il m'embrasse encore plusieurs fois avant d'appuyer son front contre le mien.

— Fait chier ! soupire-t-il. T'es sûre que ça ira ?

Je le contemple, songeant à quel point il est beau malgré son blouson hideux, combien aussi il est chou et sans prétention. Il a beau être déterminé à suivre les traces de son père et à apprendre à lire à des tas d'enfants, il refuse d'accepter n'importe quoi. Il préfère guetter la bonne opportunité.

Qu'est-ce que je suis contente d'avoir pris une douche au moment où cette fille flanquait le feu à son pot-pourri et où Andrew était de permanence[1] ! Je repense à notre premier baiser, moi drapée dans ma serviette de toilette et lui moulé dans ce Lévis usé juste aux bons endroits, son haleine aux arômes de tabac. Je me souviens de tous les coups de fil et mails que nous avons échangés depuis. Je me rappelle que j'ai dépensé tout mon argent dans un billet d'avion pour l'Angleterre, puisque je ne compte pas partir pour New York avec Shari et Chaz à l'automne, de façon à rester près de lui.

— Ça ira, je lui réponds avec un grand sourire.

— À plus, alors, dit-il en m'embrassant une dernière fois.

Sur ce, il tourne les talons et s'éloigne.

---

1. *Resident Assitant* : étudiant chargé, au sein d'une cité U, de la bonne marche des choses à tous points de vue : sécurité et surveillance du respect des règles de conduite, gestion des conflits entre résidents, règlement de menus problèmes, interface avec les autorités du campus, organisation des événements culturels, voire assistance des élèves ayant besoin d'un coup de pouce pour leurs révisions, etc.

L'impératrice byzantine Théodora, fille d'un simple gardien d'ours, obtint la main de l'empereur Justinien au nez de milliers d'autres prétendantes. Elle fut l'une des toutes premières autorités féminines en matière de mode. La rumeur prétend que son passé de danseuse et d'acrobate fut pour beaucoup dans son éclatante réussite au concours de talents auquel on soumit les candidates au mariage avec Justinien.

Il fallut certes adopter une loi particulière pour permettre au chef de l'État d'épouser une jeune fille d'aussi basse extraction, mais Théodora se révéla une souveraine digne de ce nom, expédiant en Chine deux espions ayant pour mission de dérober des vers à soie, de façon à obtenir les atours dans lesquels elle aimait à parader. En véritable reine, Théodora, ne pouvant atteindre Chanel, fit venir Chanel à elle.

Histoire de la mode (mémoire de maîtrise),
Élizabeth Nichols.

5

« Je ne répète jamais rien. » C'est la phrase rituelle des gens du monde, par laquelle chaque fois le médisant est faussement rassuré.

Marcel Proust (1871-1922), romancier, critique et essayiste français.

À l'ombre des jeunes filles en fleur

J'y suis ! Enfin, je suis en Angleterre !

Bon, d'accord, ce n'est pas *exactement* ce à quoi je m'attendais, dans la mesure où je croyais qu'Andrew vivait seul. Attention ! Ce n'est pas comme s'il m'avait menti.

En somme, cela vaut sans doute mieux. Sinon, nous nous serions terrés dans son appartement pour faire l'amour nuit et jour. Maintenant, je vais être obligée de fréquenter les siens, ce qui nous permettra de nous tester mutuellement et de voir si nous sommes ou non compatibles. Après tout, nulle femme ne tient à se marier dans une famille qui la détesterait. Et puis, pendant qu'Andrew travaillera, je pourrai commencer mon mémoire. Un des Marshall me prêtera bien son ordinateur. Je serai libre de mener mes recherches au British Museum (si c'est bien comme ça qu'il s'appelle). Oui, franchement, c'est mieux. Je vais apprendre à réellement connaître Andrew et sa famille et je vais sérieusement démarrer ma maîtrise. Si ça se trouve, je l'aurai même achevée avant de rentrer à la maison ! Ce serait génial ! Mes parents ne sauraient pas que j'ai eu un peu de retard dans l'obtention de mon diplôme.

Miam ! Des odeurs s'échappent de la cuisine. Je me demande ce que c'est. Des arômes alléchants... enfin presque. Rien de commun avec les œufs brouillés au bacon de ma mère. Mme Marshall est tellement gentille de préparer un petit déjeuner rien que pour moi. Je lui ai pourtant assuré que ce n'était pas la peine. Elle est super mignonne, avec son carré de cheveux châtain. Elle m'a priée de l'appeler Tanya – ce à quoi je ne me résoudrai jamais, évidemment. Certes, elle a ouvert de grands yeux quand je suis entrée dans la cuisine. Mais quel que soit le truc qui l'a ahurie chez moi, elle n'en a plus rien laissé paraître ensuite.

Omondieu ! Pourvu qu'elle n'ait pas deviné, pour les dessous. Ou plutôt, pour leur absence. Et si c'était la raison qui l'a poussée à me dévisager ainsi ? Elle doit sûrement regretter que, parmi toutes les Américaines disponibles, il ait fallu que son fils lui ramène une traînée. Je me doutais que j'aurais dû porter autre chose à ma descente d'avion. En plus, je caille vachement, dans cette idiote de robe. Mes tétons ont dû faire des leurs. Il serait plus raisonnable d'enfiler quelque chose d'un peu moins... léger. C'est ça. Je vais mettre un jean et le gilet brodé de perles que je comptais garder pour les soirées frisquettes. J'ignorais simplement que les journées aussi sont frisquettes, ici.

Là, c'est mieux. Nom d'un chien ! Ce que Mme Marshall cuisine sent... fort. Qu'est-ce que ça peut bien être ? Ça me rappelle vaguement quelque chose.

Finalement, mon lit en contreplaqué n'est pas si mal. Il est même plutôt sympa. Un peu le genre de lit que Ty Pennington fabriquerait pour un gamin atteint d'un cancer dans son émission *Extreme Makeover : Home Edition*[1]. Sauf que le sien serait en forme de ventricule ou de vaisseau spatial, un truc comme ça.

Et voilà, je suis fin prête. Plus qu'un petit coup de peigne... hum, dommage qu'il n'y ait pas de miroir, ici. Visiblement, les Britanniques ne sont pas aussi soucieux de leur apparence que nous autres Américains. Quelle importance si mon mascara a coulé ? Je suis sûre que je tiens la route. OK. Je tire le rideau et...

— Vous voilà ! s'exclame Mme Marshall d'une voix enjouée. Je croyais que vous vous reposiez.

C'est donc ça qu'elle a baragouiné tout à l'heure ? Je n'ai rien capté. Zut ! Pourquoi a-t-il fallu qu'Andrew parte bosser ? Un traducteur me serait drôlement utile.

— Je suis trop excitée pour dormir !

— C'est votre premier séjour en Angleterre ?

— À l'étranger, carrément. Ce que vous êtes en train de cuisiner sent diablement bon. (Dieu me pardonne ce

---

1. Littéralement, « Changement radical à la maison », émission de télé-réalité diffusée sur la chaîne ABC et animée par un beau charpentier qui n'hésite pas à se mettre torse nu pour attirer la téléspectatrice et qui se donne pour mission d'améliorer l'habitat de familles n'en ayant pas les moyens.

tout petit mensonge. Disons que ça... sent.) Vous avez besoin d'aide ?

— Oh non ! Je me débrouille. Le lit vous plaît ? Pas trop dur ? Ça ira ?

— Il est parfait.

Je me glisse sur une chaise, au bout du plan de travail. Je ne vois pas ce qui grésille dans les poêles posées sur la gazinière parce qu'elles ont un couvercle. Mais pour sentir, ça sent ! La cuisine est minuscule, plus un couloir qu'une pièce digne de ce nom. Une fenêtre donne sur un jardin inondé de soleil qui croule sous une profusion de roses. Mme Marshall elle-même a l'air d'une rose, avec ses joues empourprées et luisantes, son jean et son corsage à fleurettes style paysanne.

Certes, ce dernier n'a pas l'air des plus neufs. Si ça se trouve, il date même de la féodalité. Un des premiers exemplaires du genre, peut-être époque Haight-Ashbury[1] ! En tout cas, je comprends maintenant pourquoi Andrew croit possible de se balader en blouson de cuir de danseur de break. Le problème, c'est que, si certains articles vintage – tel le haut de Mme Marshall – sont géniaux, d'autres – le blouson d'Andrew par exemple – ne le sont pas. Il est clair que les Marshall auraient besoin d'une petite mise à niveau sur l'usage des fringues d'occasion.

Heureusement qu'ils m'ont. Je devrai garder à l'esprit qu'ils ont peu de moyens, mais ne suis-je la preuve vivante qu'il n'est pas nécessaire de dépenser des fortunes pour avoir de l'allure ? J'ai décroché un sweat-shirt pour trente dollars sur eBay ! Et mon jean en stretch

1. Quartier de San Francisco où est né le mouvement hippie. Par association, tout vêtement rappelant la mode des années 1970.

vient de Sear's[1]. D'accord, je l'ai acheté au rayon enfants... juste parce que j'étais tellement contente de pouvoir entrer dans une petite taille ! Dans notre société obsédée par les kilos superflus, j'admets qu'il n'y a pas de quoi se vanter. Après tout, je ne vois pas pourquoi une femme souhaitant être désirable serait obligée d'être assez menue pour s'habiller chez les mômes. C'est à la fois malsain et déprimant. Sauf que... c'est un 36 ! J'entre dans un 36 ! Alors que ça ne m'est jamais arrivé, y compris quand j'avais l'âge pour.

— Vous avez un très joli gilet, lance soudain Mme Marshall.

— Merci. J'étais justement en train d'admirer votre corsage.

— Ce vieux machin ? éclate-t-elle de rire. Il doit avoir au moins trente ans ! Sûrement plus.

— Il est magnifique. J'adore les vêtements anciens.

C'est pas formidable, ça ? La mère d'Andrew et moi sommes déjà en train de tisser une complicité. Plus tard peut-être, nous irons faire des courses ensemble. Rien que nous deux. Elle n'a sans doute pas souvent l'occasion d'avoir des conversations entre filles, avec ses trois garçons. On pourrait même s'offrir une manucure, une pédicure et une coupe de champagne chez Harrods[2] ! Une minute... Y a-t-il des instituts de beauté, en Angleterre ?

— Vous ne pouvez savoir à quel point je suis heureuse de vous rencontrer après tout ce que j'ai entendu sur vous. (Je ne fayote pas, je suis sincère.) Je suis ravie d'être ici !

---

1. Chaîne de grands magasins, un peu comme les Galeries Lafayette chez nous.
2. Luxueux magasin de Londres, une institution !

— Tant mieux.

Visiblement, elle est contente pour moi. Ses ongles, carrés et durs, sont dénués de vernis. Avec son boulot d'assistante sociale, elle n'a sans doute pas de temps à consacrer à des frivolités comme l'entretien de ses mains.

— Et quels sont les sites qui vous attirent le plus, ici ? s'enquiert-elle.

J'ignore pourquoi, mais la vision furtive du derrière tout nu d'Andrew me traverse l'esprit. Omondieu ! Comment ai-je pu penser à ça ? Sûrement le décalage horaire.

— Buckingham Palace, ça va de soi. Et le British Museum.

Je ne précise pas que les seules parties qui m'intéressent là-bas sont les pièces où ils conservent les costumes historiques. En ont-ils seulement, d'ailleurs ? De l'art antique et rasoir, j'en ai à la pelle chez moi. Quand Andrew aura terminé ses études, nous nous installerons à New York (il est d'accord). Il y a des tas de musées, dans cette ville.

Je reprends mon énumération :

— Et puis, la Tour de Londres. D'après ce que je sais, c'est là que sont exposé ces merveilleux bijoux. Sans compter... ah oui ! La maison de Jane Austen !

— Vous êtes fan ? s'étonne Mme Marshall. (Visiblement, aucune des anciennes petites amies d'Andrew n'avaient des goûts littéraires aussi sophistiqués que les miens.) Laquelle de ses œuvres préférez-vous ?

— Celle qu'a diffusée la chaîne A&E, bien sûr ! Avec Colin Firth. Même si les costumes dans l'adaptation avec Gwyneth Paltrow étaient très chouettes aussi.

La mère d'Andrew me contemple d'un air zarbi. Elle a peut-être autant de mal avec mon accent du Midwest que j'en ai avec ses intonations britanniques. Pourtant, je prends soin d'articuler. Soudain, je pige.

— Oh ! Vous voulez parler des LIVRES ? Je ne sais pas. Ils sont tous excellents. Sauf que les descriptions des vêtements des personnages y sont un peu trop succinctes à mon goût. Mme Marshall rit.

— Désirez-vous une tasse de thé ? me propose-t-elle ensuite.

J'ai plutôt envie d'un bon Coca light. Malheureusement, quand je le mentionne, elle m'adresse un nouveau coup d'œil perplexe et m'annonce qu'ils n'en ont pas, et qu'il faudra aller en chercher à la supérette.

— Surtout pas ! je me récrie, mortifiée. Ce n'est pas grave du tout. Du thé ira très bien.

— Tant mieux, soupire-t-elle, soulagée. Que vous ingurgitiez tous ces produits chimiques malsains ne me plaît pas beaucoup. Ça ne peut que vous faire du mal.

Je lui souris, bien que son raisonnement m'échappe complètement. Le Coca light ne contient rien de chimique ni de malsain, juste de délicieux ingrédients, comme de l'acide carbonique, de la caféine et de l'aspartame. Des produits naturels, quoi. Mais bon, je suis en Angleterre, à présent, alors je me comporterai comme les Anglais. Je me verse donc un peu du breuvage contenu dans la théière en céramique qui est posée près de la bouilloire électrique, y ajoute du lait sur les injonctions de Mme Marshall, puisque c'est ainsi, apparemment, que les Britanniques boivent leur thé au lieu d'y mettre du miel ou du citron. Je suis surprise de découvrir que ce n'est pas mauvais du tout. Ce que je n'hésite pas à signaler à voix haute.

— Qu'est-ce qui est bon ?

Un garçon châtain de quinze ou seize ans vêtu d'une

veste en jean bleu foncé et d'un pantalon en jean délavé (ouille ! bonjour contraste ! Heureusement, son T-shirt *Killers* répare un peu les dégâts) vient d'entrer dans la cuisine. Il s'arrête net en me voyant.

— Qui c'est, celle-là ? s'écrie-t-il.

— Comment ça ? rétorque sa mère d'une voix sèche. C'est Liz, l'amie américaine de ton frère Andy.

— Arrête ton charre, m'man ! Tu me prends pour qui ? C'est pas elle, elle est pas...

— Alex, je te présente Liz, l'interrompt Mme Marshall encore plus vertement. Sois poli et dis bonjour.

Elle n'a plus du tout l'air d'une rose, tout à coup. Ou alors, une qui montrerait ses épines. Penaud, le môme me tend la main.

— Désolé, marmonne-t-il. C'est juste qu'Andy nous a...

— Mets le couvert, Alex, lui ordonne sa mère en lui fourrant une poignée de fourchettes et de couteaux dans les pognes. Nous allons bientôt petit-déjeuner.

— Mais il est presque midi ! proteste son rejeton.

— C'est en l'honneur de Liz. Alors tais-toi et obéis.

Alex file dans la salle à manger pour préparer la table. Geronimo, c'est ainsi qu'ils ont baptisé leur chien – n'est-ce pas exquis ? –, qui s'est collé contre moi dès que je me suis assise, le suit, dans l'espoir sans doute d'obtenir un petit quelque chose de bon.

— Vous avez des frères ? m'interroge Mme Marshall, de nouveau charmante maintenant que son fiston n'est plus là.

— Non. Deux sœurs aînées.

— Votre mère est chanceuse. Les garçons, quel boulot ! Alex ! crie-t-elle ensuite, préviens ton père que le repas est prêt. Et appelle Alistair aussi.

Andrew, Alistair et Alexander. J'adore la façon dont les parents d'Andrew ont appelé leurs enfants. C'est si mignon d'avoir pris des noms commençant tous les trois par la lettre A. Exactement comme Paul Anka[1] – sauf que lui a eu des filles : Alexandra, Amanda, Alicia, Anthea et Amelia. Et comme c'est charmant de me donner du Liz et non du Lizzie. Contrairement à chez moi. C'est Andrew qui a commencé, le chou !

— Eh bien, Liz, me sourit Mme Marshall, si vous passiez à table que nous puissions démarrer ?

— Je vais vous aider à apporter les plats.

Mais elle refuse et me chasse de la cuisine. J'entre dans la salle à manger, en réalité la partie en L du salon. Geronimo est déjà assis au bout de la table, prêt à attraper tout morceau qui tomberait à sa portée.

— Je me mets où ? je demande à Alex qui, tel l'adolescent moyen universel, hausse les épaules.

À cet instant, M. Marshall arrive. Galamment, il tire une chaise pour moi. Je le remercie et me pose tout en essayant de me rappeler – en vain – si mon père a jamais eu de tels égards pour moi.

— Et voilà ! annonce Mme Marshall en émergeant de la cuisine avec plusieurs assiettes fumantes. Pour la première visite de l'amie d'Andy dans ce pays, un authentique petit déjeuner anglais !

Je me redresse, histoire de montrer combien je suis impressionnée et flattée.

— Merci beaucoup, dis-je. Il ne fallait pas vous donner autant de...

C'est alors que je découvre ce qui remplit les assiettes.

---

1. Chanteur canadien naturalisé américain, né en 1941, ayant commencé très tôt, véritable star des années 1960, auprès des dames notamment, acteur à ses heures, qui a fait son come-back en 2005.

— Une ratatouille de tomates ! triomphe Mme Marshall. Votre plat préféré ! Et notre interprétation anglaise de la chose, des tomates à l'étouffée. Ainsi que des tomates farcies et une omelette aux tomates. Andy m'a confié que en raffoliez, Liz. J'espère que ce repas vous donnera l'impression d'être chez vous !

Omondieu !

— Liz ? Vous vous sentez mal, très chère ? Vous semblez un peu... pâlotte.

Mme Marshall me regarde, une expression inquiète sur son visage rose.

— Je vais bien, dis-je en avalant une grande gorgée de thé au lait. C'est formidable, madame Marshall. Je vous remercie de tous ces efforts. C'est trop.

— Ça me fait plaisir, jubile-t-elle en s'asseyant en face de moi. Et je vous en prie, appelez-moi Tanya.

— D'accord, Tanya.

J'espère que mes yeux ne sont pas aussi humides que j'en ai l'impression. Comment a-t-il pu commettre pareille erreur ? Il n'a donc pas LU mes mails ? Ne m'a-t-il donc pas ÉCOUTÉE, la nuit de l'incendie ?

— Qui manque-t-il ? demande Mme Marshall en voyant la chaise vide en face d'Alex.

— Alistair, répond ce dernier en attrapant un toast.

Des toasts ! Je pourrai manger ça ! Non. Pas si je veux continuer à entrer dans un 36. Omondieu ! Je vais être forcée d'avaler quelque chose. L'omelette ! Les œufs noieront peut-être le goût des tomates.

— Alistair ! beugle M. Marshall.

Quelque part dans les profondeurs de la maison, une voix masculine braille à son tour.

— Ouais ! J'arrive !

Je mords un petit bout d'omelette. Elle est bonne. On

devine à peine le... Oh non ! On le sent très bien, en fait. Ressaisissons-nous. Les tomates... il s'agit d'une bévue légitime. N'importe qui aurait pu confondre. Même une âme sœur. Au moins, il s'est souvenu que j'en avais parlé. Il ne s'est certes pas rappelé ce que j'en avais dit, mais il n'a pas oublié l'allusion. Et puis, il est tellement occupé à enseigner aux enfants à lire et tout le toutim. Et à jouer les garçons de café.

Personne ne me prêtant attention, je transfère un peu d'omelette de mon assiette dans la serviette posée sur mes genoux. Puis je fixe Geronimo, qui a délaissé la place de M. Marshall en devinant qu'il n'obtiendrait rien de ce dernier. Le regard du colley croise le mien. La seconde d'après, sa truffe est plantée entre mes cuisses.

— Qu'est-ce qu'on bouffe ?

Un garçon, sans doute le cadet de la famille, Alistair, apparaît sur le seuil. Contrairement à sa mère et à ses deux frères, il a les cheveux d'un roux flamboyant – sûrement la même couleur que ceux de son père avant qu'il les perde tous... enfin, à en juger par ses sourcils.

— Te voilà enfin, Ali ! s'exclame Mme Marshall. Assieds-toi. Nous prenons un petit déjeuner anglais traditionnel en l'honneur de l'amie d'Andrew, Liz, qui nous vient d'Amérique.

Le rouquin a un ou deux ans de moins que moi. Il est habillé en Adidas de la tête aux pieds. Survêtement, veste, T-shirt, chaussures. La marque le sponsorise peut-être, vu qu'il est danseur professionnel.

— Enchantée. Je m'appelle Lizzie.

Alistair me contemple pendant une bonne minute, puis il s'esclaffe.

— Ben tiens ! ricane-t-il. À d'autres, m'aman ! Qu'est-ce que c'est que cette blague idiote ?

— Ce n'est pas une plaisanterie, Alistair, le morigène son père sur un ton froid.

— Mais, bêle le grand crétin, ça ne peut pas être elle ! Andy a dit que sa poule était une grosse dondon !

On ne sait pas grand-chose des habitudes vestimentaires du IIe siècle aux années 700, à cause des envahisseurs Goths, Visigoths, Ostrogoths, Huns et Franques. On devine en revanche, et toujours pour les mêmes raisons, que rares furent ceux ayant le temps de penser à la mode, la majorité de la population étant bien trop occupée à fuir pour sauver sa peau.

Il faut attendre 800 et le règne de Charlemagne pour avoir une description détaillée de la garde-robe de l'époque, laquelle comprenait un pantalon haut que des aiguillettes rattachaient aux chausses. Cette pièce de vêtement passa à la postérité sous le nom de braies, mot universellement adoré et abondamment employé par les auteurs de romans historiques coquins.

Histoire de la mode (mémoire de maîtrise),
Élizabeth Nichols.

6

Mais dites la vérité, et toute la nature, tous les esprits vous aident en faisant preuve d'un zèle inattendu. Dites la vérité, et les choses vivantes ou brutes sont des justificatifs, et même les racines souterraines des plantes semblent s'agiter et bouger pour soutenir votre témoignage.
Ralph Waldo Emerson (1803-1882), essayiste, poète et philosophe américain.

Je dois attendre cinq tonalités avant que Shari décroche. Un instant, je crains même qu'elle ne réponde pas. Et si elle dormait ? Je sais qu'il n'est que vingt et une heures, en Europe, mais si elle ne s'était pas encore adaptée au décalage aussi bien que moi ? Quoi qu'elle soit ici depuis plus longtemps. Elle était censée arriver à Paris il y a deux jours et passer une nuit à l'hôtel avant de prendre le train le lendemain afin de rejoindre le château. En même temps, il s'agit de Shari. Brillante dans ses études, pas si brillante dans le quotidien. Elle a laissé tomber son téléphone portable dans les toilettes plus souvent qu'à son tour. Qui sait si j'arriverai seulement à la joindre ?

Soudain, à mon grand soulagement, elle finit par se manifester. Et il est clair que je ne l'ai pas réveillée, parce que, derrière elle, de la musique braille à pleins tubes. Une chanson dont le refrain serine encore et encore, sur un rythme latino, « *Vamos a la playa.* »

— Liz-ZIE ! hurle-t-elle. C'est TOIIIIII ?

Omondieu ! Elle est ivre.

— Comment vaaaaaaaaaa ? poursuit-elle sur le même registre. Comment est Londres ? Comment va ce chéri, chéri, chéri d'Andrew ? Comment va son cuuuuuuuuuuuulllll ?

— Shari, dis-je à voix basse (ne tenant pas à ce que les Marshall me surprennent, je fais couler l'eau dans la baignoire ; attention, je ne la gâche pas, j'ai bien l'intention de prendre un bain... dans une minute), les choses sont bizarres, ici. Super bizarres. Il faut que je parle à quelqu'un de normal un petit instant.

— Attends, laisse-moi le temps de dénicher Chaz. (Sur ce, elle éclate de rire.) Je plaisante ! Omondieu, Liz ! Tu verrais cet endroit ! Tu en mourrais. C'est un mélange de *Sous le soleil de Toscane* et de *Valmont*[1] La maison de Luke est énorme. ÉNORME. Elle a même un nom, Mirac. Et ses propres VIGNOBLES. Lizzie, ils fabriquent leur champagne. ILS LE FONT TOUT SEULS.

— Génial. Écoute, Shari, je crois qu'Andy a raconté à ses frères que j'étais grosse.

---

1. Respectivement d'Audrey Wells (2003) et de Milos Forman (1989).

Elle garde le silence trois secondes. Une fois encore, j'ai droit à « *Vamos a la playa* ». Puis elle explose.

— Cet enfoiré a vraiment dit ça ? Il t'a réellement traitée de grosse, ce connard ? Ne bouge pas. Ne bouge surtout pas ! Je saute dans leur Shuttle, le machin sous la Manche, là, et je viens lui couper les couilles à ce...

Je tente de l'apaiser. Elle piaille avec tant de constance que j'ai peur que les Marshall l'entendent. En dépit de la porte fermée, de la télévision et de l'eau qui coule.

— Attends, Shari, ce n'est pas ce que j'ai voulu dire. J'ignore quels mots il a employés exactement. La situation est ultra étrange. J'étais à peine arrivée qu'il est parti bosser. Ce qui n'est pas grave. Pas du tout. Et puis (je sens les larmes me monter aux yeux. Nom d'un chien, il ne manquait plus que ça !), il ne travaille pas avec des enfants. Il est serveur. Il marne de onze heures du matin à onze heures du soir. Je ne savais même pas que c'était LÉGAL. En plus, il n'a pas d'appart'. Nous habitons chez ses parents. Avec ses jeunes frères. À qui il a raconté que j'étais une dondon. Il a aussi dit à sa mère que j'aimais les tomates.

— OK, je ne viens pas. C'est toi qui rappliques. Achète un billet et débarque ici. N'oublie pas de demander une Carte Jeune. Tu devras changer de train à Paris. Une fois là-bas, prends un ticket pour Souillac. Après, appelle-moi. Nous viendrons te chercher à la gare.

— Enfin voyons, Shari, tu délires ! Je ne peux pas partir comme ça.

— Mon cul !

Une nouvelle voix résonne à l'arrière-plan.

— C'est Lizzie, lui explique Shari. Cet empaffé d'Andrew bosse tout le temps, il l'oblige à loger chez ses crétins de vieux et à bouffer des tomates à la con. Et puis, il l'a traitée de grosse dondon.

J'interviens, un peu honteuse :

— Shari ! ne suis pas certaine qu'il ait vraiment utilisé cette expression. Et je t'interdis de le traiter de... à qui parles-tu, d'ailleurs ?

— Chaz t'ordonne de ramener ton joli petit cul pas gros du tout à la première heure demain matin. Il ira en personne te cueillir au train du soir.

— Mais il est impossible que j'aille en France ! je m'écrie, horrifiée. Mon avion pour les États-Unis part de Heathrow. Et mon billet est non remboursable, non transférable, non... non tout, quoi.

— Et alors ? Tu n'auras qu'à retourner en Angleterre à la fin du mois. Allez, Lizzie, viens ! Si tu savais comme on se marre !

Je me mets à murmurer, d'une voix misérable :

— Je ne peux pas, Shari. Je ne VEUX pas. J'aime Andrew. Tu ne comprends pas. Ce soir-là, à la cité U... c'était magique, Shar. Il a lu dans mon âme et moi dans la sienne.

— Comment vous y êtes-vous pris ? Il faisait tout noir.

— Non. Il y avait la lueur des flammes qui s'échappaient de la chambre de cette fille.

— Tu n'as peut-être vu que ce que tu voulais voir. Ou senti que ce que tu voulais sentir.

Fine allusion à l'érection d'Andrew.

D'un regard vide, je contemple l'eau qui remplit la baignoire. Le problème, c'est que, d'ordinaire, je suis d'une nature enjouée. J'ai même ri lorsque Alistair a dévoilé le coup de la grosse dondon. De toute façon, je n'avais pas le choix. Je n'allais quand même pas me vexer. Et puis, la dernière fois qu'Andrew m'a vue, j'étais effectivement grosse. Du moins, je pesais quinze kilos de plus qu'aujourd'hui. Bien obligée de m'esclaffer – je ne tenais pas sembler susceptible aux yeux des Marshall. Je pense avoir réussi à donner le change, d'ailleurs, car Mme Marshall s'est contentée de jeter un coup d'œil furieux à son fils. Puis, vu que je n'avais pas l'air de m'offusquer, elle a semblé oublier l'incident. Comme tout le monde.

Alistair s'est révélé plutôt sympa, au demeurant. Il a proposé de me prêter son ordinateur pour mon mémoire. J'y ai consacré le reste de la journée, jusqu'à l'heure du dîner, un curry acheté à l'Indien du coin, avec les parents seulement, car les garçons étaient sortis. Nous avons mangé en regardant un polar britannique à la télé. À cause de l'accent des acteurs, je n'ai saisi qu'un mot sur sept environ.

J'étais déterminée à ne pas laisser l'allusion à mon poids me démoraliser. Parce que, quoi qu'aient pu penser mes sœurs – qui ne se sont jamais privées de me donner leur avis sur le sujet –, les kilos n'importent pas. Pas du tout. Juste si on est mannequin, et encore. Avoir une légère surcharge pondérale ne m'a jamais empêchée de faire ce dont j'avais envie. Bien sûr, il y a eu toutes les fois où l'on m'a choisie en dernier pour compléter les équipes de volley, en gym. Et je ne parle pas de ces imbéciles de membres des fraternités[1] qui m'ont snobée parce que j'étais plus ronde que les nanas ayant leurs faveurs. Sauf que, excusez-moi, qui a envie de fréquenter ces mecs-là ? Moi, je suis attirée par les garçons qui ont autre chose dans le crâne que leur prochaine beuverie. Par les

---

1. Voir note page 69.

gars qui se soucient d'améliorer le monde, comme Andrew. Des hommes capables de voir au-delà du physique d'une fille, de lire dans son âme, à l'instar d'Andrew.

Malheureusement... à en juger par la remarque d'Alistair, j'ai comme l'impression qu'Andrew n'a peut-être pas vraiment lu dans mon âme, ce soir-là devant McCracken. Il y a aussi les tomates. J'ai dit – ou du moins, j'ai écrit – à Andrew que je les détestais. Je lui ai précisé que c'était le seul aliment que je ne supportais pas. Je lui ai même raconté dans les moindres détails à quel point il avait été horrible de grandir dans une famille à moitié italienne en les haïssant. Ma mère passait son temps à mitonner d'énormes bassines de coulis destiné à ses pâtes et lasagnes. Elle avait, au fond de notre jardin, un immense potager réservé à ce maudit fruit, et j'étais chargée de le désherber, dans la mesure où je refusais de toucher ces horreurs rouges et n'étais donc d'aucune utilité au moment de la récolte.

J'ai mentionné tout cela à Andrew, non seulement quand j'ai répondu à sa question concernant ce que j'aimais manger ou non, mais également la nuit de notre tête-à-tête, durant l'incendie, moi enveloppée dans ma serviette de bain, lui dans un T-shirt d'Aerosmith – ses autres vêtements devaient être au lavage – auquel était accroché son badge d'étudiant de permanence, sous les étoiles et la fumée.

Or, il ne m'a pas écoutée, apparemment. Il n'a prêté aucune attention à mes confidences.

En revanche, il a réussi à préciser à sa famille que j'étais... quoi, déjà ? Ah oui. Une « grosse dondon ».

Aurais-je commis une erreur ? Se pourrait-il, comme Shari l'a suggéré, que la raison pour laquelle j'aime

Andrew ne tienne pas à sa vraie personnalité, et que je lui en aie inventé une, complètement fantasmée ? Aurait-elle eu raison lorsqu'elle a affirmé que je m'aveugle volontairement parce que j'ai beaucoup apprécié notre séance de pelotage (et que son érection m'a flattée) au point de refuser d'admettre que mon attirance pour lui n'est que physique ? Après qu'elle ma jeté ça à la figure, j'ai boudé Shari pendant deux longues heures. Jusqu'à ce qu'elle s'excuse. N'empêche, et si elle était dans le vrai ? L'Andrew que je connais, ou crois connaître, ne serait jamais allé raconter à ses frères que je suis une don-don. L'Andrew que je connais n'aurait même pas remarqué que je suis grosse. Ou que je l'ai été.

La voix de Shari résonne dans le combiné pressé contre ma joue.

— T'es morte, Lizzie ?

De la musique rock retentit derrière elle. Il est clair que mon amie ne souffre nullement du décalage horaire. Son petit copain ne bosse pas, lui. Enfin, si, mais ils travaillent ensemble.

— Non, je suis là. Écoute, il faut que j'y aille. Je te rappellerai.

— Attends ! Cela signifie-t-il que tu m'accompagneras finalement à New York cet automne ?

Je raccroche. Je ne suis pas vraiment en colère après elle. Juste... épuisée.

Je ne me souviens même pas avoir pris mon bain et enfilé mon pyjama, puis m'être traînée au lit. J'ai l'impression qu'on est au petit matin quand Andrew me réveille en me secouant doucement. Il n'est que minuit cependant, du moins c'est ce qu'indique la montre qu'il me fourre sous le nez lorsque je lui demande l'heure d'une voix pâteuse. Je ne m'étais pas aperçue qu'il avait une montre à cadran lumineux. En quelque sorte, c'est... pas très sexy.

Sauf qu'il en a sûrement besoin. Histoire de surveiller ses horaires quand il marne dans ce restaurant sombre qu'éclairent à peine les bougies sur les tables...

— Désolé de te réveiller, murmure-t-il, debout près de la mezzanine. (Mon lit est juste assez haut pour qu'Andrew n'ait pas besoin de se pencher quand il me parle.) Je voulais seulement vérifier que ça allait. Tu n'as besoin de rien ?

Je plisse des yeux dans la pénombre. La seule source de lumière est un rayon de lune qui filtre à travers l'unique et étroite fenêtre de la buanderie. Je constate qu'il est vêtu d'une chemise blanche et d'un jean sombre – sa tenue de serveur.

Je ne sais pas ce qui me pousse à agir comme suit. Peut-être est-ce parce que je me suis sentie tellement seule et déprimée toute la soirée. Ou alors, je suis encore endormie. Ou je l'aime vraiment. Quoi qu'il en soit, je m'assieds, et mes doigts agrippent le devant de sa chemise.

— Oh, Andrew, dis-je à voix basse, tout va mal ! Ton frère Alistair... il a laissé entendre que tu m'avais traitée de grosse. Ce n'est pas vrai, hein ?

— Qu'est-ce que tu racontes ? s'esclaffe-t-il en me bécotant le cou. (Un de ses dadas, visiblement.)

— Alistair... Il a paru vachement surpris en me voyant, parce que tu lui aurais dit que j'étais une dondon.

Cessant de m'embrasser, Andrew me contemple à la lueur de la lune.

— Hein ? marmonne-t-il. C'est quoi, ces carabistouilles ?

— Je ne sais pas ce que sont des carabistouilles, mais figure-toi qu'il a lâché qu'il s'attendait à rencontrer... « une grosse dondon », selon ses propres termes.

Un peu tardivement, je me rends compte qu'Andrew risque d'en vouloir à son frangin, surtout s'il a raconté n'importe quoi. Ce qui est sûrement le cas. Non ? Andrew n'aurait jamais osé balancer un truc pareil...

— Oh, excuse-moi, je reprends en l'enlaçant tendrement. Je n'aurais pas dû mettre ça sur le tapis. Visiblement, Alistair me taquinait. N'en parlons plus, d'accord ?

Mais Andrew ne semble pas disposé à oublier l'incident. Me serrant contre lui, il lâche un chapelet de mots très fleuris pour qualifier son frère.

— T'es une putain de gonzesse, ajoute-t-il ensuite. Je t'ai toujours trouvée bandante. D'accord, quand on s'est connus, t'étais un tout petit peu plus rondouillarde que maintenant. Lorsque t'es sortie de la douane, à l'aéroport, dans cette robe chinetoque, je t'ai même pas reconnue. Je pouvais pas m'empêcher de te mater en me demandant quel veinard venait accueillir un aussi mignon petit lot.

Interdite, je le regarde en battant des paupières. En un sens, ces paroles ne sont pas aussi encourageantes qu'il le pense. Mais bon, c'est sûrement à cause de sa drôle de prononciation.

— Après l'appel au haut-parleur, continue-t-il, quand j'ai vu que t'étais... ben toi, j'ai compris que c'était moi, le sacré veinard. Ça m'embête que les choses aient merdé... l'appart' de mon pote qui tombe à l'eau, que tu sois obligée de pioncer dans ce pieu, mon connard de frangin, mon putain d'emploi du temps... Mais je veux que tu saches (il resserre son étreinte) que je suis super content que tu sois là.

Sur ce, il se penche et embrasse de nouveau mon cou. Je hoche la tête. Pour autant que j'apprécie ces bécots, quelque chose me perturbe encore.

— Un dernier truc, Andrew.

— Oui ? souffle-t-il à mon oreille.

— Je... tu...

— Quoi ?

Je respire un bon coup. Il faut que ça sorte. Il le *faut*. Sinon, cela gâchera nos relations durant tout mon séjour. Je plonge :

— Je déteste les tomates !

Il lève la tête et me fixe avec ahurissement. Puis il éclate de rire.

— Merde, c'est vrai ! murmure-t-il. Tu me l'as écrit ! M'man m'a demandé ce que tu aimerais manger pour ton premier repas ici, mais j'arrivais pas à me rappeler. Je savais que tu avais parlé de tomates...

Je m'efforce de ne pas prendre la mouche parce que, s'il s'est souvenu que j'avais mentionné les tomates, il a oublié qu'elles étaient ce que je hais le plus au monde. Andrew a du mal à contenir son fou rire. Je suis heureuse de constater qu'il trouve la situation hilarante.

— Pauvre chérie, enchaîne-t-il, t'inquiète pas. J'en toucherai un mot à ma mère. Et maintenant, laisse-moi t'embrasser.

Il s'exécute.

— T'aime ça, hein ? Et t'es du genre fidèle, non ?

Comment a-t-il pu en douter ? Mais bon, je comprends ce qu'il veut dire. Enfin, je crois, parce que j'ai du mal à réfléchir quand il me touche. Pendant un moment, nous ne parlons plus, trop occupés que nous sommes à nous peloter. Je suis maintenant certaine qu'Alistair se trompe. Andrew ne me considère pas comme une dondon... ou alors, c'est de façon positive. Il m'apprécie. VRAIMENT. Du moins, si la façon dont son jean se tend en est un quelconque indicateur. Bref, je me sens obligée de l'aider à s'en débarrasser. Du futal, s'entend. Je ne voudrais pas qu'il se blesse.

Quand il grimpe à côté de moi – le lit tient le choc, Dieu merci ! (Ou plutôt, merci madame Marshall) –, il est tout joyeux. Je le comprends. Ce jean était drôlement trop serré.

— Tu as des préservatifs ? je lui chuchote à l'oreille.

— Des quoi ? grogne-t-il comme si le mot lui était étranger. Tu prends pas la pilule ? Je croyais que toutes les Américaines la prenaient ?

Mal à l'aise, je réponds :

— Si, mais tu sais, ça ne protège pas des maladies.

— Es-tu en train de suggérer que j'aurais une MST ? s'insurge-t-il, pas ravi-ravi.

Flûte ! Quand apprendrai-je à tenir ma langue ?

— Hum... (J'essaye de trouver rapidement une parade, ce qui n'est pas facile tant je suis fatiguée. Et excitée.) Non... sauf que... euh... et si moi, j'en avais une, hein ?

— Tu parles ! Toi ? Jamais de la vie. T'es trop mignonne.

Et il se remet à titiller mon cou. Très bien. N'empêche, il n'a toujours pas répondu à ma question. J'insiste :

— Alors, tu en as un ?

— Fais chier, Liz ! ronchonne-t-il en s'asseyant.

Il tâtonne et finit par tirer une capote de la poche de son pantalon roulé en boule au pied du lit.

— Là, t'es contente ?

— Oui.

Je le suis en effet. Même si mon amoureux a besoin de se rendre au boulot avec un préservatif, ce qui pourrait susciter des questions si j'étais du genre soupçonneux (ce n'est pas le cas), comme ce qu'il comptait en faire alors que sa copine était à la maison et non sur son lieu de travail.

Mais bon, là n'est pas le problème. Le problème est que, à présent qu'il a une capote nous pouvons passer aux choses sérieuses.

Ce à quoi nous nous attaquons sans plus tarder.

Sauf que.

Disons que ça se déroule comme c'est censé se dérouler. Enfin, je pense, dans la mesure où mon expérience en la matière se limite à quelques attouchements maladroits dans un lit de la cité U avec Jeff, mon unique petit ami sérieux (trois mois), avec lequel je sortais depuis la Seconde et qui, plus tard dans le semestre, m'a avoué, des larmes plein les yeux, qu'il était amoureux de son colocataire, Jim.

N'empêche, j'ai suffisamment lu *Cosmo* pour savoir qu'une fille est responsable de ses orgasmes, exactement comme les invités à une fête le sont du bon temps qu'ils prennent... une hôtesse ne peut pas TOUT contrôler, soyons réalistes. Il est impossible de laisser un garçon gérer ce genre de choses. Soit il risque de tout saboter, soit il ne se donnera même pas la peine d'essayer (à moins, naturellement, qu'il soit comme Jeff, lequel s'intéressait de très près à mes orgasmes... et à mes escarpins

Herbert Levine[1] à boucle en strass, années 1950, comme je l'ai découvert le jour où je l'ai surpris en train de s'admirer dedans).

Bref, tandis que je m'occupe de mon propre plaisir, Andrew, lui, semble avoir des difficultés avec le sien. Cessant brutalement de s'agiter, il s'affale sur le lit.

— Hum... ça va ?

— Ça vient pas, merde ! me sert-il, très romantique. C'est ce putain de pieu. Il est trop petit.

Je suis étonnée – une litote s'il en est. C'est la première fois que je découvre qu'un homme ne parvient pas à jouir. Si pour certaines, Shari par exemple, un mec qui ne cesserait pas de bander serait un don du ciel, j'estime quant à moi que c'est un peu pénible. Suivant les conseils de *Cosmo*, j'ai pris mon pied, et je ne suis pas certaine que je vais tenir encore longtemps. Mon bas-ventre commence à surchauffer sérieux.

En même temps, il est égoïste de ne penser qu'à soi alors que votre partenaire vit pareilles affres. Je n'imagine pas ce que le pauvre Andrew doit éprouver. Pleine de compassion, je l'embrasse et demande :

— Je peux faire quelque chose ?

Je découvre assez vite que oui, du moins si je me fie à la poussée qu'il imprime à ma tête en direction du sud. Le problème, c'est que je ne me suis encore jamais risquée à ce type de pratique. Je ne suis même pas certaine de savoir comment... bien que cette fille de mon étage, à la cité U, ait tenté de m'enseigner cet art délicat à l'aide d'une banane. N'empêche, ce sont-là des gestes néces-

---

1. Célèbre designer américain qui, avec son épouse Beth, chaussa les plus grands noms d'Amérique, de Jackie Kennedy à Barbra Streisand, des années 1940 à 1970. Connu notamment pour avoir remis à la mode la botte pour femme dans les années 1960 et lancé l'usage de la mule.

saires quand on souhaite aider ceux qu'on aime à se soulager.

J'exige cependant qu'il change de préservatif avant de
m'exécuter. Parce que... il ne faut pas pousser – je n'aime
personne à ce point-là. Même pas Andrew.

Les croisades n'eurent pas pour seule source d'obscurs désirs de prééminence religieuse. La mode y joua également un rôle non négligeable, et si les croisés rapportèrent à leurs épouses et filles l'or de leurs ennemis vaincus, ils se gardèrent bien d'oublier dans leurs bagages les secrets de beauté des mystérieuses odalisques, y compris le rasage du pubis, dont on n'avait plus entendu parler en Europe depuis les débuts de l'Empire romain.

Nous laisserons au lecteur du présent ouvrage et à son imagination fertile le soin de déterminer si les ladies anglaises adoptèrent cette pratique transmise par leurs sœurs orientales. Nous savons toutefois, d'après des portraits de l'époque, que nombre d'entre elles eurent la main un peu lourde, puisqu'elles s'épilaient intégralement le visage – sourcils et *cils* ! – et se rasaient la tête. La majorité d'entre elles étant analphabètes, on s'étonnera guère que le message soit mal passé.

Histoire de la mode (mémoire de maîtrise),
Élizabeth Nichols.

7

Gardez vos secrets et arrachez aux autres les leurs.
Philip Dormer Stanhope, quatrième comte de Chesterfield
(1694-1773), homme d'État anglais.

Je me réveille dans un état de satisfaction profond et complet, bien que j'aie dormi seule, Andrew ayant regagné son lit en titubant après que notre tentative pour sommeiller ensemble dans le mien, trop étroit, a lamentablement échoué, à cause de ses longues jambes et de ma tendance à me rouler en chien de fusil.

En tout cas, il m'a quittée heureux et reconnaissant. J'y ai veillé. Toute débutante que je sois, j'apprends vite.

M'étirant, je repense à cette nuit. Andrew est si mignon. Ou plutôt, il est adorable, pour s'en tenir à un vocabulaire plus viril. Mes inquiétudes à l'idée qu'il m'ait traitée de dondon... comment ai-je pu gaspiller autant d'énergie à pareille sottise ? ! Il n'a bien sûr jamais considéré que j'étais grosse et n'a jamais rien dit de tel à sa famille. Son frère doit confondre avec une autre fille.

Non, Andrew est le petit copain idéal. Et je ne tarderai pas à l'amener à se débarrasser de son blouson en cuir rouge. Pour compenser, je lui en achèterai peut-être un autre aujourd'hui quand nous sortirons faire du lèche-vitrine. Il me l'a promis (lors de notre conversation *post coitum*) : au programme, magasins et sites touristiques, une fois qu'il en aura terminé avec ses obligations en ville.

Naturellement, ce qui attise le plus ma curiosité ici, Andrew mis à part, ce sont les boutiques Oxfam[1], où j'ai de bonnes chances de découvrir des trésors cachés, et cet endroit dont j'ai entendu parler, Topshop[2], qui est l'équivalent britannique de T.J. Maxx[3], voire de H&M, que nous n'avons pas dans le Michigan mais il paraît que c'est la Mecque des amoureux de la mode. Je me suis néanmoins bien gardée de le signaler à Andrew, parce que je ne veux pas paraître trop superficielle. Je devrais sûrement m'intéresser à l'histoire de son pays, qui est incroyablement riche et remonte à des tas de millénaires... en tout cas, au moins deux, du simple point de vue de la mode. Andrew est si attentionné. Et les siens si charmants (réflexions sur les grosses exceptées). J'aimerais trouver une manière de leur montrer que j'apprécie leur gentillesse envers moi...

L'idée surgit un peu plus tard, alors que je suis dans

---

1. Chaîne de magasins anglais qui revendent des vêtements et objets d'occasion au profit des populations déshéritées.
2. Immense magasin londonien situé sur l'incontournable Oxford Street, proposant des milliers de fringues réparties sur quatre étages, style jeune et branché, prix abordables.
3. Chaîne de boutiques revendant les invendus des autres, où l'on peut dénicher de véritables bonnes affaires.

la salle de bains, en train de me raser les jambes. Puisque Andrew dort encore, et que les autres membres de la famille semblent avoir filé à leurs diverses occupations, je vais préparer le repas. C'est ça ! Ce soir, j'exprimerai ma reconnaissance aux Marshall pour leur hospitalité en leur cuisinant le fameux duo de spaghettis de ma mère ! Je suis presque sûre qu'ils auront les ingrédients à la maison – juste des pâtes, de l'ail, de l'huile, du parmesan et des piments effilés. Et s'il manque quelque chose, une délicieuse baguette croquante par exemple, je m'arrêterai à notre retour de balade pour l'acheter. J'imagine déjà la surprise et la joie de M. et Mme Marshall quand ils rentreront de leur longue journée de travail pour découvrir qu'ils n'ont plus qu'à se mettre les pieds sous la table !

Ravie de mon plan, je me maquille et applique une couche supplémentaire de vernis sur les ongles de mes orteils, car je compte battre le pavé de Londres en chaussures ouvertes, ce qui implique de renforcer ma pédicure à la française. Soudain, Andrew descend l'escalier en vacillant, les yeux encore tout ensommeillés. Nous nous offrons une excellente partie de jambes en l'air matinale dans la mezzanine avant que j'enfile ma robe de plage Alex Colman[1], celle au décor de feuilles (j'ai un gilet en cashmere assorti... heureusement que, au dernier moment, j'ai pensé à l'apporter, vu que je vais en avoir besoin) et presse Andrew de se dépêcher afin que nous puissions entamer notre journée, qui promet d'être bien remplie. Il faut encore que je change de l'argent, et lui a son rendez-vous en ville.

---

1. Designer californien des années 1940 s'étant fait une spécialité des tenues décontractées (robes de plage, sportswear, etc.)

Ma première vraie journée à Londres – celle d'hier ne compte pas, dans la mesure où j'étais tellement fatiguée que je m'en souviens à peine – a déjà si bien commencé (petit déjeuner sans tomates, bain paresseux, sexe) que je ne vois pas en quoi elle pourrait encore s'améliorer ; et pourtant si : le soleil brille, trop chaud pour qu'Andrew mette son blouson de danseur de break !

Nous quittons la maison main dans la main, sous le regard triste de Geronimo (« Ce clebs te kiffe pour de bon », fait remarquer Andrew. Génial ! J'ai déjà gagné l'affection de l'animal domestique en lui refilant des morceaux en douce – celle de la famille ne peut plus tarder, à présent, non ?), et nous dirigeons vers le métro. Je vais prendre le métro londonien pour la première fois de ma vie !

Et je n'ai absolument pas peur de sauter sur une bombe, parce que c'est justement ce genre d'angoisse qui donne aux terroristes le sentiment d'avoir gagné.

N'empêche, je garde l'œil ouvert, à l'affût de jeunes hommes (et femmes – les préjugés sexistes sont aussi nuls que les préjugés raciaux) affublés de manteaux pleins de bosses en ce jour radieux. Tout en guettant d'éventuels poseurs de bombes, je ne peux m'empêcher de remarquer à quel point tout le monde ici est mieux habillé que chez nous, à Ann Arbor. Il est affreux de dire une telle chose sur son pays natal, mais il semble que les Londoniens se soucient plus de leur apparence vestimentaire que les Américains. Je n'ai pas repéré une seule personne, à part Alistair qui n'est, somme toute, qu'un adolescent, en survêtement ou pantalon à ceinture élastique. Il est vrai que nul non plus ne paraît aussi gros qu'aux États-Unis. D'où vient cette minceur suspecte des Anglais ? Est-ce tout le thé qu'ils ingurgitent ?

Et les publicités ! Les pubs qui ornent les murs du métro ! Elles sont tellement... intéressantes. La plupart du temps, je ne capte pas leur propos. Sans doute parce que je n'ai encore jamais vu de femme aux seins nus vanter les mérites d'un jus d'orange.

Shari doit avoir raison. Les Britanniques sont beaucoup moins coincés que nous au sujet de leur corps, même s'ils les habillent mieux.

Quand nous arrivons enfin à la station où Andrew a rendez-vous – d'après lui, il y a une banque pas loin où je pourrai changer de l'argent –, nous émergeons au grand air, et j'en ai le souffle coupé...

Je suis à Londres ! Au centre-ville ! Sur la place où tant d'événements historiques importants ont eu lieu, y compris les débuts du mouvement punk (où serions-nous aujourd'hui si Madonna n'avait arboré ce bustier, et si les *Seditionnaries* de Kings Road n'avaient révélé Vivienne Westwood[1] au monde ?) et la fête de fiançailles de la princesse Diana (encore simple Lady Diana à l'époque) où elle avait cette jolie robe du soir noire.

Malheureusement, Andrew ne me laisser pas le temps de m'imprégner de toute cette richesse et me traîne devant une banque où je fais la queue afin d'échanger quelques traveller's chèques contre des livres anglaises. La guichetière réclame mon passeport, qu'elle examine d'un œil suspicieux. Compréhensible : je pesais quinze kilos de plus lorsque la photo a été prise. D'ailleurs, quand elle me le rend, Andrew demande à voir mon portrait et se paie une bonne tranche de rire.

---

1. Créatrice de mode autodidacte ayant ouvert une boutique sur Kings Road, à Chelsea, où elle vendait du vintage 1950 et ses propres vêtements. À la fin des années 1970, le groupe punk les *Sex pistols* ont rendu ses créations célèbres, notamment la collection *Seditionnaries*. Westwood a, entre autres, lancé les chaussures à plate-forme.

— Putain ! s'exclame-t-il. T'étais vachement grosse ! J'en reviens pas ! Et regardetoi maintenant ! Tu ressembles à un mannequin ! Vous trouvez pas qu'elle a l'air d'un mannequin ? s'enquiert-il auprès de l'employée.

— Mmm, répond-elle sans se compromettre.

Il est toujours agréable de s'entendre comparer à un top-modèle, bien sûr. N'empêche... étais-je donc si moche que ça, avant ? Car, lors de notre rencontre, la nuit de l'incendie, je pesais quinze kilos de plus qu'aujourd'hui. Pourtant, Andrew a été attiré par moi. Je le sais, j'ai senti son érection. Certes, je ne portais qu'une serviette de bain à ce moment-là, puisque les pompiers refusaient de nous laisser rentrer dans le bâtiment. Quand même.

La guichetière finit par me tendre mon argent, ce qui me distrait de ces sombres pensées. Quels beaux billets ! Bien plus jolis que les dollars américains qui sont juste... verts. En plus, il y en a de toutes les tailles ! Les pièces de monnaie sont lourdes, j'ai l'impression de détenir de l'or.

Je suis super impatiente de ressortir dépenser un peu de mon argent britannique, alors je supplie Andrew de se débarrasser de son entretien au plus vite afin que nous filions chez Harrods (j'ai déjà mentionné que c'était le premier endroit que je voulais visiter, même si je n'ai pas l'intention d'y acheter quoi que ce soit... j'ai juste envie de découvrir l'autel que son propriétaire, Mohamed Al Fayed a élevé à son fils, celui qui a été tué dans l'accident de voiture avec la princesse Diana).

Andrew m'emmène alors en direction d'un bâtiment très vilain et très ennuyeux au-dessus duquel est écrit « *Agence pour l'emploi* ». Andrew doit poireauter avec des tas d'autres personnes afin, dit-il, de « s'inscrire » pour le boulot, un truc dans le genre.

Toutes les choses anglaises m'intéressent, bien sûr, car une fois qu'Andrew et moi serons mariés, la Grande-Bretagne pourrait devenir mon pays d'adoption, comme avec Madonna. Donc, j'étudie soigneusement les affiches devant lesquelles nous passons au fur et à mesure que la file d'attente avance. Elles sont toutes du même acabit : « *Renseignez-vous sur la nouvelle politique pour l'emploi lancée par le ministère du Travail* » ; et : « *Vous avez envie de travailler en Europe ? Demandez-nous conseil.* »

C'est bizarre que les Anglais appellent Europe l'« Europe », comme s'ils n'en faisaient pas partie, alors qu'aux États-Unis, nous croyons le contraire. Nous devons nous tromper.

Ce n'est qu'au moment où Andrew arrive enfin devant le guichet et tend un formulaire à un homme au visage sévère que je pige que nous sommes dans un bureau destiné aux chômeurs. D'autant que le type derrière le comptoir demande à Andrew s'il a trouvé du travail, et que ce dernier répond que non, pas encore. Pardon ? Comment ça, il n'a pas trouvé de travail ? Il n'a fait que bosser depuis que je suis arrivée !

— Mais Andrew ! m'entends-je m'exclamer. Et ton boulot de serveur ?

Il devient tout pâle. Ce qui est une sorte d'exploit pour lui, vu qu'il est déjà blanc comme un lavabo. Mais ça le rend sexy... genre Hugh Grant.

— Ha ! lance-t-il à l'employé. Elle blague.

De quoi ? Il a perdu l'esprit ?

— Tu as passé ta journée d'hier là-bas, je lui rappelle. De onze à vingt-trois heures.

— Arrête de raconter des sornettes au monsieur, Liz,

m'ordonne-t-il d'une voix tendue. Tu ne vois donc pas qu'il est occupé ?

Évidemment que si. Le problème, c'est pourquoi Andrew ne le voit pas, lui. Aussi je rétorque :

— Exact. Comme toi hier avec ce job au restaurant que tu as été obligé de prendre parce que l'école ne payait pas assez. Tu te souviens ?

Omondieu ? Et s'il se droguait ? Sinon, il n'aurait pas oublié qu'il a boulonné le jour même de mon arrivée. Un simple coup d'œil sur son visage me révèle cependant que sa mémoire est intacte, qu'il ne s'adonne donc à aucun stupéfiant. Si son regard – un regard qui tue – est une indication quelconque, en tout cas. Bon, il est évident que j'ai commis une gaffe. Mais laquelle ? J'ai seulement dit la vérité. Je m'enferre.

— Une minute. C'est quoi, cette entourloupe ?

À cet instant, l'employé décroche un téléphone et lâche :

— Monsieur Williams ? J'ai un problème. Oui, tout de suite.

Sur ce, il laisse tomber une pancarte « *Guichet fermé* » devant lui et annonce :

— Veuillez me suivre, s'ils vous plaît, monsieur Marshall. Vous aussi, mademoiselle.

Il soulève une partie du comptoir pour que nous puissions passer de l'autre côté avant de nous escorter dans une petite pièce nue, à l'exception d'un bureau, de quelques étagères vides et d'une chaise. Tandis que nous gagnons le fond du hall d'accueil, je sens des yeux inquisiteurs se porter sur nous, ceux des chômeurs qui font la queue et ceux des employés chargés de les recevoir. Il y a des chuchotis, quelques rires. Il me faut environ cinq secondes pour en saisir la raison. Et lorsque j'y parviens, mes joues deviennent aussi rouges que celles d'Andrew ont blêmi un instant auparavant. Je devine en effet que j'ai recommencé. J'ai ouvert ma grande bouche de bécasse alors que j'aurais mieux fait de la fermer.

Ouais. Mais comment étais-je censée savoir que l'agence pour l'emploi est le lieu où les chômeurs britanniques s'inscrivent afin de percevoir leurs allocations ? Et puis, que fiche Andrew ici, alors qu'il a un travail ? Même s'il n'a pas l'air de trouver ça illégal, vu qu'il n'arrête pas de bêler : « Tout le monde le fait ! » à l'intention du guichetier. Peut-être. Toutefois, les employés de ce bureau ne semblent pas juger cette explication légitime, du moins si la façon dont le type nous toise avant d'aller chercher son supérieur signifie quelque chose.

— Écoute, Liz, me dit Andrew à l'instant où l'autre s'éclipse, je sais bien que t'en avais pas l'intention, n'empêche, t'as complètement foiré mon coup, là. Enfin, quand le chef déboulera, jure-lui que tu t'es trompée, et ça devrait aller. Dis qu'il y a eu un malentendu, et que je ne travaillais pas hier, OK ?

Je le contemple, un peu perdue. J'ai du mal à saisir ce qui se passe. Il y a forcément une erreur, en effet. Andrew, MON Andrew, qui enseignera un jour aux enfants, ne peut pas être un profiteur du système. C'est tout bonnement inconcevable.

— Mais... tu bossais, hier, ne puis-je m'empêcher de réattaquer. N'est-ce pas ? En tout cas, c'est ce que tu m'as dit. C'est la raison pour laquelle tu m'as laissée seule à la maison toute la journée et une partie de la soirée. Parce que tu servais dans un restaurant. Non ?

Mon copain transpire. C'est la première fois que je le remarque. Un film de sueur luit à la racine de ses cheveux. Qui commencent à vaguement s'éclaircir, d'ailleurs. Sera-t-il un jour aussi chauve que son père ?

— Si, admet-il. Sauf qu'il faut que tu mentes pour moi.

— Que je mente ?

Je comprends chaque mot, et pourtant... je suis sciée qu'Andrew, MON Andrew, les prononce.

— Rien qu'un pieux mensonge. C'est pas si grave que tu as l'air de le penser. Franchement, Liz, les serveurs ici gagnent QUE DALLE, c'est pas comme aux States, où ils ont l'assurance d'un pourboire de quinze pour cent. Je te jure, tous les collègues touchent le chômage eux aussi...

Je proteste, ébahie :

— Ce n'est pas une raison. Ça reste... malhonnête. C'est prendre l'argent de ceux qui en ont vraiment besoin.

Il doit quand même piger ça, non ? Lui qui souhaite éduquer les déshérités... ceux-là mêmes à qui est destiné l'argent public qu'il s'estime en droit de détourner. Il est impossible qu'il n'en ait pas conscience. Sa mère est assistante sociale, bon sang ! Est-elle seulement au courant que son fils gruge l'État ?

— J'en ai besoin moi aussi, insiste-t-il, de plus en plus dégoulinant alors que la température de la pièce est plutôt agréable. Il faut bien que je vive, Liz. Et puis, c'est pas facile de trouver un emploi décent quand les recruteurs savent que tu t'en iras dans quelques mois pour continuer tes études.

Là, il n'a pas tort. Moi, si j'ai réussi à décrocher mon poste à *Vintage Volage*, c'est seulement parce que je résidais sur place. Et parce que je suis douée dans la partie. N'empêche...

— En plus, c'est pas que pour moi, poursuit Andrew en jetant un coup d'œil nerveux vers la porte ouverte du bureau. Je voulais que t'aies du bon temps pendant ton séjour. J'avais prévu de t'emmener dans des endroits sympas, de t'offrir de bons petits repas. De... je sais pas, moi... t'offrir une croisière.

— Oh, Andrew !

Une bouffée d'amour gonfle soudain mon cœur. Comment ai-je pu songer... quelle vilaine je suis ! Il s'est peut-être engagé sur une mauvaise voie, mais ses intentions étaient pures. Alors je reprends :

— Écoute, j'ai économisé plein d'argent. Il ne faut pas faire ça pour moi. T'échiner autant... toucher le chômage. J'ai largement de quoi pour nous deux.

Brusquement, il ne transpire plus autant.

— Ah bon ? T'as plus que ce que t'as changé tout à l'heure à la banque ?

— Bien sûr. J'ai mis de côté mon salaire de la boutique pendant des mois. Je serai ravie de le partager avec toi.

C'est vrai. Ne suis-je pas féministe ? Entretenir l'homme que j'aime ne me pose aucun problème. Absolument aucun.

— Combien ? s'empresse de demander Andrew.

Je sursaute.

— Combien j'ai ? Disons, dans les mille cinq cents...

— Vraiment ? Génial ! Tu m'en prêterais un peu ?

— Voyons, Andrew, je te l'ai dit. C'est avec plaisir que je payerai pour nos sorties...

— Non, non, précise-t-il, j'aimerais t'en emprunter un petit peu. Une avance, genre. (S'il a cessé de suer, il a le visage légèrement tendu et n'arrête pas de regarder en direction de la porte.) C'est que, tu vois, j'ai pas encore réglé mes frais d'inscription...

— Quoi ?

— Oui, avoue-t-il avec un sourire penaud, pareil à un môme pris la main dans le pot de confiture. C'est que... ben, je me suis retrouvé dans les ennuis juste avant que tu débarques. T'es jamais allée à une des soirées poker du vendredi, à McCracken ?

— Pardon ?

La tête me tourne, tout à coup. Sérieux. Qu'est-ce qu'il raconte ?

— Ben ouais, quoi. Tout un groupe d'étudiants jouaient au Texas Hold'em[1] toutes les semaines. Je me suis joint à eux, et je me suis pas mal débrouillé...

« L'Angliche qui organisait des tournois clandestins de poker au sixième étage », a dit Chaz à propos de quelqu'un... et voilà que ce quelqu'un se révèle être Andrew !

— C'était toi ? je m'écrie, hébétée. Mais... les jeux d'argent sont interdits à la cité U ! Et tu étais bien placé pour le savoir, puisque tu avais des responsabilités à McCracken.

— Ben... tout le monde le faisait, répond-il en me dévisageant, incrédule.

« Et si tout le monde portait des épaulettes, tu t'y mettrais aussi ? » ai-je envie de riposter avant de me mordre les lèvres. Parce que, naturellement, je connais la réponse.

— Bref, enchaîne-t-il, j'ai joué ici y a pas longtemps, et... ben, les mises étaient un peu plus élevées que ce à quoi je suis habitué, et les autres joueurs un peu plus expérimentés, alors je...

---

1. Variante du poker la plus connue et la plus jouée actuellement dans le monde.

Je finis sa phrase à sa place, d'une voix plate :

— Tu as perdu.

— Juste parce que j'avais trop confiance en moi, j'ai cru que j'allais réussir à les nettoyer en un rien de temps... sauf que c'est moi qui me suis fais botter le cul, et j'ai perdu le fric de mes frais d'inscription l'année prochaine. C'est pour ça que je bosse comme un malade, tu comprends ? Je peux pas dire à mes parents ce qui est arrivé à leur pognon. Ils sont carrément contre les jeux d'argent et ils me ficheraient à la porte de chez eux... où j'ai à peine un lit, comme tu sais. Si tu pouvais me refiler quelques centaines de livres... ben, je serais tiré d'affaire, quoi. Je serais plus obligé de travailler, et nous passerions nos journées ensemble... et nos nuits aussi, précise-t-il d'un air coquin en glissant un bras autour de ma taille pour m'attirer contre lui. Ça serait génial, non ?

J'ai carrément le vertige, à présent. Il a beau s'être expliqué, je n'y pige rien... ou plutôt, si. Je pige trop, même. Et je ne pense pas aimer ce que je comprends.

— Quelques centaines de livres, hein ? Pour payer la fac ?

— Dans les deux cents. Ça fait... quoi ? Cinq cents dollars ? C'est pas énorme, si tu songes qu'il s'agit de mon futur... de NOTRE futur. Je te le revaudrai, bien sûr. Même si ça doit me prendre le reste de ma vie. (Il baisse la tête pour titiller mon cou de ses lèvres.) J'avoue qu'il y a pire torture que consacrer le reste de mon existence à rendre au centuple ce que je dois à une fille comme toi.

— Hum... d'accord. (Cependant, une voix intérieure s'égosille à me conseiller le contraire.) Nous n'aurons qu'à... qu'à expédier un mandat à l'université quand nous sortirons d'ici.

— T'es super. À propos, il vaudrait mieux que tu me

donnes directement l'argent pour que je l'envoie. Je connais un gars, au boulot, qui peut le transférer sans frais. Ça coûterait pas un rond...

— Tu préférerais du liquide.

— Ouais. Ce sera moins cher qu'un mandat. Leurs frais sont exorbitants. (Des pas retentissent soudain dans le couloir.) Merde, le branleur rapplique. Dis-lui que tu t'es trompée quand t'as parlé de mon boulot. Que t'as mal compris. D'accord ? Tu ferais ça pour moi, Liz ?

Prise d'une espèce de transe, je marmonne :

— Lizzie.

— Quoi ?

— Lizzie. Pas Liz. Tu m'appelles toujours Liz. Tu es le seul. Mon nom, c'est Lizzie.

— OK. Comme tu voudras. Bon, il arrive. Explique-lui bien que tu t'es gourée.

— Ne t'inquiète pas.

Sauf que, par-devers moi, je suis en train d'admettre que mon erreur ne concerne en rien le travail d'Andrew.

Bien que la plupart des historiens considèrent la période élisabéthaine comme une époque de lumières à cause de l'émergence de génies tel Shakespeare ou Sir Walter Raleigh[1] (voir : la cape dans la boue, etc.), il est indubitable que, vers la fin de son règne, Élisabeth eut tendance à se comporter de façon imprévisible et ombrageuse. Nombreux attribuent cette attitude aux copieuses couches de céruse qu'elle appliquait sur son visage afin de paraître plus jeune. Malheureusement pour elle, cette poudre contenait du plomb, lequel, en l'empoisonnant peu à peu, aurait endommagé son cerveau.

Rappelons cependant qu'Élizabeth Ire ne fut pas la seule à mener le rude combat de la beauté (voir : Jackson, Michael).

Histoire de la mode (mémoire de maîtrise),
Élizabeth Nichols.

---

1. Walter Raleigh : 1552-1618. Navigateur anglais, il explora les Amériques avant d'être décapité sur ordre du roi Jacques Ier. Il introduisit l'usage du tabac en Angleterre. Une anecdote raconte qu'il étala sa cape dans la boue pour que la reine Élisabeth Ire ne salisse pas ses chaussures.

8

Les femmes parlent parce qu'elles en ont envie, alors qu'un homme ne parle que lorsqu'il y est invité par quelque chose d'extérieur à lui – quand il ne trouve pas de chaussettes propres, par exemple.
Jean Kerr (1923-2003), romancière et dramaturge américaine.

Je ne sais pas ce qui m'a pris.

Il y a un instant, je demandais à M. Williams, le supérieur du bonhomme qui nous a conduits dans la petite pièce, où se trouvaient les toilettes pour dames – j'ai eu quelques difficultés à leur faire comprendre ce que je voulais, vu qu'ils ne parlent pas la même langue que nous –, et me voici en train de fuir à toutes jambes.

Eh oui, je me suis tirée. J'ai quitté l'agence pour l'emploi... et Andrew. En prétextant une envie pressante. Sauf que, au lieu de me soulager, je suis sortie de l'immeuble et me suis sauvée dans les rues bondées de Londres sans suivre de but précis, complètement paumée.

J'ignore pourquoi j'ai agi ainsi. J'ai docilement dit ce qu'Andrew attendait de moi – qu'il n'avait pas travaillé hier. Vu qu'il est payé au noir, ces gens n'auront aucun moyen de vérifier si c'est vrai ou pas. M. Williams ne peut pas grand-chose contre Andrew... l'envoyer en prison, par exemple. D'ailleurs, quand j'ai demandé le chemin des toilettes, il se bornait à lui faire la morale sur ceux qui abusent du système alors qu'ils n'en ont pas besoin.

C'est là que je suis partie.

Pour ne pas revenir.

Voilà pourquoi, en ce moment, j'erre dans les rues de Londres sans savoir où je suis. Je n'ai pas de guide ni de plan, rien qu'un porte-monnaie plein d'argent anglais et le sentiment de plus en plus fort qu'Andrew ne va pas être très content de me voir quand je rentrerai chez ses parents. (Au passage, je n'ai pas la moindre idée de la façon dont regagner ses pénates.)

J'aurais peut-être dû rester. Ce n'est pas très sympa de ma part de l'abandonner ainsi. Andrew a raison, les étudiants ont vraiment du mal à joindre les deux bouts... Ouais. Et se livrer à des jeux d'argent ne les aide pas à économiser. Et puis, alors que j'ai promis de lui avancer cinq cents dollars pour ses frais d'inscription, je quitte le navire. Comment ai-je osé ? Si Andrew ne règle pas la fac, il ne sera pas autorisé à revenir chez nous à l'automne. Qu'est-ce qui m'est passé par la tête pour lui faire faux bond ?

En même temps, je me sentais incapable de rester.

Ce n'est pas l'argent. Pas du tout. Je lui offrirais volontiers jusqu'à mon dernier cent. Et je suis capable de digérer qu'il m'ait traitée de grosse dondon. Et qu'il ait sorti ça à ses frangins. Et qu'il joue. Et qu'il ait prétendu qu'il n'arrivait pas à jouir pour que je lui fasse une petite gâterie. En revanche, voler les pauvres ? Parce que, à la réflexion, accepter l'argent destiné aux chômeurs tout en bossant, c'est du vol.

Ce que je trouve intolérable.

Et il ose vouloir devenir instituteur ? INSTITUTEUR ! Vous imaginez pareil homme formant des esprits impressionnables ? Je suis une gourde. Dire que j'ai gobé le discours « je veux apprendre aux enfants à lire ». Ça me scie. C'était du flan, histoire de pouvoir glisser sa main dans ma culotte et, plus tard, dans mon porte-monnaie. Comment me suis-je débrouillée pour ne pas déceler les signes avant-coureurs ? Vous en connaissez beaucoup, vous, des aspirants instituteurs qui envoient des photos de leur cul nu à de jeunes Américaines innocentes et naïves ?

Je ne suis qu'une crétine. Comment ai-je pu m'aveugler à ce point ?

Shari a raison, bien sûr. C'est son accent. Ça ne peut être que ça. J'ai été envoûtée par son accent qui est... tellement charmant. Enfin, j'aurai au moins appris que ce n'est pas parce qu'un mec parle comme James Bond qu'il se conduit nécessairement comme lui. Parce que, je n'imagine pas James Bond piquer l'argent des chômeurs tout en travaillant. Impensable.

Omondieu ! Quand je songe que je voulais l'ÉPOUSER ! Je voulais l'épouser et le soutenir jusqu'à la fin de ma vie. Je voulais avoir des enfants de lui – Andrew Junior, Henry, Stella et Beatrice. Et un chien ! Comment s'appelait-il, ce cabot, déjà ?

Aucune importance.

Je suis la plus grande débile qui existe de ce côté de l'Atlantique. Des deux, même. Bon sang ! Je regrette de ne pas l'avoir percé à jour avant... cette fellation. Je n'en reviens pas de m'être abaissée à ça. Vous savez quoi d'ailleurs ? je voudrais reprendre cette turlute. Andrew Marshall est indigne de la pipe que je lui ai taillée. Elle était spéciale. Ma toute première. Et je la destinais à un instituteur, pas à un fraudeur ! Ou à un profiteur. Je ne sais pas trop comment ils appellent ça, ici.

Qu'est-ce que je vais faire ? J'ai atterri chez mon petit ami il y a à peine deux jours, et j'ai déjà décidé de ne plus le voir. Comme nous habitons avec ses parents, je vais avoir du mal à l'éviter.

Omondieu ! Je veux rentrer à la maison...

Et je ne peux pas. Même si j'en avais les moyens, même si j'appelais chez moi pour qu'ils me paient le billet de retour, je n'aurais pas fini d'en entendre parler. Sarah, Rose, Mme Rajghatta, ma mère, tout le monde me bassinerait avec ça. Toutes – toutes sans exception – m'ont déconseillé ce voyage. Ont réprouvé que je me farcisse autant de kilomètres pour rejoindre un gars que je connaissais à peine, un type qui... bon, d'accord, qui m'a sauvé la vie. N'empêche, j'avais peu de chance d'y rester. J'aurais bien fini par remarquer la fumée et par sortir de là toute seule comme une grande. Les langues de vipères, là-bas, ne me laisseront JAMAIS oublier qu'elles avaient raison. Nom d'un chien ! Elles avaient raison. Ça me tue. Alors qu'elles se sont toujours trompées sur tout. Par exemple, elles étaient certaines que je n'aurais pas mon diplôme... et ben toc ! Je l'ai eu !

Ne chipotons pas. Je l'ai presque. Je n'ai plus qu'à rédiger quelques lignes.

Elles affirmaient également que je ne me débarrasserais pas de mes rondeurs de bébé. Ha ! Même s'il me reste encore deux ou trois kilos à perdre. Des kilos que personne ne remarque, au passage, moi exceptée. Elles disaient que je n'obtiendrais jamais de boulot ni d'appartement à New York... Eh bien, je vais leur prouver qu'elles se fourraient le doigt dans l'œil pour ça aussi.

J'espère. En fait, je ne peux pas songer à ça maintenant, sinon je vais vomir.

Tout ce que je sais, c'est qu'il m'est impossible de retourner en Amérique. Pas question que la clique des garces apprenne qu'elle a eu raison sur ce coup-là.

En même temps, il n'est pas question que je reste ici ! Pas après être partie ainsi – Andrew ne me pardonnera pas. Parce que, enfin, je me suis TIRÉE. Comme si mes pieds avaient soudain été dotés d'un petit cerveau bien à eux et avaient décidé de m'emporter loin de ce bureau sordide et de mettre un maximum de distance entre Andrew et moi.

Il n'y est pour rien, le pauvre chou. Pas vraiment. Le jeu, c'est une drogue, non ? Si j'étais quelqu'un de bien, je n'aurais pas déserté, j'aurais essayé de l'aider. Je lui aurais donné de l'argent pour qu'il puisse revenir cet automne et prendre ainsi un nouveau départ... je l'aurais soutenu. Ensemble, nous aurions réussi à surmonter ça... Au lieu de quoi, je me suis SAUVÉE. Ah, bravo, Lizzie ! Jolie petite amie, tiens !

J'ai du mal à respirer, soudain. Je crois que je vais avoir une crise d'angoisse. Je n'en ai encore jamais eu, mais Brianna Dunleavy, celle de la banane à la cité U, en avait tout le temps. Elle finissait toujours à l'infirmerie, où ils lui refilaient une excuse pour ne pas passer ses examens. Je ne peux me permettre d'avoir une crise d'angoisse en pleine rue. C'est exclu ! Je suis en jupe. Imaginez que je tombe et que tout le monde voie mes dessous ? D'accord, ce sont de mignonnes petites choses à pois noirs et nœuds-nœuds, mais quand même ! Il faut que je m'assoie. Il faut que...

Oh ! Une librairie. Les librairies sont d'excellents remèdes contre les crises d'angoisse. Je l'espère, du moins. Vu que je n'en ai encore jamais eu.

Je dépasse à toute allure les tables des dernières parutions et la caisse, m'enfonce dans les entrailles du magasin. Repérant un fauteuil en cuir près du rayon « Développement personnel », lequel est vide (les Britanniques ne sont apparemment guère portés sur les conseils destinés à s'améliorer tout seul, ce qui est dommage, parce que certains d'entre eux – Andrew Marshall pour ne pas le nommer – en auraient bien besoin), je m'affale dedans et mets ma tête entre mes genoux.

Puis je me force à respirer.

Inspiration. Expiration. Inspiration. Expiration.

Cela... n'est... pas... en train... d'arriver. Je... ne... peux... pas... avoir... une... crise... d'angoisse... dans... un... pays... étranger. Mon... petit... ami... ne... peut... pas... avoir... perdu... tout... le... fric... de... ses... études... en... jouant... au... poker.

— Mademoiselle ? Excusez-moi ?

Je relève la tête. Omondieu ! Un des employés de la librairie me dévisage, l'air surpris.

— Euh... bonjour !

— Bonjour.

Il semble plutôt sympa. Il est en jean et T-shirt noir. Ses dreadlocks sont très propres. Il n'a pas l'allure d'un type qui jetterait dehors une pauvre femme en proie à une crise d'angoisse.

— Ça va ? reprend-il.

Le badge accroché à son T-shirt dit qu'il s'appelle Jamal.

— Oui, je lui réponds dans une sorte de couinement. Merci. Je... je ne me sens pas très bien, c'est tout.

— Vous êtes toute pâle, en effet. Vous voulez un verre d'eau ?

Je me rends compte que j'ai terriblement soif. Un Coca light. Voilà qui me requinquerait. Il n'y a donc pas de Coca light dans ce pays d'ignorants ? Je garde ces réflexions pour moi, néanmoins, et, à la place, je dis juste :

— Ce serait très gentil de votre part.

Acquiesçant, il s'éloigne, visiblement inquiet. Quel gentil garçon ! Pourquoi ne suis-je pas sortie avec lui au lieu d'Andrew ? Pourquoi a-t-il fallu que je m'entiche d'un mec qui affirme vouloir enseigner à lire aux enfants et non d'un qui les AIDE vraiment à lire ? Certes, Jamal ne travaille pas dans l'Éducation nationale. N'empêche. Je parie que des tas de mômes sont venus dans son magasin, et qu'il les a encouragés à lire.

À moins que je projette. Encore une fois. Si ça se trouve, je m'efforce de croire ce que j'ai envie de croire à son sujet.

Comme avec Andrew. J'ai voulu me persuader qu'il était un Andrew et pas un Andy. Alors qu'il le plus grand Andy qu'il m'ait été donné de rencontrer. C'est juste que...

Soudain, je sais ce qu'il me faut. Et il ne s'agit pas de flotte.

Non que j'en meure d'envie. C'est juste un mal nécessaire. Je dois entendre la voix de ma mère. C'est aussi simple que ça.

Les doigts tremblants, je compose le numéro de la maison sur mon portable. Je ne lui parlerai pas d'Andrew, je ne lui révélerai pas qu'il n'est qu'un Andy. J'ai seulement besoin d'entendre une voix familière qui m'appellera Lizzie et pas Liz. Une voix qui...

— M'man ? je m'écrie quand une femme décroche et dit bonjour.

— Ça va bien d'appeler aussi tôt le matin ? braille mamie. Tu sais quelle heure il est ?

Je ferme les yeux. Je halète toujours autant.

— Est-ce que maman est là, mamie ?

— Bien sûr que non, bon sang ! Elle est à l'hôpital. Tu n'as pas oublié qu'elle aide le Père Mack à donner la communion le mardi, non ?

Bien qu'on ne soit pas mardi, je préfère ne pas discuter.

— Alors, passe-moi papa. Ou Rose. Ou Sarah.

— Et moi, alors ? Je ne suis pas assez bonne pour toi ?

— Non, tu es très bien, c'est juste que...

— Tu as une drôle de voix. Tu dois couver quelque chose. Tu n'aurais pas attrapé leur grippe aviaire, là-bas ?

— Non, mamie...

Et c'est là que je fonds en larmes. Pourquoi ? POURQUOI ? Je suis trop en colère pour être triste. C'est ce que je n'ai pas arrêté de me répéter depuis que j'ai fichu le camp de l'agence pour l'emploi.

— Qu'est-ce que c'est que ces grandes eaux ? réagit ma grand-mère. Tu as perdu ton passeport ? T'inquiète, ils te laisseront quand même rentrer. Ils autorisent tout le monde à passer, ici. Même ceux qui veulent nous expédier *ad patres* à coups de bombes.

— Écoute, mamie...

Pas facile de chuchoter quand on sanglote, mais bon, j'essaye. Je ne tiens pas à déranger les clients, et à ce qu'on me fiche à la porte. En plus, Jamal va revenir d'un instant à l'autre. Alors je poursuis :

— Je crois que j'ai commis une erreur en venant en Angleterre. Andrew... n'est pas celui que je croyais.

— Qu'est-ce qu'il t'a fait ?

— Il... il... il a dit à sa famille que j'étais grosse. Il joue. Il fraude le gouvernement. Et il... il... il a dit que j'aimais les tomates !

— Rentre à la maison. Rentre tout de suite !

— J-je ne p-peux p-pas. Sarah, Rose, tout le monde m'avait avertie que ça tournerait comme ça. S-si je reviens chez nous, elles vont me seriner qu'elles m'avaient prévenue. Et c'est vrai. Oh, mamie ! (Maintenant, je chiale comme une madeleine.) J-je ne trouverai jamais d'amoureux. De vrai, s'entend. Un qui m'aime pour moi et pas pour mon compte en banque.

— Conneries !

Je tressaille.

— Q-quoi ?

— Tu te dégoteras un petit copain. Mais, contrairement à tes sœurs, tu es difficile. Tu n'es pas prête à te marier avec le premier crétin venu qui te dira qu'il t'aime avant de mettre en cloque.

Voilà un jugement bien sec sur les mariages de mes aînées, et il a le don d'assécher aussitôt mes larmes.

— Franchement, mamie, tu n'es pas un peu vache, là ?

— Bien, élude-t-elle, celui-là est un jean-foutre ? Bon débarras. Qu'est-ce que tu comptes faire ? Rester chez lui jusqu'au jour de ton départ ?

— Je n'ai pas franchement le choix... Je ne peux tout de même pas... l'abandonner.

— Où il est, en ce moment ?

— Ben, à l'agence pour l'emploi, j'imagine. Il me cherche peut-être.

Tu m'étonnes ! J'ai ses cinq cents dollars.

— Alors, tu l'as déjà abandonné, riposte mamie. Écoute, je ne vois pas où est le problème. Tu es en Europe, tu es jeune. Les jeunes gens se baladent en Europe avec trois sous en poche depuis la nuit des temps. Réfléchis cinq minutes, nom d'un chien ! Et ta copine Shari ? Elle ne traîne pas ses guêtres par là-bas ?

Shari. Je l'avais complètement oubliée. Shari est juste de l'autre côté de la Manche, en France. Et, qui plus est, elle m'a invitée, pas plus tard qu'hier soir, à la rejoindre à... comment s'appelait ce bled, déjà ? Ah oui, Mirac.

Mirac. Le mot pourrait aussi bien signifier le paradis tant il me semble magique, sur l'instant.

— Tu... tu crois vraiment que je devrais, mamie ? je lui demande en agrippant mon téléphone.

— Tu m'as bien dit qu'il jouait ?

— Apparemment, il a une faiblesse pour le Texas Hold'em.

— Exactement comme ton grand-oncle Ted, soupire-t-elle. Ma foi, ne le quitte pas si tu tiens à passer le restant de ta vie à payer ses cautions et ses dettes. C'est ce qu'a fait ta tante Olivia. Mais si tu es maligne, et je pense que tu l'es, tire-toi de là-bas fissa tant que tu le peux encore.

— Merci, mamie, je crois que je vais suivre ton conseil.

— Ça nous changera, rétorque-t-elle. Pour une fois qu'une de mes petites-filles m'écoutera. Champagne !

— Bois-en un coup à ma santé, mamie. Et maintenant, il vaut mieux que j'appelle Shari. Et... hum... ne parle de cela à personne, d'accord ?

— À qui donc veux-tu que j'en cause ?

Et elle me raccroche au nez.

Je compose immédiatement le numéro de Shari. Dire que je n'ai même pas pensé à elle ! Ça me tue. Shari est en France et m'a proposé de venir. Par le... Shuttle. Il me semble qu'elle l'a appelé comme ça. Est-ce que j'ose ? VRAIMENT ? Flûte ! C'est la boîte vocale. Où est-elle ? Dans les vignes en train de fouler des grappes de raisin ? Où es-tu, Shari, j'ai besoin de toi ! Je laisse un message.

— Salut, Shar, c'est moi, Lizzie. Il faut absolument qu'on discute. C'est une urgence. Je crois que... Je suis quasi certaine qu'Andrew et moi sommes en pleine rupture.

Je revois l'expression de mon amoureux quand il m'a assuré qu'il avait un pote du boulot capable d'expédier de l'argent aux États-Unis sans frais. Mon cœur se serre. Je reprends :

— Euh... en réalité, je crois plutôt que la rupture est consommée. Alors, rappelle-moi, veux-tu ? Je vais sans doute accepter ton offre et te rejoindre en France. Rappelle. Tout de suite. Salut.

Avoir prononcé ces mots à voix haute les rend soudain plus réels. Mon petit ami et moi nous sommes séparés. Si je l'avais bouclée à propos de son boulot de serveur, rien de tout cela ne se serait produit. C'est ma faute. Celle de ma grande bouche.

Sincèrement, j'ai déjà commis des gaffes. Mais jamais d'une telle envergure.

D'un autre côté... si je n'avais pas bavassé à tort et à travers, m'aurait-il un jour avoué qu'il est possédé par le démon du jeu ? Ou aurait-il tenté de garder le secret durant le reste de notre vie commune, ainsi qu'il semble l'avoir fait ces trois derniers mois ? Aurais-je fini comme mon grand-oncle Ted et sa femme Olivia – amers, divorcés, insolvables et vivant respectivement à Cleveland et Reno ?

Je ne peux pas laisser ça arriver. Je ne laisserai pas ça arriver.

Impossible de retourner chez les Marshall, c'est sûr. Certes, je vais devoir y aller pour récupérer mes affaires, mais il est hors de question que j'y passe la nuit. Pas dans le lit en mezzanine où Andrew et moi avons... Le lit où je lui ai taillé une pipe.

Celle que je veux reprendre.

Tout à coup, je me rends compte que je n'ai pas besoin de dormir là-bas. Il est encore tôt, et la France n'est pas si loin. Je me lève si brusquement que la tête me tourne. Je titube, les mains sur le front, quand Jamal revient.

— Mademoiselle ? s'inquiète-t-il.

— Oh ! Merci beaucoup.

Je lui arrache l'eau qu'il a apportée et l'ingurgite d'un trait. Je ne voulais pas me montrer impolie, mais le sang bat contre mes tempes. Je lui rends le verre en me sentant déjà mieux.

— Voulez-vous que j'appelle quelqu'un pour vous ? s'enquiert Jamal.

Il est décidément adorable. Si attentionné ! J'ai presque l'impression d'être à Ann Arbor. Sauf pour l'accent anglais, bien sûr.

— Non, je lui réponds. Mais vous allez pouvoir m'aider. J'aimerais savoir comment on prend le... Shuttle.

DEUXIÈME PARTIE

On ne saurait réduire la Révolution française (fin du XVIIIᵉ siècle) à un simple soulèvement de manants renversant la monarchie en vue d'instaurer une république démocratique. Non, la mode eut également son mot à dire là-dedans ! On assista en effet à la confrontation de deux mondes : d'une part les nantis, dont la préférence allait aux perruques poudrées, aux fausses verrues et aux robes à paniers, qui mesuraient parfois jusqu'à quatre mètres cinquante de diamètre ; d'autre part les démunis, qui se contentaient de sabots, de jupes étroites et de tissus grossiers. L'Histoire a prouvé que la paysannerie sortit vainqueur de l'affrontement.

Aux dépens de la mode, hélas.

Histoire de la mode (mémoire de maîtrise),
Élizabeth Nichols.

9

Il n'est bon bec que de Paris.
François Villon (1431-1463), poète français.
Testament, ballade des femmes de Paris

Traînant ma valise à roulettes dans les allées du train Paris-Souillac, je m'efforce de retenir mes larmes.

Ce n'est pas à cause de ma valise que j'ai envie de pleurer. Enfin si, un peu. Parce que ce passage est vraiment étroit, et mon bagage à main en bandoulière sur l'épaule m'oblige à avancer en crabe, histoire de ne pas assommer les gens tandis que je cherche un siège en première classe non fumeurs.

Si je fumais et qu'il m'était égal de ne pas être assise dans le sens de la marche, je serais déjà installée. Malheureusement, je ne fume pas, et j'ai peur de vomir si je voyage dans le sens inverse de la marche. Plus exactement, je suis à peu près certaine de dégobiller, vu que la nausée ne m'a pas quittée depuis que je me suis réveillée à Paris – après m'être endormie comme une masse dans le siège confortable du train qui m'amenait de Londres, comme grand-mère après avoir avalé un peu trop de rhum de cuisine – et que j'ai pris conscience de ce que j'avais fait. À savoir, grosso modo, me lancer à l'aventure toute seule à travers l'Europe, sans aucune assurance que je vais dénicher l'endroit et la personne vers lesquels je fuis. D'autant que Shari ne répond toujours pas au téléphone et me rappelle encore moins.

Il se pourrait certes que mon envie de vomir soit liée au fait que j'ai une faim de loup. Tout ce que j'ai avalé depuis le petit déjeuner, c'est une pomme que j'ai achetée en gare de Waterloo, seul aliment nourrissant disponible qui n'avait pas de tomate dessus. Aurais-je désiré une barre chocolatée ou un sandwich œuf-tomate, ç'aurait posé moins de problème. Je n'ai pas eu cette veine. J'espère qu'il y a un wagon-restaurant dans ce train.

Mais avant de partir en quête d'icelui, il faut que je me dégote un siège passable où laisser mes affaires.

Or, ce n'est pas évident. Ma valise est tellement large et peu aisée à manœuvrer que je n'arrête pas de cogner les genoux des autres passagers. J'ai beau me confondre en excuses – « *pardonnez-moi*[1] », leur dis-je, quand ce n'est pas « *excusez-moi* » –, personne n'a l'air de m'apprécier beaucoup. Sans doute parce qu'ils sont tous français et que je suis américaine. Comme on sait, les Français n'aiment pas les Américains. Du moins, à en juger par l'ado qui était assis tout à l'heure à côté de moi – sens contraire de la marche et wagon fumeurs que j'ai par conséquent été contrainte d'abandonner – qui m'a

---

lancé : « Vous êtes américaine ? » sur un ton révulsé lorsqu'il m'a entendue laisser un énième message sur le mobile de Shari.

— Hum... ai-je répondu. *Oui*[*] ?

Satisfait, il m'a gratifiée d'une grimace, a tiré un iPod de son sac, s'est enfoncé les écouteurs dans les oreilles et a tourné la tête vers la fenêtre pour ne plus avoir à me voir. « *Vamos a la playa* », braillait la chanson, parfaitement audible malgré les écouteurs. « *Vamos a la playa.* » Je devine déjà que ce refrain va me rester collé dans la tronche pour le restant de la journée.

Bref, il m'était impossible de passer six heures en compagnie d'un morveux de dix-sept ans en T-shirt Eminem qui écoute de la pop européenne, déteste les Américains et FUME par-dessus le marché. Et, naturellement, à présent, il semble qu'il n'y ait plus un seul siège vacant dans ce fichu train. Suis-je capable de rester debout pendant six heures ? Si oui, je suis vernie. Il y a des tonnes de place pour moi et mes bagages gargantuesques sur les plates-formes qui séparent les voitures.

Pourquoi est-ce que cela m'arrive, à MOI ? Tout paraissait tellement simple, à la librairie, lorsque Jamal m'a expliqué comment me rendre en France. Il avait l'air si savant et si gentil que j'ai cru que rejoindre Shari allait être du gâteau. Mais bien sûr, il n'a pas précisé que, dans ce pays, dès que vous ouvrez la bouche et que les gens s'aperçoivent à votre accent que vous êtes américaine, ils s'évertuent à vous répondre en anglais. Pas très bien en général, qui plus est.

Nonobstant, je me suis débrouillée pour suivre sans me tromper la plupart des panneaux, à la Gare du Nord. Assez du moins pour obtenir à un distributeur automatique le billet que j'avais réservé par téléphone. Assez aussi pour localiser mon train. Assez pour grimper dans le premier wagon et m'affaler dans le premier siège venu.

Dommage que je n'aie pas repéré la fumée et le fait que j'étais dans le mauvais sens avant que le train démarre.

Je ne suis pas loin de songer que tout cela était une très mauvaise idée. Pas le changement de place – ça, je sais DÉJÀ que c'était une très mauvaise idée. Non. Ma venue en France. Parce que... et si jamais je ne déniche pas Shari ? Si son mobile est une nouvelle fois tombé dans les toilettes, comme à la cité U, qu'elle n'a pas les moyens d'en acheter un neuf, ou qu'il n'y a pas de boutique dans les environs et qu'elle est tout bêtement obligée de s'en passer jusqu'à la fin de son séjour ? Comment vais-je lui mettre le grappin dessus, moi ?

J'imagine qu'il sera possible d'interroger des gens, à Souillac, de leur demander s'ils savent où se situe Château-Mirac. Sauf que... supposons un instant que le lieu soit inconnu au bataillon ? Shari ne m'a pas précisé si la baraque était loin de la gare. Et si elle était drôlement, drôlement loin ?

De plus, ce n'est pas comme si je pouvais joindre les parents de Shari pour essayer d'entrer en contact avec leur fille. Parce que, alors, ils voudront savoir pourquoi j'ai besoin d'elle et, si je leur avoue, ils iront tout répéter à ma mère et à mon père qui découvriront que les choses ont capoté avec Andrew – Andy – et iront tout rapporter à mes frangines.

C'est là que je ne finirai plus d'en entendre parler.

Omondieu ! Comment ai-je réussi à me mettre dans un tel pétrin ? Si ça se trouve, il aurait mieux valu que je m'incruste chez Andy. En quoi la situation aurait-elle pu dégénérer ? J'aurais visité seule la maison de Jane

Austen, et j'aurais considéré le foyer des Marshall comme un camp de base. Je n'étais pas obligée de m'en aller. Il suffisait d'une bonne mise au point : « Écoute, Andy, ça ne fonctionne pas entre nous parce que tu n'es pas celui que je croyais. J'ai un mémoire à rédiger, alors convenons de fiche la paix à l'autre jusqu'à la fin de mon séjour, et que chacun s'occupe de ses petites affaires. » Je n'avais qu'à lui balancer ça dans les dents. Évidemment, maintenant, c'est trop tard. Je ne peux pas y retourner. Pas après le mot que je lui ai écrit dans le taxi qui me ramenait chez lui – quinze livres qui les valaient amplement – pour récupérer mes bagages. Dieu merci, il n'y avait personne là-bas... et Dieu merci encore, Andy avait pensé à me donner sa propre clé le matin. Je l'ai déposée dans la boîte aux lettres des Marshall en me tirant.

Omondieu ! Une place ! Une place libre ! Dans le sens de la marche ! Dans un wagon non-fumeurs ! Et près d'une fenêtre, qui plus est !

Calme-toi, ma fille, calme-toi. Son occupant s'est peut-être absenté pour aller aux toilettes ou je ne sais quoi. Omondieu ! Je viens de heurter la tête de la dame avec ma valise – « *Je suis désolée, madame*[*]. » Ça signifie bien que je m'excuse, non ? Oh puis zut ! Un siège ! Un siège !

Omondieu ! Le type d'à côté a l'air d'avoir mon âge. Il a aussi des boucles brunes, de grands yeux marron, une chemise grise enfoncée dans un jean usée à tous les bons endroits. Et retenu par une ceinture en cuir tressé. Je suis morte, ce n'est pas possible autrement. Je me suis sûrement évanouie dans les allées du *chemin de fer*[*] avant de succomber à la faim, à la soif et à une crise cardiaque.

Et me voici au paradis.

— *Pardonnez-moi*, dis-je au beau mec totalement craquant. *Mais est-ce que... est-ce que*[*]...

« Est-ce que cette place est libre ? » Voilà ce que j'essaye d'exprimer. En français. Seulement, j'ai oublié les derniers mots. D'ailleurs, je crois bien ne pas être tombée sur cette phrase lors des mes cours d'initiation, à la fac. Ou alors, ce jour-là, j'étais trop occupée à rêvasser à Andrew – Andy – et je n'ai pas écouté.

Autre possibilité : le gars est tellement mignon que je n'arrive plus à réfléchir.

— Vous souhaitez vous asseoir ici ?

C'est ce qu'il me demande, en indiquant le siège vide à côté du sien. Dans un anglais parfait. Dans un AMÉRICAIN parfait.

— Omondieu ! Vous êtes américain ? Cette place est vraiment libre ? Je peux m'y mettre ?

— Oui aux trois questions, répond le beau gosse avec un sourire qui dévoile des dents parfaitement blanches.

(Des dents AMERICAINEMENT blanches.) Il se lève pour que je me glisse près de la fenêtre. En plus, il attrape ma valise pharaonique qui vient de déboîter un bon millier de rotules françaises durant son interminable périple le long de ce train.

— Laissez-moi vous donner un coup de main, décrète-t-il.

Et, sans effort apparent, il soulève le bagage et le flanque sur le portant situé au-dessus de nos têtes. Et voilà, c'est parti, je me mets à pleurer. Parce que ce n'est pas un délire. Je ne suis pas morte. Je vis vraiment ce moment. La preuve ? Je viens d'ôter mon bagage à main de mon épaule pour le poser sous le siège devant le mien, et j'ai tout le côté droit engourdi. Si j'étais morte, sentirais-je cet engourdissement ?

Non.

Je m'enfonce dans le fauteuil moelleux et confortable et reste là, hébétée, cillant devant les bâtiments qui défilent à une vitesse incroyable, incapable de croire à ma chance. Le sort qui, jusqu'alors, s'acharnait sur moi avec un zèle absolu, vient de virer d'une façon aussi spectaculaire qu'incompréhensible. C'est louche. Il y a forcément une entourloupe. Forcément.

— De l'eau ? me propose mon voisin en me tendant une bouteille d'Évian.

J'ai du mal à le distinguer, à travers mes larmes.

— Vous... vous me donnez votre eau ?

— Euh... non. Elle est offerte avec la place. Nous sommes en première. Tout le monde y a droit.

— Oh !

J'ai l'impression d'être complètement idiote (rien de neuf sous le soleil). Je n'y ai pas eu droit, à la place que j'occupais tout à l'heure. Ce sournois d'ado français me l'a sans doute chouravée. Il avait tout à fait la tronche d'un voleur de bouteille.

— Merci. Je suis désolée. C'est juste que... la journée n'a pas été facile.

— Ça m'en a tout l'air. Ou alors, vous souffrez d'une sévère allergie au train.

Je secoue la tête en reniflant.

— Non, je vous assure que non.

— Tant mieux. Je connaissais la phobie de l'avion, j'ignorais que ça existait aussi pour le chemin de fer.

Tout en ouvrant la bouteille, je tente une explication :

— Je viens de passer des heures très pénibles. Vous n'avez pas idée. Il est si bon d'entendre un accent américain. J'ai du mal à croire qu'on nous déteste autant, ici.

— Ils ne sont pas aussi méchants, rigole-t-il en

153

m'éblouissant derechef avec l'éclat de ses dents. Si vous voyiez comment se comporte le touriste américain typique, vous éprouveriez sans doute la même répulsion que celle des Français.

Une fois désaltérée, je commence à me sentir un peu mieux. Comme si je revenais à la vie. Heureusement, en l'observant d'un peu plus près, je constate que mon voisin est non seulement très beau, mais qu'il respire la gentillesse, l'intelligence et l'humour. Ou alors, c'est la faim qui me donne des hallucinations.

Je tamponne mes yeux avec mon poignet en espérant que mon mascara n'a pas coulé. Ai-je utilisé mon waterproof ? Je suis incapable de m'en souvenir.

— Je suis forcée de vous croire sur parole, non ? dis-je.

— C'est votre premier séjour en France ? s'enquiert-il, plein de compassion.

Même sa voix est chouette. Grave et empreinte de sympathie.

— Mon premier séjour en Europe, carrément. Si l'on excepte Londres, où j'étais encore ce matin.

Sur quoi, de nouveau, je lâche les vannes. Je m'efforce de ne pas être trop bruyante, genre gros sanglots. Il m'est impossible de songer à Londres – et aux boutiques Oxfam que je n'ai même pas eu l'occasion de visiter – sans craquer. Mon voisin me donne un petit coup de coude. Rouvrant mes yeux larmoyants, je constate qu'il me tend un petit sachet en plastique.

— Cacahuètes grillées ?

Je suis littéralement tenaillée par la faim. Sans un mot, je plonge la main dans le sac, attrape une poignée de cacahuètes et me les fourre dans la bouche. Tant pis si elles sont saturées de graisses – c'est ça ou mourir.

— Ils les offrent aussi ? je demande entre deux reniflements.

— Non, je les ai achetées. N'hésitez pas à vous servir.

Ce que je fais. Je n'ai jamais rien mangé d'aussi délicieux. Et pas seulement parce que c'est la première folie que je me permets depuis des mois.

— M-merci. J-je suis navrée.

— De quoi ?

— De pleurer comme ça. Je vous jure que ce n'est pas mon style.

— Bah ! Voyager peut se révéler très stressant. Surtout à notre époque.

J'acquiesce tout en reprenant des cacahuètes :

— C'est bien vrai. On ne sait pas à quoi s'attendre. Par exemple, vous rencontrez des personnes qui semblent *a priori* super gentilles, et vous découvrez qu'elles veulent juste que vous régliez leurs frais d'inscription en fac parce qu'elles ont perdu tout leur argent au poker.

— Je faisais plutôt allusion à la menace terroriste, riposte-t-il un peu vertement. Mais j'imagine que... ce que vous mentionnez peut en effet être troublant.

— Et comment ! Vous n'avez même pas idée ! Parce que, flûte ! il m'a menti comme un arracheur de dents. Jurant ses grands dieux qu'il m'aimait et tout, alors que, dès le départ, il souhaitait seulement se servir de moi. Andy, c'est le type que j'ai quitté à Londres, paraissait si chouette, pourtant. Il se destinait à être instituteur. Il comptait consacrer sa vie à enseigner la lecture aux petits enfants. Existe-t-il plus noble but ?

— Euh... non ?

— Exactement ! Qui se soucie encore de ça, à notre

triste époque ? Les gens de notre âge... quel âge avez-vous ?

— Vingt-cinq ans, répond-il avec un sourire en coin.

— C'est ça, je renchéris en cherchant un mouchoir dans mon sac à main. Eh bien, avez-vous remarqué que notre génération paraît ne songer qu'à l'argent ? Bon, d'accord, il y a des exceptions. N'empêche. Plus personne n'a envie de devenir enseignant ou même médecin... pas dans le système public en tout cas. Ça ne rapporte pas assez. On souhaite être financier, chasseur de têtes, avocat... des secteurs juteux. Et tant pis pour ce qui est d'être utile à l'humanité. Du moment qu'on a sa baraque de nouveau riche et sa BMW. Ce n'est pas votre avis ?

— Il y a aussi ceux qui doivent rembourser leurs prêts étudiants.

— Certes. Sauf qu'on n'est pas obligé de fréquenter l'université la plus chère du monde pour acquérir une bonne instruction. (Ayant déniché un mouchoir en papier au fond de mon sac, j'essuie mes yeux.) À la réflexion d'ailleurs, l'instruction, ce n'est jamais que ce que l'on en fait.

— Je n'avais pas envisagé les choses sous cet angle, mais vous n'avez pas tort.

Dehors, les immeubles ont laissé place à des champs. Sous l'effet du soleil qui se couche à l'ouest, le ciel est nimbé d'un or rougeoyant.

— Il me semble aussi, je poursuis. Je suis passée par-là, figurez-vous. Je connais le sujet. Imaginez que vous ayez étudié... l'histoire de la mode, par exemple. Eh bien, les gens ont tendance à vous considérer comme une débile. Le secteur artistique n'attire plus de candidats, il est trop risqué. Il ne promet pas le retour sur investissement escompté. Du coup, on lui préfère les affaires, le contrôle de gestion, le droit... sans compter ceux qui attendent d'épouser une imbécile d'Américaine, histoire de vivre à ses crochets.

— Vous paraissez parler d'expérience, observe mon voisin.

— Mettez-vous un peu à ma place ! (J'ai conscience de bavasser comme une pie, mais c'est plus fort que moi. Comme les larmes qui continuent de rouler sur mes joues.) Parce que, enfin ! Quel genre de type prétendant vouloir devenir instituteur travaille comme serveur tout en touchant les indemnités chômage, hein ?

Le craquant d'à côté réfléchit quelques secondes avant de répondre :

— Un type dans le besoin ?

— On serait en effet en droit de le croire, je marmonne en reniflant dans mon mouchoir, mais si je vous précise que le gars en question a également perdu tout son argent au poker, puis a demandé à sa petite amie de payer ses frais d'inscription à l'université et, comme si ça ne suffisait pas, a raconté à toute sa famille, que j'étais une... dondon ?

— Vous ? ! s'exclame le beau gosse, passablement éberlué. Vous n'êtes pas grosse !

— Plus maintenant, je précise en étouffant un sanglot. Je l'ai été, cependant. J'ai perdu quinze kilos durant les trois mois ayant séparé mes retrouvailles avec Andy. Quand bien même aurais-je été rondouillarde, il n'aurait pas dû colporter ça à tous vents. Pas s'il m'aimait vraiment. Non ? S'il m'avait vraiment aimée, il n'aurait même pas remarquée que j'étais dodue. Ou alors, cela lui aurait été égal. Suffisamment égal pour qu'il ne le précise pas aux siens.

— C'est vrai.

— Pourtant, il l'a fait ! Il leur a dit que j'étais une dondon ! (Mes larmes reprennent de plus belle.) Et quand j'ai débarqué, tout le monde de s'écrier : « Mais vous n'êtes pas grosse ! » C'est ainsi que j'ai découvert le pot aux roses. Et voilà qu'il dilapide au jeu l'argent de ses parents, de l'argent durement gagné. Songez à sa pauvre mère ! Vous l'auriez vue ! Elle est assistante sociale et elle m'a préparé un méga petit déjeuner et tout le toutim. Alors que je déteste les tomates et qu'elle en a collé absolument partout. Autre signe qu'Andy ne m'aimait pas, parce que je lui avais spécifiquement précisé que les tomates sont mon ennemi juré. Il n'y a prêté aucune attention. C'était comme s'il ne me connaissait pas. Bon sang ! Figurez-vous qu'il m'a expédié un mail avec une photo de son cul nu ! Comment un mec peut-il se fourrer dans le crâne que sa petite amie a envie d'avoir un cliché de ses fesses poilues ? Franchement ? Qu'est-ce qui lui a pris ? – Je n'en ai aucune idée.

Je me mouche un bon coup.

— Andy était complètement à côté de la plaque. Le plus effrayant, c'est que j'ai eu de la COMPASSION pour lui. Sérieux. J'ignorais qu'il fraudait le gouvernement, qu'il racontait à qui voulait l'entendre que j'étais grosse, qu'il se servait de moi pour payer ses dettes de jeu. Et le pire... Omondieu ! Dites-moi que je ne suis pas la seule à qui ce genre de mésaventure est arrivé ! Vous, par exemple, vous n'avez jamais cru être amoureux de quelqu'un au point de commettre des erreurs que vous avez regrettées par la suite ? De vous laisser aller à des gestes que vous auriez bien voulu reprendre ? Vous avez connu ça ?

— De quoi parlez-vous précisément ?

— Ben...

C'est étrange, mais je commence à me sentir un peu mieux. C'est peut-être à cause du fauteuil confortable, de la lumière dorée qui inonde le wagon, de la campagne paisible qui défile derrière la vitre. De l'eau que j'ai avalée. De l'énergie que m'ont donnée les cacahuètes. Ou bien, peut-être, mais peut-être seulement, raconter à haute voix mon histoire restaure ma confiance en moi. Après tout, n'importe qui aurait pu se faire rouler dans la farine par un type aussi malin qu'Andrew – Andy. N'IMPORTE QUI. Bon, pas mon voisin, sans doute, puisque c'est un mec. Mais n'importe quelle fille. N'IMPORTE LAQUELLE.

Je vérifie autour de moi que personne ne nous espionne avant de reprendre. Les autres voyageurs semblent somnoler, des écouteurs sur les oreilles et, de toute façon, ils paraissent trop français pour comprendre ce que je dis. Je baisse néanmoins la voix.

— Ben, vous savez... les choses comme... une petite GÂTERIE.

— Oh ! murmure mon voisin, l'air ahuri. Je vois.

Il est américain, il a mon âge, et il est ADORABLE. Alors, je n'éprouve nul embarras à évoquer ça avec lui. Je sais qu'il n'en tirera pas de conclusions hâtives et définitives à mon sujet.

Oh puis zut ! Je suis certaine que je ne le reverrai jamais. Alors je continue :

— Franchement, les garçons n'ont pas la moindre idée de... Houps ! Une minute ! Vous n'êtes pas homo, hein ?

Il manque de s'étrangler avec l'eau qu'il est en train de boire.

— Non ! proteste-t-il. J'en ai l'air ?

— Pas du tout.

Sauf que mon radar à homos laisse plutôt à désirer. Ma dernière relation avant Andy, je l'ai nouée avec un type qui m'a larguée pour son colocataire. SON colocataire, pas SA colocataire.

— Je ne le suis pas.

— Ben, croyez-moi, ce n'est pas rien, ce truc. À moins d'avoir pratiqué, vous ne pouvez pas comprendre.

— Qu'est-ce qui n'est pas rien ?

— De tailler une PIPE !

— Ah, oui.

— Bon, je sais que vous, les garçons, vous voudriez toujours qu'on vous... hum. Sauf que ce n'est pas franchement facile-facile. En plus, vous croyez qu'il m'aurait donné un petit quelque chose en retour ? Rien ! Nada ! Même si je m'en suis occupée, si vous voyez ce que je veux dire. De moi-même. N'empêche. Quel malotru ! D'autant que je m'y suis résolue seulement parce que j'avais pitié de lui.

— Une... une pipe par pitié ?

Mon voisin arbore une expression des plus étranges. Comme s'il avait du mal à ne pas exploser de rire. Ou qu'il n'en revenait pas d'avoir cette conversation. Ou un mélange des deux. Flûte ! Maintenant, il aura une histoire drôle à raconter aux siens quand il rentrera chez lui. S'il est du genre de famille où ça ne gêne personne de parler de turlutes, s'entend. Ce qui n'est pas du tout le cas de la mienne. À part mamie, peut-être.

— Exactement. Je ne me suis lancée dans l'aventure que pour ça. Et j'avais pitié de lui parce qu'il n'arrivait pas à jouir. Ben tiens ! Avec le recul, je me rends compte que ce n'était qu'une ruse pour m'obliger à le... hum !

160

Vous ne pouvez pas savoir à quel point je me suis sentie utilisée ! Voilà pourquoi... je voudrais la lui reprendre.

— La... pipe ?

— Oui. Si seulement c'était possible !

— Eh bien, j'ai comme l'impression que c'est fait. Vous l'avez quitté. Si ça, ce n'est pas reprendre une pipe...

— Non, ce n'est pas pareil, je rétorque, abattue.

— *Titres de transport s'il vous plaît*[*], lance quelqu'un en uniforme, debout dans l'allée.

— Vous avez votre billet ? me demande mon voisin.

Hochant la tête, j'ouvre mon sac à main. Je parviens à retrouver mon billet, dont mon compagnon de voyage s'empare. La seconde d'après, le contrôleur s'éloigne, et mon voisin me dit :

— Je vois que vous allez à Souillac. Un but particulier ? Vous y connaissez quelqu'un ?

— Ma meilleure amie, Shari. Elle est censée m'accueillir à la gare. Si elle a bien eu mon message. Ce dont je ne suis pas du tout certaine, car elle ne décroche pas et n'a pas l'air de consulter sa boîte vocale. Elle a encore dû laisser tomber son portable dans les toilettes. Elle passe son temps à commettre des boulettes comme ça.

— Ainsi, Shari n'est même pas au courant de votre venue ?

— Si ! Elle m'a invitée. D'abord, j'ai refusé, car je pensais que les choses pouvaient s'améliorer entre moi et Andy. Sauf que ça ne s'est pas produit.

— Et ce n'est certainement pas de votre faute.

Je le regarde. Le soleil qui traverse la vitre auréole son visage d'un nimbe doré. Je remarque qu'il a de très longs cils. Des cils de fille. Et que ses lèvres sont très pleines et pulpeuses. Dans le bon sens du terme.

— Vous êtes drôlement gentil, lui dis-je. (Je ne pleure plus, à présent. Il est étonnant de constater l'effet thérapeutique d'une bonne discussion avec un inconnu. Pas étonnant que tant de mes pairs suivent une thérapie.) Merci de m'avoir écoutée. Je dois vous paraître complètement folle. Je parie que vous vous demandez ce que vous avez fait pour mériter de voyager en compagnie d'une dingue de mon acabit.

— Bah, vous avez seulement vécu des moments difficiles, répond-il en souriant. Et vous avez parfaitement le droit de paraître folle. Mais je ne vous considère pas comme une dingue. Pas complètement, du moins.

En plus d'avoir des cils et des lèvres craquantes, il a de belles mains. Fortes et propres, bronzées aussi, avec juste l'ombre d'un duvet noir dessus.

— Vraiment ? Je ne voudrais pas que vous pensiez que je taille des pipes à tous les garçons que je rencontre. Pas du tout. C'était ma toute première.

— Ah bon ? Et moi qui m'apprêtais à vous raconter que j'avais été élevé dans un orphelinat roumain.

— Vous êtes roumain ? je m'exclame, ahurie.

— Mais non. C'était une plaisanterie. Pour que vous ayez pitié de moi. Et que vous me...

— J'ai compris. Très drôle.

— Je sais que je suis nul en blague, soupire-t-il. Depuis toujours. Dites donc, vous n'avez pas faim ? Un petit tour au wagon-restaurant vous tente ? Souillac est encore loin, et vous avez boulotté toutes mes cacahuètes.

Je baisse les yeux. Le sachet vide repose sur mes genoux.

— Omondieu ! Je suis navrée ! J'étais affamée. Oui, allons dîner. Je vous invite. Pour me faire pardonner les cacahuètes. Excusez-moi encore.

162

— C'est moi qui vous invite, proteste-t-il galamment. En compensation des mauvais traitements qu'un représentant de mon sexe vous a infligés. Ça roule ?

— Hum... d'accord. Mais... je ne sais même pas comment vous vous appelez. Moi, c'est Lizzie Nichols.

— Jean-Luc de Villiers, se présente-t-il en me tendant la main. Je suis hélas obligé de vous préciser que je suis financier. En revanche, je ne possède ni maison de nouveau riche ni BMW. Juré !

J'accepte sa main tendue, mais au lieu de la serrer, je me contente de le contempler, un instant décontenancée. Puis je marmonne :

— Je suis désolée. Je ne voulais pas... tous les banquiers ne sont pas mauvais...

— Ce n'est pas grave, me rassure Jean-Luc. La plupart d'entre nous sommes des horreurs. Et maintenant, allons manger.

Ses doigts sont tièdes et vaguement rêches. Je me demande si l'aura rosée qui entoure son visage est juste due au crépuscule ou si, par hasard, un ange serait descendu du ciel pour me secourir.

Je suis sérieuse ! Même un financier pourrait être un chérubin. Les voies de Dieu ne sont-elles pas impénétrables ?

La « taille Empire », une ceinture commençant juste sous le buste, fut popularisée par la femme de Napoléon Bonaparte, Joséphine, qui, durant le règne de son époux à partir de 1804, remit en vogue le style grec, encourageant le port de robes qui rappelaient les toges voilant les silhouettes des poteries antiques.

Afin de mieux imiter le drapé inspiré par ces œuvres d'art, bien des jeunes femmes humidifiaient leurs jupes, de façon à ce que leurs jambes fussent plus apparentes sous le tissu. De cette tradition descendrait le concept moderne de « concours de T-shirts mouillés ».

Histoire de la mode (mémoire de maîtrise),
Élizabeth Nichols.

10

Le moyen d'attirer et de retenir l'attention d'un homme était de parler de lui puis, peu à peu, de laisser la conversation s'orienter sur vous-même – et de l'y cantonner.
Margaret Mitchell (1900-1949), romancière américaine.

Ce n'est pas un ange. Enfin, sauf si les anges sont nés et ont grandi à Houston, sa patrie.

De plus, les anges ne sont pas diplômés de l'université de Pennsylvanie, contrairement à Jean-Luc. Les anges n'ont pas non plus de parents en pleine procédure de divorce acrimonieuse, contrairement à ceux de Jean-Luc, si bien que quand ils ont envie de rendre visite à leur père, à l'instar de Jean-Luc, qui a pris quelques semaines de congés à la banque Lazard Frères où il est financier, ils ne sont pas obligés de venir jusqu'en France, puisque c'est là que vit le papa de Jean-Luc, qui est français. Enfin, les anges racontent de meilleures blagues. Il ne m'a pas menti à ce sujet – il est vraiment nul.

Mais ce n'est pas grave. Parce que je préfère la compagnie d'un raconteur de mauvaises plaisanteries qui se souvient que je n'aime pas les tomates à un joueur qui fraude l'État et a oublié ce détail d'importance. Jean-Luc, lui, s'est rappelé. Quand je reviens des toilettes (très françaises !) où j'étais allée réparer les dommages causés par les larmes – heureusement, rien de dramatique, et un peu d'eyeliner, d'anti-cernes, de rouge à lèvres et de poudre en sont venus à bout, ainsi qu'un bon coup de brosse –, le serveur prend déjà notre commande. C'est Jean-Luc qui se charge des parlotes puisque, étant à moitié français, il maîtrise la langue. À une vitesse telle d'ailleurs, que je ne comprends rien. Mais bon, je perçois « *pas de tomates*[*] » plusieurs fois, ce que, même avec mon pauvre français, je réussis à piger.

J'ai du mal à ne pas éclater de nouveau en sanglots. Jean-Luc a ravivé ma foi dans les hommes. Il en existe d'ATTENTIONNÉS, de drôles, de beaux. Il faut juste savoir où regarder… et où NE PAS regarder, autrement dit dans les douches des filles d'une cité U.

Évidemment, celui-là, je l'ai déniché dans un train, ce qui signifie qu'une fois descendue, je ne le reverrai sans doute jamais.

Ce n'est pas grave, toutefois. C'est très bien. Soyons réalistes ! Je n'espérais quand même pas sortir d'une relation pour en nouer une autre aussitôt, non ? Ce serait malsain. Et ça n'aurait aucune chance de marcher, dans la mesure où je me remets à peine de la mésaventure avec Andy. Sans compter l'aspect rencontre furtive et sans lendemain. Et le fait que je lui ai avoué la turlute.

(Omondieu ! Pourquoi, mais pourquoi diable ai-je mentionné cela ? ? ? ? Pourquoi suis-je la plus grande bavarde de l'univers ?)

N'empêche. Il est tellement... mignon. Et célibataire – il n'a pas d'alliance. Il a sans doute une bonne amie – aucun garçon aussi beau ne reste seul bien longtemps. Sauf qu'il n'en touche pas mot.

Ce qui est parfait. Au nom de quoi aurais-je envie de rester assise à écouter un mec absolument magnifique jacasser sur sa copine ? Certes, s'il m'en parlait, je l'écouterais, comme il m'a écoutée déblatérer sur Andy. Mais je suis bien contente qu'il ne le fasse pas.

Il commande du vin. Lorsque que le serveur a rempli nos verres, Jean-Luc lève le sien. Nous trinquons.

— Aux pipes, lance-t-il.

Je manque m'étouffer avec le pain que je gobe comme une malade mentale. Parce que figurez-vous que nous avons beau être dans le train, il s'agit de la FRANCE, et la nourriture est à tomber à la renverse. Enfin, le pain pour le moins. Il est si bon qu'il m'est impossible d'y résister après en avoir grignoté une miette. Croûte délicieusement craquante et mie fondante et tiède. Comment s'abstenir ? Même si, aucun doute, je le regretterai plus tard, quand je n'arriverai plus à fermer mon jean taille 36.

Pour l'instant, je suis au ciel. Jean-Luc, tout nul qu'il soit en matière de blagues, est plutôt amusant. Qu'est-ce que le pain m'a manqué ! Omondieu ! Comme il m'a manqué !

Je le corrige tout de même :

— Aux pipes que nous voulons reprendre.

— Je n'ai plus qu'à prier pour qu'aucune des femmes m'ayant octroyé ce plaisir souhaite cela.

— Oh, je suis certaine que non, dis-je en étalant une noisette de beurre salé sur mon petit pain tout chaud et en la regardant fondre. Vous n'avez pas l'air d'être du genre à vous servir des femmes.

— Certes, mais ce n'était pas non plus le cas de... comment s'appelait-il, déjà, ce garçon à la pipe ?

— Andy, dis-je en rougissant. (Nom d'un chien ! Je ne pouvais donc pas la boucler ?) Et mes instincts ont été trompés. À cause de son accent. Et de sa garde-robe. S'il avait été américain, je ne serais jamais tombée amoureuse de lui. Et de ses mensonges.

— Sa garde-robe ?

À cet instant, on apporte mon filet-mignon et son saumon poché.

— Oui. La façon dont un homme s'habille est très révélatrice. D'accord, Andy est britannique, et ça fausse un peu les choses. Jusqu'à ce que j'arrive là-bas, je croyais que tout le monde en Angleterre portait des T-shirts Aerosmith, comme lui le soir où nous nous sommes rencontrés.

— Aerosmith ? sourcille Jean-Luc.

— Je vous jure. J'ai d'abord pensé que c'était une forme d'ironie ou que ses autres fringues étaient à la laverie, mais quand je me suis retrouvée à Londres, j'ai vraiment découvert comment il s'habillait et, croyez-moi, il était à des kilomètres de l'ironie. Si les choses avaient marché entre nous, j'aurais sans doute fini par l'habituer à des effets plus décents. Mais bon...

Je hausse les épaules, ce qui est, au passage, un geste très français. Les femmes du wagon-restaurant n'arrêtent pas de faire pareille en disant « *ouais** », ce qui est du jargon local pour « oui », du moins d'après le guide sur

170

la France que j'ai acheté à Jamal et feuilleté avant de filer sous la Manche.

— Donc, si je vous suis bien, reprend Jean-Luc, vous êtes capable de déterminer le caractère d'une personne rien qu'à ses vêtements ?

Tout en finissant mon assiette, je lui rétorque :

— Absolument. L'accoutrement de quelqu'un en révèle beaucoup plus sur lui qu'on ne le pense. Vous, par exemple.

— Allez-y, m'encourage-t-il avec un sourire. Ne m'épargnez pas.

— Vous êtes sûr ? je lui demande tout en le scrutant.

— Je peux encaisser, promet-il.

— Vous l'aurez voulu. Vu la façon dont vous enfoncez votre chemise dans votre jean – des Lévis au passage, et je doute que vous en portiez d'autres marques – je pense que vous êtes assez sûr de vous quant à votre physique et que, sans pour autant être vaniteux, vous vous souciez de votre apparence. Votre allure ne vous inquiète pas outre mesure, mais vous vous regardez dans le miroir quand vous vous rasez et, peut-être, pour vous assurer aussi qu'aucune étiquette ne pointe. Votre ceinture en cuir est décontractée et discrète, mais je suis prête à parier qu'elle coûte bonbon, ce qui signifie que vous n'avez rien contre payer la qualité à son juste prix, sans cependant tomber dans l'épate. Votre chemise est signé Hugo, mais pas Hugo Boss, ce qui indique que vous prenez un tout peu petit soin de ne ressembler à personne, et vous avez des mocassins Cole Haan[1] sans chaussettes, ce qui implique que vous aimez être à l'aise, que vous supportez patiemment les files d'attente, que vous vous

---

1. Célèbre chausseur américain. Pas grand-chose à moins de 300 $.

fichez que des nanas bizarres s'assoient à côté de vous dans le train et pleurent comme des madeleines, et que vous n'avez aucun problème de transpiration des pieds. Ah, et vous avez une montre Fossil[1], ce qui veut dire que vous êtes sportif – je suis sûre que vous courez pour rester en forme – et que vous aimez cuisiner. Alors, j'ajoute en abaissant ma fourchette dans sa direction, je me trompe de beaucoup ?

Il me dévisage, stupéfait.

— Vous avez deviné tout ça rien qu'en observant mes habits ?

— Ça, dis-je en sirotant une gorgée de vin, et le fait que vous êtes à l'aise dans votre masculinité, puisque vous ne vous parfumez pas.

— Ma ceinture m'a coûté deux cents dollars, Hugo Boss ne me va pas, les chaussettes me donnent chaud aux pieds, je cours cinq kilomètres par jour, je déteste l'eau de Cologne, et je prépare la meilleure omelette au fromage et aux échalotes que vous ayez jamais mangée.

— Alors, je n'ai rien à ajouter, je déclare en piochant dans la salade que le serveur vient de poser devant moi.

Elle est pleine de roquefort et de noix grillées. Des noix grillées. Miam !

— Sérieusement, reprend-il, comment faites-vous ?

— C'est un don, j'avoue avec modestie. Je l'ai toujours eu. Sauf qu'il lui arrive d'avoir des ratés, apparemment. D'ailleurs, il semble même manquer à l'appel aux moments où j'en ai le plus besoin. Ainsi, il suffit qu'un gars soit sexuellement ambigu pour que je sois totalement infichue de le deviner à ses vêtements. À moins, bien sûr, qu'il ne s'attife des miens. Et, comme je vous

---

1. Marque de montres décontractées à prix fort raisonnables.

l'ai dit, Andy était un étranger, ce qui m'a déboussolée. Je serai plus prudente à l'avenir.

— Avec le prochain Britannique ? s'étonne Jean-Luc.

— Oh non ! Il n'y en aura plus. À moins qu'il s'agisse d'un membre de la famille royale, naturellement.

— Ça me paraît le plus sage.

Il me verse un autre verre de vin et m'interroge sur mes plans, lorsque je rentrerai aux États-Unis. Je lui explique que j'avais l'intention de rester à Ann Arbor en attendant qu'Andy termine ses études. Sauf qu'à présent, je n'ai aucune idée précise de mon avenir. Puis, je me surprends à raconter à ce parfait inconnu mes réticences à accompagner Shari à New York, parce que j'ai peur qu'elle me largue pour enfin vivre avec son copain, puisque Chaz s'est inscrit en thèse de philo à l'université de New York et, du coup, je serais obligée de partager un appartement avec quelqu'un que je ne connaîtrais pas du tout. Je précise aussi que je n'ai pas vraiment ma maîtrise, puisque je n'ai pas encore terminé (ni vraiment commencé) mon mémoire, donc je risque fort de ne pas trouver de boulot dans mon domaine, pour peu qu'il y en ait, et de finir sans doute comme vendeuse chez Gap, ce que je considère comme l'enfer sur terre. Cette ribambelle de T-shirts à manches courtes tous identiques et ces clients incapables d'assortir les couleurs, ça risque de me tuer.

— Effectivement, je ne vous vois pas bosser chez Gap, me confirme-t-il.

Je frissonne en jetant un coup d'œil à ma tenue Alex Coleman.

— Ça... Vous croyez que je suis folle ?

— Non. J'aime bien votre robe. Elle est un peu... rétro.

— Je ne parlais pas de ma robe, mais de rester vivre chez mes parents à Ann Arbor jusqu'à ce qu'Andy ait son diplôme. D'après Shari, ce serait renier mes principes féministes.

— Pour moi, avoir envie d'être auprès de celui que vous aimez n'est en rien un reniement de vos principes féministes.

— Entendu. N'empêche... qu'est-ce que je vais faire, maintenant ? Il serait complètement cinglé de partir à New York sans un boulot ni un endroit où vivre, non ?

— Pas du tout ! Ce serait juste courageux. Et vous m'avez l'air d'une fille sacrément courageuse.

Pardon ? Je manque d'avaler mon vin de travers. Personne ne m'a encore dit que j'étais courageuse.

Dehors, le soleil continue à baisser à l'horizon – qu'est-ce qu'il se couche tard, l'été, en France ! – baignant le ciel derrière les collines et les forêts vertes d'un rose appétissant et voluptueux. Autour de nous, le personnel apporte des assiettes contenant des assortiments de fromages, des truffes au chocolat et de minuscules verres de digestif. Dans la section fumeurs, les convives s'en grillent une, savourant paresseusement la cigarette d'après-dîner, et l'odeur de leur tabac, dans cet environnement romantique, ne sent pas aussi mauvais, si je puis me permettre, que celle qui sortait des narines de mon ex-petit copain. J'ai l'impression d'être dans un film.

Disparue, la Lizzie Nichols, benjamine du professeur Harry Nichols, récemment sortie de l'université sans diplôme, qui a passé toute son existence à Ann Arbor et n'est sortie qu'avec trois garçons (quatre, si l'on compte Andy). Je vous présente Élizabeth Nichols la courageuse (!), voyageuse cosmopolite et sophistiquée, dînant dans un wagon-restaurant en compagnie d'un étranger sublime (et je le pense !), se délectant d'un assortiment de fromages (du fromage !) et sirotant une boisson appelée Pernod, tandis que le crépuscule envahit lentement la campagne française que nous traversons...

Soudain, au milieu de la description par Jean-Luc de sa propre maîtrise, quelque chose en rapport avec les routes du commerce international – j'ai du mal à ne pas bâiller, mais bon, l'histoire de la mode ne l'intéresserait sans doute pas non plus –, mon mobile retentit. Pensant qu'il s'agit de Shari, je m'empresse de le sortir de mon sac. Malheureusement, l'écran affiche « numéro inconnu ». Ce qui est bizarre, vu qu'aucun inconnu ne possède mon numéro de portable.

— Excusez-moi, dis-je à Jean-Luc en baissant la tête. Allô ?

— Liz ?

Il y a de la friture, la communication est épouvantable. Mais mon interlocuteur est la dernière personne au monde dont j'avais besoin d'avoir des nouvelles. Je suis désarçonnée. Pourquoi me téléphone-t-il ? C'est affreux. Je ne tiens pas à lui parler. Je n'ai rien à lui dire. Omondieu !

Je signale à Jean-Luc que j'en ai pour une minute, puis, me levant de table, je gagne un endroit situé près de la porte coulissante menant au wagon suivant afin de ne pas déranger les autres passagers.

— Andy ?

— Enfin ! s'écrit-il, visiblement soulagé. T'imagines pas à quel point je suis content d'entendre ta voix. J'essaye de te joindre depuis ce matin. Pourquoi tu décrochais pas ?

— Désolée, je ne me suis pas rendu compte que tu tentais de me contacter.

C'est vrai, les portables ne fonctionnent pas sous la Manche.

— Tu n'imagines pas ce que j'ai traversé quand je suis sorti de cet horrible bureau et que j'ai constaté que t'avais disparu, continue-t-il. Durant tout le trajet jusqu'à la maison, je me suis demandé : « Et si elle était pas là-bas ? S'il lui était arrivé quelque chose ? » Crois-moi, il faut vraiment que je t'aime pour... euh.. pour avoir eu peur à ce point que t'aies eu des ennuis !

J'émets un rire faiblard – j'ai tout sauf envie de rire. C'est tout juste si j'arrive à marmonner :

— En effet.

— Liz, poursuit-il sur un ton différent, tendu, t'es où, merde ? Quand reviens-tu ?

Je contemple ce qui, dans les ultimes rayons du soleil, ressemble à un château perché sur une colline. Sauf que c'est improbable. Les châteaux ne poussent pas comme des champignons au milieu de nulle part. Même en France.

— Comment ça, quand je reviens ? Tu n'as pas lu mon mot ?

J'en ai laissé un à Mme Marshall et à toute la famille pour les remercier de leur hospitalité ; j'en ai écrit un autre à Andy pour lui expliquer que j'étais désolée, mais que j'avais été inopinément été appelée ailleurs, et que nous ne nous reverrions pas.

— Bien sûr que si, réplique-t-il d'ailleurs. Seulement, j'ai rien compris.

Bizarre. J'ai une écriture très lisible, d'ordinaire. En même temps, je pleurais si fort que j'ai sans doute tremblé un peu.

— Ah ! Ben... comme je te le disais dans mon mot,

Andy, je suis navrée, mais il a fallu que je parte. Je suis vraiment navrée...

— Ecoute, m'interrompt-il, je sais que ce qui s'est passé ce matin à l'agence pour l'emploi t'a bouleversée. J'ai pas aimé te demander de mentir comme ça, sauf que t'aurais pas eu à mentir si t'avais fermée ta grande gueule pour commencer.

— J'en suis consciente.

Omondieu ! La situation est d'un pénible ! Je ne veux pas avoir cette conversation. Pas maintenant. Et surtout pas ici.

— C'est ma faute, Andy, et je te prie de m'excuser. J'espère que tu n'as pas eu d'ennuis.

— Je vais pas te raconter des craques, ç'a été à un poil... Hé ! Pourquoi tu m'appelles Andy ?

— Parce que c'est ton nom, je réponds en m'écartant pour laisser passer des voyageurs affamés.

— Tu m'as jamais appelé Andy. Toujours Andrew.

— Oh... disons que, à présent, tu m'as plus l'air d'un Andy.

— Je suis pas sûr que ce soit un compliment, ça. Bon... d'accord, j'ai merdé sur toute la ligne. C'était pas une raison pour foutre le camp, Liz. Je vais réparer, je te le jure. On a pris un mauvais départ, et tout le monde est hyper déçu dans cette histoire, moi le premier. J'arrête le poker... promis ! Et Alex nous laisse sa chambre. Il a dit qu'on pouvait s'y installer, toi et moi. Ou, si tu préfères, on n'aura qu'à crécher ailleurs... dans un endroit où on sera tranquilles. C'était quoi, déjà, le truc que t'avais envie de visiter ? La baraque de Charlotte Brontë ?

— De Jane Austen.

— C'est ça, la taule de Jane Austen. On pourrait y

aller maintenant. Dis-moi seulement où t'es, et je passe te chercher. On va raccommoder les morceaux. Je m'amenderai, je te le...

Je soupire en éprouvant une bouffée de culpabilité. (Je vois Jean-Luc payer la note pour laisser la table aux passagers qui viennent d'arriver au wagon-restaurant.)

— Oh, Andy ! C'est que... ça ne va pas être possible. Je suis en France, Andy.

— Tu QUOI ?

Son ahurissement est tel qu'il n'y a pas de quoi être flattée. Visiblement, lui ne me jamais jugée très courageuse, au contraire de Jean-Luc. En tout cas pas assez pour me rendre en France sans lui.

— Comment t'as atterri là-bas ? ajoute-t-il. Qu'est-ce que tu y fiches ? Où t'es ? Je te rejoins.

Omondieu ! C'est monstrueux. Je déteste la confrontation. Il est tellement plus aisé de s'éclipser en douceur que de devoir expliquer à quelqu'un que vous ne souhaitez pas le revoir.

— Andy, je... j'ai BESOIN d'être un peu seule. Pour réfléchir.

— Mais merde, Liz ! C'est la première fois que tu mets les pieds en Europe. Tu te rends comptes de ce que tu fais ? C'est pas drôle, en plus. Je suis super inquiet. Alors, dis-moi où t'es, et je te...

Jean-Luc s'approche de moi, le visage soucieux.

— Non, Andy, je murmure. Excuse-moi, je suis obligée de raccrocher. Je suis navrée, Andy, mais... j'ai commis une erreur.

— Je te pardonne ! crie Andrew. Lizzie ! Je te pardonne ! Je... ÉCOUTE ! Et l'argent ?

— Hein ?

Je suis tellement sciée que je manque de lâcher mon téléphone.

— Le fric ! Tu pourrais m'envoyer un mandat ?

— Je n'ai pas le temps de parler de cela maintenant. (Jean-Luc est tout près de moi, à présent. Je note qu'il est très, très grand, encore plus qu'Andy.) Désolée. Salut.

Je coupe la communication. Un instant, ma vision se trouble. Moi qui pensais ne plus avoir de larmes en réserve, je me suis apparemment trompée.

— Ça va ? demande gentiment mon compagnon de voyage.

Je le rassure avec plus d'entrain que j'en ressens :

— Ça va aller.

— C'était lui ?

J'acquiesce. J'ai un peu de mal à respirer. Je ne sais pas trop si c'est à cause des pleurs que je retiens ou à cause de la proximité de Jean-Luc... dont le bras, sous l'effet des mouvements du train, se trouve frôler le mien plus souvent qu'à son tour.

— Lui avez-vous annoncé que vous étiez avec votre avocat, et qu'il était en train de rédiger une plainte pour récupération de pipe ?

Prise au dépourvu, j'en oublie de ne plus arriver à respirer. À la place, je souris largement, et les larmes sèchent comme par magie.

— Lui avez-vous annoncé que s'il ne veille pas à vous rendre cette pipe vous n'aurez d'autre choix que de le poursuivre en justice ?

Si je pleure, maintenant, c'est de rire. Et quand enfin j'ai réussi à retrouver mon souffle, je proteste :

— Hé ! Vous aviez prétendu être nul en blagues.

— C'est vrai, répondit-il d'un ton grave. Celle-là était très mauvaise. Votre hilarité m'étonne.

Je ris encore quand je m'affale sur le siège à côté du sien, agréablement rassasiée et un peu endormie. Je m'efforce cependant de rester éveillée en fixant la fenêtre de l'autre côté de l'allée centrale, juste derrière la tête de Jean-Luc, où le soleil auréole un nouvel édifice imposant.

— C'est bizarre, mais on dirait un château, là-bas, dis-je en tendant le doigt.

— Parce que c'en est effectivement un, répond Jean-Luc après avoir tourné le cou.

Je m'étonne d'une voix ensommeillée :

— Non !

— Bien sûr que si, s'esclaffe-t-il. Vous êtes en FRANCE, Lizzie. À quoi vous attendiez-vous ?

Pas à des châteaux exposés au su et vu de tout le monde. Pas à ce crépuscule merveilleux qui emplit le wagon d'une lueur rosâtre. Pas à cet homme parfaitement gentil et adorable qui est assis près de moi.

— Pas à ça, je lui réponds en chuchotant. Pas à ça.

Puis je ferme les yeux.

Les robes Empire, au début du XIXe siècle, étaient souvent aussi transparentes que nos chemises de nuit actuelles. Pour avoir chaud, les femmes enfilaient donc des collants en jersey (un coton à mailles serrées) couleur chair qui leur descendaient jusqu'aux chevilles ou juste au-dessous du genou. Voilà pourquoi, sur les tableaux de l'époque, les modèles semblent ne porter nul sous-vêtement, même si l'idée de se promener « à loilpé » sous ses habits ne traversera l'esprit de certains joyeux drilles que deux siècles plus tard au moins.

Histoire de la mode (mémoire de maîtrise),
Élizabeth Nichols.

11

Nous nous sentons plus en sécurité avec un fou qui parle qu'avec un qui n'ouvrirait pas la bouche.
E. M. Cioran (1911-1995), philosophe français né en Roumanie.

Quelqu'un me secoue doucement en prononçant mon nom.

— Lizzie, Lizzie, debout ! Nous sommes à votre gare.

Je sursaute, ouvre les yeux. Je rêvais de New York – Shari et moi n'y trouvions pas d'autre logement qu'un carton ayant contenu un réfrigérateur situé sur une bretelle d'autoroute ; je dégotais un boulot consistant à plier des kilomètres de T-shirts chez Gap. Ahurie, je découvre que je ne suis pas à New York mais dans un train. Français. Qui est arrêté là où je suis censée descendre. Du moins, si le panneau « Souillac » qui se découpe dans le noir (quand la nuit est-elle tombée ?) de l'autre côté de la vitre ne ment pas.

— Oh non ! je m'écrie en bondissant de ma place. Non !

— Tout va bien, me rassure Jean-Luc. J'ai vos affaires.

En effet. Ma valise est par terre, il m'en tend la poignée. Il y ajoute mon sac et mon bagage à main.

— Tranquillisez-vous, me conseille-t-il avec un petit rire, ils ne repartiront pas tant que vous serez à bord.

J'ai un goût affreux dans la bouche, à cause du vin. Je n'en reviens pas de m'être endormie. Ai-je soufflé dans le nez de mon voisin ? A-t-il respiré ma mauvaise haleine ?

Je m'excuse :

— Désolée, et ravie de vous avoir rencontré. Merci pour tout. Vous êtes gentil. Salut...

Sur ce, je fonce dans l'allée en disant « *Pardon, pardon** » à tous ceux que je bouscule au passage.

Je me retrouve sur le quai, qui semble situé au milieu de nulle part... au milieu de la nuit. Pas un bruit, sinon les stridulations des criquets. Une vague odeur de fumée de bois flotte dans l'air. Autour de moi, les passagers descendus en gare de Souillac sont accueillis par des proches joyeux et entraînés vers des voitures. Un autocar ronronne sur le parking, des gens y grimpent. Sur la vitre, une pancarte proclame « Sarlat ».

Je n'ai pas la moindre idée de ce qu'est Sarlat. Tout ce que je sais, c'est que Souillac n'a pas grand-chose d'une ville. C'est, tout au plus, une gare. Laquelle est fermée à cette heure, à en juger par les portes closes et l'absence de lumière. Voilà qui n'est pas bon signe. En dépit de mes multiples messages, Shari n'est pas là. J'ai échoué en pleine cambrousse française, seule. Toute seule...

Brusquement, à côté de moi, on se racle la gorge. Me retournant vivement, je heurte (presque) de plein fouet Jean-Luc. Qui est là, lui aussi, un immense sourire aux lèvres.

— Re-bonjour ! me lance-t-il.

— Qu'est-ce que...

Je le dévisage, incrédule. Est-il une invention de mon imagination ? Des caillots de sang ont-ils le temps, pendant un voyage en train, de se former dans vos jambes puis de vous monter au cerveau ? Je sus presque certaine que non. Ça, c'est dans les avions, n'est-ce pas ? Donc, il est bien là. Debout devant moi. Chargé d'une longue housse à vêtements grise pleine de creux et de bosses. Le train, lui, s'éloigne. Alors je piaille :

— Qu'est-ce que vous fichez ici ? Ce n'était pas votre arrêt !

— Qu'en savez-vous ? Vous ne m'avez jamais demandé où j'allais.

Ce qui est parfaitement exact, je m'en rends compte – un peu tard.

— Mais... mais... vous avez vu sur mon billet que je descendais à Souillac, et vous n'avez rien dit.

— En effet.

— Mais... pourquoi ?

Une pensée atroce me traverse soudain l'esprit. Et si ce beau et délicieux Jean-Luc était un tueur en série ? Qui enjôle de jeunes Américaines vulnérables dans des trains étrangers, s'arrange pour leur inspirer confiance afin de mieux les assassiner ensuite, quand elles arrivent à destination ? Et si cette housse contenait une espèce de faux ou un garrot ? Ça n'a rien d'absurde. Ce machin a une forme vraiment bizarre. Trop bizarre pour renfermer un costume trois pièces.

Regardant derrière moi, je constate que la dernière voiture quitte le parking, ainsi que le car, nous laissant seuls sur le quai. Complètement seuls. Je parviens toutefois à écarter l'idée que je suis absolument démunie face à lui s'il lui prenait l'envie de me zigouiller.

— J'avais l'intention de vous annoncer que je me rendais également à Souillac, reprend Jean-Luc, mais je craignais de vous embarrasser.

— Pourquoi donc ?

Il a soudain l'air vaguement penaud dans la lumière crue du réverbère autour duquel des papillons de nuit volettent, aussi bruyants que les criquets. Qu'est-ce qui lui prend ? Serait-ce qu'il prend conscience qu'il va être obligé de m'escagasser, et que cela risque de ne pas me plaire des masses ?

— Eh bien, marmonne-t-il, je n'ai pas été très honnête avec vous... Vous avez cru que j'étais un étranger rencontré au hasard, à qui vous étiez en mesure de confier vos problèmes...

— Je m'en excuse.

Omondieu ! Qui tuerait une jeune femme simplement parce qu'elle lui a raconté l'histoire de sa vie ? C'est inconcevable. Il n'avait qu'à prendre un livre et faire semblant de lire, et je l'aurais bouclée. Enfin, je crois. Tout de même, je précise :

— J'étais bouleversée.

— C'était très intéressant, proteste-t-il avec un haussement d'épaules. Je vous avoue que c'est la première fois de mon existence qu'une jeune femme s'assoit à côté de moi et se lance dans des discours sur... Bref, sur les sujets que vous avez abordés. La toute première fois.

Je dois rêver. Pourquoi en ai-je autant dit sur ma vie

personnelle à un parfait inconnu ? Même un aussi mignon dans sa chemise Hugo ?

— Vous vous êtes forgé une fausse opinion de moi, je déclare en reculant lentement en direction des escaliers du quai. Je ne suis pas ce genre de fille. Pas du tout, même.

— Lizzie, objecte-t-il en avançant d'un pas pour m'empêcher de fuir, la raison pour laquelle je ne vous ai pas confié que j'allais également à Souillac, en plus du fait que vous ne m'avez pas posé la question, c'est que JE NE SUIS PAS un étranger quelconque rencontré à bord d'un train.

Génial ! Dans une minute, il va m'annoncer que nous nous sommes croisés dans une vie antérieure. Comme T. J., de l'université. Pourquoi faut-il toujours que j'attire les malades mentaux ? POURQUOI ? Il semblait si chouette. Sérieux. Il m'a trouvée courageuse ! Il a totalement restauré ma foi dans les hommes. Alors, pourquoi doit-il se révéler être un assassin cinglé ? POURQUOI ?

C'est la faute de Shari. Si seulement elle avait décroché son foutu téléphone, ça ne serait pas arrivé.

— Qu'est-ce que vous essayez de dire, là ?

— Que je suis votre hôte. Votre amie Shari est chez mon père, à Mirac.

Mirac. Il a parlé de Mirac.

— Je ne vous ai pas une seule fois confié que j'allais là-bas.

J'ai beau eu bavasser comme une pie, je ne me souviens pas avoir prononcé le nom du château. Tout simplement parce que je l'avais oublié, jusqu'à ce que lui le mentionne.

— En effet. Mais c'est là que votre amie Shari réside, non ? Avec son copain, Charles Pendergast.

Charles Pendergast ? Il connaît le vrai nom de Chaz ! Ça, je suis sûre et certaine de ne pas lui avoir dit, dans la mesure où personne n'utilise le véritable nom de Chaz, vu que lui-même ne le donne quasiment jamais à quiconque. Seul un intime serait au courant.

— Un instant ! je m'exclame en cherchant fébrilement une explication rationnelle à ce pataquès. Vous êtes... LUKE ? Le pote de Chaz qui se prénomme Luke ? Mais... vous m'avez dit vous appeler Jean-Luc.

Luke, Luc, Jean-Luc, quelque que soit son nom, me regarde, mal à l'aise.

— C'est mon prénom complet, explique-t-il. Jean-Luc de Villiers. Chaz s'est toujours contenté de Luke.

— N'êtes-vous pas censé être à Mirac ?

— J'ai dû faire un saut à Paris afin d'aller chercher la robe de mariée de ma cousine, se justifie-t-il en brandissant son chargement. Elle n'avait pas confiance dans le service de livraison du magasin.

Il baisse un peu la fermeture éclair de la housse à vêtements, et une giclée de dentelle blanche – indubitablement matrimoniale – en jaillit. Il la repousse et referme l'enveloppe protectrice.

— Quand vous vous êtes installée à côté de moi, je n'aurais jamais songé que vous étiez la Lizzie dont Shari et Chaz m'on tant parlé. Puis quand vous avez mentionné Shari, j'ai compris. Sauf qu'à ce moment-là vous aviez déjà évoqué... ben... ce que vous savez. (Il semble plus gêné que penaud, à présent.) Parce que vous pensiez que notre rencontre serait sans lendemain, rassurez-vous, j'ai compris.

La nausée me monte aux lèvres. Il a raison.

— Oh. Mon. Dieu !

— Oui, admet Jean-Luc en haussant les épaules d'une

manière très française (ce qui est logique, vu qu'il est à moitié français). Je suis désolé. En même temps, reconnaissez que c'est... plutôt drôle.

— Non, je rétorque, ça ne l'est pas du tout.

— D'accord, soupire-t-il. Je craignais une réaction de ce genre. C'est pourquoi je me suis tu.

— Ainsi, je m'énerve en me sentant rougir, vous saviez dès le début que nous serions amenés à nous revoir. Pourtant, vous n'avez pas tenté de m'arrêtez. Vous m'avez laissée déblatérer comme une crétine.

— Pas une crétine, proteste-t-il, grave et un peu inquiet. Rien de tel. Je vous ai trouvée absolument charmante. Et amusante. Voilà pourquoi je ne vous ai pas empêchée de parler. D'abord, j'ignorais qui vous étiez, jusqu'à ce que vous ayez quasiment terminé de... euh... vous soulager. J'ai deviné que vous aviez besoin de vider votre sac, et j'avoue que j'y ai pris beaucoup de plaisir. Vous avez été délicieuse.

J'ai soudain envie de me cacher dans sa housse à vêtements.

— Omondieu ! DÉLICIEUSE ? Alors que je vous ai raconté que j'avais taillé une pipe à mon petit ami ?

— Certes, mais de manière tout à fait délicieuse.

— Je vais me tuer. (Je porte mes doigts à ma figure.)

— Hé !

Il y a des bruits de pas, puis des paumes entourent mes poignets. Je relève la tête et découvre que Luke a posé la housse sur ma valise et se tient tout, tout près de moi. Il me dévisage tout en écartant mes mains.

— Hé, répète-t-il, la voix aussi douce que son geste. Je m'excuse. Sérieux. Je n'ai pas réfléchi. Je... je ne savais pas quoi faire. J'avais envie de vous le dire, puis j'ai songé

que... ben, que ce serait une bonne blague. Sauf que...
je vous ai prévenue, je suis nul en blagues.

Je suis extrêmement consciente de ses prunelles ténébreuses, aussi sombres que les branches des arbres qui, de l'autre côté de la gare, se détachent sur le ciel marine, comme je le suis de ses lèvres qui invitent au baiser. Surtout qu'elles ne sont qu'à quelques centimètres des miennes.

— Si vous parlez à quiconque de ce que je vous ai raconté dans le train, je m'entends murmurer sur un ton bizarrement feutré, surtout à Chaz, je vous bute. Ma maîtrise pas terminée ET l'autre chose. Le vous savez quoi. Je vous interdit de le mentionner. Compris ? Sinon, je vous étrangle de mes propres mains.

— Entendu. (La prise de ses paumes tièdes autour de mes poignets est plus ferme maintenant, une sensation fort agréable, ma foi.) Je vous donne ma parole. Je serai muet comme une tombe. Votre pipe sera au secret avec moi.

— Beurk ! Je viens de vous le dire ! Ne répétez jamais ce mot !

— Quel mot ? Pipe ?

Ses yeux noirs sont à présent aussi pétillants que les rares étoiles qui, telles des paillettes sur un cashmere bleu, brillent au-dessus de nous.

Je me laisse aller contre lui tout en déclarant :

— Ça suffit !

Juste au cas où il aurait envie de m'embrasser, quoi. Parce que je commence à songer que, à la réflexion, ce n'est pas si mal que Jean-Luc soit Luke. Maintenant, je n'ai plus à me soucier de trouver Shari. Ni un abri pour la nuit. Et puis, il est le gars le plus gentil et le plus craquant que j'aie vu depuis fort longtemps. Il n'est pas accro au poker... autant que je sache, du moins. Il a l'air de m'apprécier. Je vais passer le reste de l'été en sa compagnie. Et il tient mes mains.

Soudain, les choses semblent s'être beaucoup améliorées. Sacrément, même.

— Alors, murmure-t-il, pardonné ?

— Oui.

Je ne peux m'empêcher de lui sourire comme la crétine que je suis en dépit de ses dénégations. Il est si mignon. Plus, même. Il est gentil. Il m'a invitée à dîner. Et il a été d'une empathie totale quand je me suis mise à pleurer comme une débile. Ajoutez à cela qu'il est financier. Il travaille dur pour... protéger l'intérêt des riches. Je crois. Il m'a aussi fait rire après le coup de fil d'Andy, alors que j'avais envie de chialer.

Et je vais finir l'été avec lui. Tout l'été. Tout...

— Super, ronronne-t-il. Il me déplairait tant que vous croyiez vous être trompée. Au sujet de ma personnalité, s'entend. Celle que vous avez dessinée à partir de ma tenue.

— Ça m'étonnerait, je réponds en baissant les yeux sur sa chemise entrouverte où je distingue quelques poils fort émoustillants.

— Tant mieux. Je pense que vous allez adorer Mirac.

J'en suis CERTAINE. Si tu es là, Luke. Mais, pour une fois, je me retiens de confier ce que je pense.

— Merci.

Bon, il se décide à m'embrasser, maintenant ?

Tout à coup, une voiture approche.

— Notre chauffeur, génial ! s'écrie Luke en lâchant brusquement mes poignets.

Une antique Mercedes décapotable couleur beurre

frais déboule sur le parking. Au volant, une blonde qui s'exclame avec un accent français :

— Désolée d'être en retard, *chéri*[*] !

Avant même qu'il se précipite vers elle et se baisse pour l'embrasser, je devine qui elle est.

Son amoureuse.

Ça vous étonne ?

Au XIXe siècle, les femmes ne furent pas les seules à vouloir exhiber les contours de leur corps. Cette époque vit l'émergence du mouvement « dandy », impulsé par le pape de la mode de l'époque, George « Beau » Brummell, un gentleman qui tenait absolument à se mouler dans des pantalons aussi collants qu'une seconde peau et ne supportait pas le moindre pli sur son gilet. Le col des dandys prit des hauteurs si vertigineuses que les malheureux furent bientôt incapables de tourner la tête sur le côté.

Nous ignorons à ce jour le nombre exact de jeunes imprudents qui moururent écrasés, faute d'avoir vu un attelage arriver avant de descendre du trottoir.

Histoire de la mode (mémoire de maîtrise),
Élizabeth Nichols.

12

Les cancans sont l'opium des opprimés.
Erica Jong (née en 1942), enseignante et écrivaine américaine.

Naturellement, il est maqué. Il est bien trop fabuleux – sa petite entourloupe concernant sa véritable identité mise à part – pour ne pas l'être.

En plus, elle est extra. Très belle, c'est indéniable, avec cette chevelure blonde, ces épaules minces et bronzées, ces longues jambes tout aussi hâlées. Elle est vêtue d'un simple débardeur noir et d'une jupe paysanne neuve et visiblement chère. Aux pieds, des tongs ornées de strass. La mode vacances par excellence.

Quoique mon radar ne soit pas forcément fiable, vu que Dominique Desautels – c'est son nom – est étrangère, comme Andy. Elle est canadienne. Canadienne française. Elle travaille dans la même banque que Luke, à Houston. Et ils sortent ensemble depuis six mois. Du moins, c'est que je réussis à comprendre en les interrogeant l'air de rien depuis le siège arrière de la Mercedes, avant de me taire.

Parce qu'il est très dur de se concentrer pour tirer les vers du nez à quelqu'un quand on traverse des paysages aussi magnifiques. La lune s'est levée, et je distingue les chênes énormes dont les branches s'entrelacent au-dessus de la route, formant un dais de feuilles. Nous roulons sur une deux-voies sinueuse qui longe une large rivière. Difficile cependant de juger où nous sommes exactement.

Ainsi que l'époque. Vu l'absence d'éclairage public et de poteaux téléphoniques, nous pourrions aussi bien être dans un autre siècle que le vingt et unième. Nous passons même devant un vieux moulin – un moulin ! Flanqué d'une de ces grosses roues à eau, avec un toit de chaume et un jardin splendide. Comme de la lumière électrique filtre à travers les fenêtres du lieu, j'en conclus cependant que nous pas été téléportés au début du XIXe siècle. J'aperçois une famille attablée autour de son dîner.

Dans un moulin ! J'ai drôlement de mal à me souvenir que je suis déprimée parce que mon petit ami s'est révélé avoir un problème avec le jeu, alors qu'un paysage si typique s'offre à mes yeux.

Lorsque nous quittons l'abri des arbres, je devine des pics rocheux sur lesquelles sont perchés des châteaux. Luke m'explique que cette région de la France (qui s'appelle la Dordogne, comme la rivière) est célèbre pour ses châteaux (plus de mille !) et ses grottes, dont certains murs sont ornés de peintures remontant à quinze mille ans avant Jésus-Christ. Puis Dominique précise que le

Périgord (une partie de la Dordogne), est également réputé pour ses truffes noires et son foie gras. Sauf que je l'écoute à peine, trop absorbée par la découverte de remparts fortifiés – d'après Luke, ce sont ceux du village médiéval de Sarlat, où nous pourrons aller voir les magasins, si ça me tente.

Des magasins ! Il est peu probable qu'ils aient une boutique vintage, dans le coin. En revanche, ils en ont peut-être une de vêtements d'occasion... Omondieu ! J'imagine déjà les trésors qui n'attendaient que moi. Givenchy, Dior, Chanel... Qui sait, hein ?

Soudain, nous quittons la route pour bifurquer dans ce qui paraît être un chemin de montagne extrêmement raide et couvert de gravillons, à peine assez large pour la voiture. D'ailleurs, des branches frottent contre la carrosserie, et je suis contrainte de me mettre au milieu pour ne pas être embrochée. Ce qu'ayant remarqué, Dominique dit à Jean-Luc :

— Il faudra que tu te débrouilles pour que tout ça soit taillé avant l'arrivée de ta mère. Tu la connais.

— Je sais, je sais, maugrée-t-il avant de s'inquiéter si tout va bien de mon côté.

Tout en agrippant le dossier de son siège, je déclare que tout va très bien.

Car je suis un peu secouée ; le chemin mériterait effectivement un peu d'entretien.

Je me dis que la Mercedes ne va pas pouvoir continuer à grimper ainsi cent sept ans sans que nous ayons été au préalable décapités par la nature sauvage, quand nous débouchons soudain sur un vaste plateau herbeux qui domine la vallée. Des torches illuminent l'allée, conduisant à ce qui semble être – si mes yeux ne me jouent pas de tour – la même maison que celle où vivait M. Darcy dans la version d'*Orgueil et préjugés* diffusée par la chaîne A&E. Sauf que cette demeure est plus vaste. Et plus élégante. Et dotée de plus de dépendances. Et de l'électricité. On a l'impression que des centaines de fenêtres brillent violemment sur le fond satiné et bleu nuit du ciel. Le chemin longe une grande pelouse parsemée de chênes élégants. Il y a aussi une immense piscine éclairée qui luit comme un saphir dans le noir, autour de laquelle sont éparpillés des meubles de jardin en fer forgé blanc.

C'est le plus bel endroit qui soit pour des noces. Le gazon parfaitement entretenu est bordé d'un mur bas en pierres sèches. De l'autre côté de ce mur, qui a l'air de plonger dans le vide, on devine, en dessous, une masse d'arbres baignant dans la lumière de la lune et, au loin, un à-pic comme celui dont nous venons de faire l'ascension, surmonté lui aussi d'un château pareillement illuminé qui pourrait être le frère de celui-ci.

J'en ai le souffle coupé. Littéralement.

Luke remonte l'allée avant d'arrêter le moteur. La nuit bruit des stridulations des criquets.

— Alors, dit-il en se retournant sur son siège. Ça vous plaît ?

Pour la première fois de ma vie, je suis incapable de parler. Un moment historique à marquer d'une pierre blanche, ce que Luke ne peut savoir, malheureusement. Dans le silence qui suit, les criquets semblent encore plus bruyants. J'ai toujours autant de mal à respirer.

— L'endroit a tendance à produire cet effet sur les gens, remarque Dominique en sortant de voiture pour se diriger vers les portes en chêne massif de la demeure, la housse à vêtements contenant la robe de mariée dans les mains. Joli, non ?

Joli ? JOLI ? C'est comme si on disait que le Grand Canyon est... grand.

Je finis par retrouver ma voix, mais pas avant que Dominique ait disparu à l'intérieur de la maison.

— Je n'ai jamais rien vu d'aussi beau, je confie à Luke qui récupère mes bagages dans le coffre.

— Vraiment ? Vous êtes sincère ?

Ses yeux, dissimulés par la pénombre, se posent sur moi. Il prétend être mauvais pour les blagues, mais il plaisante, là. Il n'existe sûrement aucun lieu aussi merveilleux sur toute la planète.

— Tout à fait.

Brusquement, des voix familières résonnent, en provenance de la terrasse herbeuse qui surplombe la vallée.

— C'est donc M. de Villiers, de retour de Paris ? lance Chaz en surgissant à grandes enjambées de sous les arbres majestueux. Oui, c'est bien lui. Et en charmante compagnie, qui plus est ?

Au milieu de l'allée circulaire, Chaz s'arrête net en me reconnaissant. Ce n'est pas facile à déterminer, entre la lune qui est dans son dos et la visière de sa casquette de l'université du Michigan qu'il a rabattue sur ses yeux, mais je crois bien qu'il sourit.

— Tiens, tiens, tiens, lâche-t-il d'une voix amusée. Regardez-moi ce que le chat a rapporté.

— Quoi ? dit Shari en déboulant derrière lui. Oh, salut, Luke ! Tu as...

Elle s'interrompt, puis se met à hurler :

— Lizzie ? C'est bien toi, Lizzie ?

Elle sautille jusqu'à moi et me prend dans ses bras en beuglant :

— Tu es venue ! C'est formidable ! Comment t'es-tu débrouillée ? Où l'as-tu trouvée, Luke ?

— Dans le train, répond ce dernier en souriant devant le regard paniqué que je lui jette par-dessus l'épaule de Shari.

Par bonheur, il ne développe pas, comme je l'en ai prié.

— C'est stupéfiant ! s'égosille mon amie. Que vous soyez tombés l'un sur l'autre comme ça !

— Pas vraiment, objecte Chaz d'une voix douce. Ils étaient sans doute les deux seuls Américains se rendant à Souillac...

— Oh, s'il te plaît ! Garde pour toi tes réflexions philosophiques sur le hasard ! le rembarre Shari. Pourquoi n'as-tu pas téléphoné, ajoute-t-elle à mon intention. Nous serions venus te chercher à la gare.

— J'ai appelé. Une bonne centaine de fois. Je suis tombée sur ta messagerie vocale.

— Qu'est-ce que tu racontes ! s'écrie-t-elle en tirant son portable de la poche de son short. J'ai... Oh ! j'ai oublié de l'allumer depuis ce matin.

— Je pensais que tu l'avais laissé tomber dans les toilettes.

— Pas cette fois, dit Chaz en passant son bras autour de mon épaule pour me serrer brièvement contre lui. Faut-il que je casse la figure à certain Anglais ? susurre-t-il ensuite à mon oreille. Parce que, Dieu m'en soit témoin, je vais aller là-bas et lui botter son petit cul merdeux et nu pour toi. Il suffit que tu me le demandes.

Je ris (jaune) et lance :

— Inutile. Ça va. Je t'assure. C'est autant ma faute que la sienne. J'aurais dû t'écouter. Tu avais raison. Comme d'habitude.

— Ce n'est pas vrai, objecte-t-il en me relâchant. Simplement, quand je me trompe, tu ne t'en souviens pas aussi bien que quand j'ai raison. Mais, si ça te fait plaisir, continue de croire que je ne commets jamais d'erreurs.

— La ferme, Chaz ! lui lance Shari. On se fiche de ce qui s'est passé en Angleterre. Elle est avec nous, maintenant. Ça ne t'ennuie pas qu'elle reste, Luke ?

— Voyons un peu, rigole ce dernier. Est-elle capable de gagner son pain ? Nous n'avons pas besoin d'autres fainéants, un nous suffit.

Il assène une claque amicale dans le dos de Chaz.

— Hé ! se défend celui-ci. Je goûte tous les alcools de la maison par pure charité chrétienne avant que ta mère débarque, demain.

— Tu es insupportable, commente Shari en secouant la tête. Lizzie est super douée, précise-t-elle à Luke. Avec une aiguille, du moins. Si jamais tu as besoin d'une couturière...

Luke paraît surpris. À l'instar de la majorité des gens. Qui sait encore coudre, de nos jours ?

— Pourquoi pas, répond-il cependant. Je verrai ça demain avec... maman. En attendant nous avons des choses plus urgentes à régler. Comme donner un coup de pouce à Chaz pour vérifier les alcools.

— Par ici, mesdemoiselles, monsieur, enchaîne Chaz en indiquant d'une rapide courbette le sentier conduisant au bar en plein air qu'il a apparemment construit.

Shari et moi suivons les gars. L'herbe est fraîche et légèrement humide. Comme nous approchons du mur de pierres, je jette un coup d'œil en bas. Au fond de la vallée, la rivière serpente, argentée sous la lune. C'est si beau que je suis émue. J'ai l'impression de rêver.

Je ne suis pas la seule, d'ailleurs.

— Je n'en reviens pas, murmure Shari, accrochée à

mon bras. Que s'est-il passé ? Je sais que j'étais pas mal bourrée la dernière fois que je t'ai eue au téléphone, mais j'avais cru comprendre que tu voulais arranger les choses avec Andy.

— J'ai essayé, figure-toi. Sauf que j'ai découvert... écoute, c'est une longue histoire. Je te raconterai ça une autre fois. Quand ils ne seront pas dans les parages, j'ajoute en montrant du menton Luke et Chaz.

Bien que Luke, naturellement, soit au courant de l'essentiel.

Bon, d'accord. De tout.

De VRAIMENT tout.

— Ç'a été tellement pénible ? s'enquiert mon amie, soucieuse. Tu vas bien ?

— Oui. Je t'assure. Avant non, mais... j'ai trouvé une épaule très sympathique sur laquelle pleurer.

Je jette un nouveau coup d'œil à notre hôte. Shari suit mon regard. Ses sourcils se soulèvent. J'espère qu'elle ne se dit pas : « Oh, pauvre petite Lizzie, amoureuse d'un type inaccessible ! »

Parce que je ne le suis pas. Amoureuse de lui.

— Tant mieux, se contente-t-elle de marmonner. Ainsi, tu n'as pas le cœur brisé ?

Au bout d'un moment de réflexion, je susurre :

— Je ne crois pas. Juste un peu meurtri. Tu es sûre que ma présence ici ne pose pas de problème ? C'est vrai que la mère de Luke arrive demain ?

— Ses parents sont en plein divorce, soupire Shari avec une grimace, mais apparemment, Mme de Villiers aurait promis depuis longtemps à sa nièce qu'elle pourrait se marier à Mirac. Donc, elle – Mme de Villiers – sera là demain, avec sa sœur, sa nièce, le futur marié et toute la sainte famille. La bringue a toutes les chances d'être infernale. D'autant que les parents de Luke s'adressent à peine la parole, et que le pauvre chou est pris en tenaille entre les deux. D'après Chaz, sa mère est une espèce de virago.

Je tressaille en me souvenant de Dominique conseillant à Luke d'élaguer les branches du chemin.

— Dans ce cas, ils n'auront pas envie de moi ici. (Je parle tout bas pour que l'intéressé ne m'entende pas. Et je dis « ils », mais je pense plutôt « Luke ».) Je ne voudrais pas...

— C'est bon, Lizzie, la baraque est immense, et il y a plein de place. Même avec toute la famille ici, il reste des chambres libres. Et le boulot ne manque pas. Ta présence est une aubaine, d'ailleurs. Nous allons avoir besoin d'aide. D'après ce que j'ai compris, la cousine de Luke, Vicky, appartient à la haute société texane. Elle a déjà exigé que Luke se tape l'aller-retour à Paris pour récupérer sa robe chez la couturière chicos qui l'a faite, alors qu'elle-même n'est pas encore arrivée. De plus, elle aurait invité la moitié de ceux qui comptent à Houston, sans parler du groupe amateur de son frère qui viendrait de signer un contrat d'enregistrement et serait le prochain truc à la mode. Bref, ça ne sera pas un mariage très intime.

— Oh ! Tant mieux ! Je n'envisageais pas d'autre solution. Il m'est impossible de rentrer à la maison.

— Évidemment ! s'exclame Shari, horrifiée. Tes garces de sœurs s'en donneraient à cœur joie.

— Je sais. Bref, j'ai pensé... comme tu avais dit que je pouvais venir...

— Je suis tellement contente que tu sois là ! Regarde-moi ces deux-là... (De la tête, elle indique les garçons qui se sont installés à une des tables en fer forgé où ils fabriquent une espèce de mélange dans des flûtes à champagne.)... on dirait des jumeaux qui se retrouvent. Ils n'arrêtent pas de jacasser de tout et de rien – de Nietzsche, de Tiger Woods, de bière, des probabilités dans les dates de naissance qui coïncident, des bons vieux jours d'autrefois dans leur internat de riches. J'avais l'impression d'être la cinquième roue du carrosse. Maintenant, j'ai ma propre amie avec laquelle bavasser de mon côté.

Je souris.

— Tu peux compter sur moi. Tu sais que je ne crache jamais sur une bonne petite bavette. Mais qu'en est-il de la copine de Luke, Dominique ? Elle n'a pas voulu tchatcher avec toi ?

— Seul un sujet l'intéresse, bougonne Shari. Elle-même.

— Oh ! Ça ne m'étonne guère, à la réflexion. Avec des tongs pareilles.

— Ah bon ? Elles t'ont fait mauvaise impression ?

Shari a toujours été fascinée par mes analyses vestimentaires et elle les respecte beaucoup.

— Non, rien de tel, je m'empresse de préciser. J'ai juste eu le sentiment qu'elle se donnait un peu trop de mal. En même temps, elle est canadienne. Je crois que mon radar a des ratés face aux étrangers.

— Tu penses à Andy, hein ? J'avoue ne pas avoir compris ce que tu lui trouvais. Cependant, tu ne te trompes pas en ce qui concerne Dominique. Ces tongs, elles sont signées Manolo Blahnik.

— Tu rigoles ? ! (Pour feuilleter *Vogue*, je sais que ces godasses coûtent jusqu'à six cents dollars la paire.) Nom d'un chien ! Moi qui me demandais qui achetait ça !

— Hé ! Les filles ! nous hèle Chaz en rappliquant

vers nous d'une démarche chaloupée. N'essayez pas de couper à vos obligations. Des verres exigent d'être vidés.

— J'ai ici l'objet de votre premier test, renchérit Luke en nous tendant deux flûtes remplies d'une liquide pétillant. Kir royal. Préparé avec le champagne que nous produisons ici même, à Mirac.

J'ignore ce qu'est un kir royal, mais je suis partante pour goûter. À cet instant, Dominique revient et exige également un verre.

— À quoi buvons-nous ? demande-t-elle en le levant.

— Aux inconnus qui se rencontrent dans les trains, suggère Luke.

Je lui souris.

— Ça me semble bien, dis-je.

Tout le monde trinque, puis j'avale une gorgée. J'ai l'impression de boire de l'or liquide. Des saveurs de baies, de soleil et de champagne se mélangent et dansent sur ma langue. Le kir royal n'est rien d'autre que de la liqueur de cassis et du champagne, m'explique Shari en aparté.

— Et maintenant, ajoute-t-elle après, à ton tour de t'expliquer.

À présent, je suis quasi convaincue d'être dans un rêve dont je vais finir par me réveiller. Même si j'ai décidé d'en profiter jusqu'à la dernière minute.

— Hmm ? À quel propos ?

— Que sous-entendait Luke avec ce toast ? Les étrangers dans un train et tout le toutim ?

— Oh ! Aucune idée. Rien de particulier, j'imagine.

— Pas de ça, Lizzie, gronde mon amie. Allez, crache le morceau. Que s'est-il passé durant ce voyage ?

— Rien ! je m'écrie en riant. Sauf que... j'étais bouleversée... à cause d'Andy. J'ai un peu pleuré. Et, comme je te l'ai dit, il a été très attentionné.

— Toi ma fille, tu me caches quelque chose. Je le sens.

— Pas du tout.

— T'inquiète, quoi que ce soit, je me débrouillerai pour le découvrir. Tu n'as jamais su garder un secret.

Je me borne à lui sourire. Contrairement à ce qu'elle croit, j'ai en réserve quelques trucs dont elle n'est pas au courant. Et je n'ai pas l'intention de me mettre à table de sitôt. Je soupire :

— Tu t'inventes des histoires, Shari. Il ne s'est rien passé.

Ce qui, grosso modo, est la vérité.

Un peu plus tard, je me poste près du mur de pierre et j'essaye d'appréhender tout ce qui s'offre à moi – la vallée, la lune qui surplombe le château situé en face du nôtre, la nuit étoilée, les criquets, la douce odeur de fleurs qui s'ouvrent le soir. C'est trop. Tout cela est trop. Passer de cet atroce petit bureau de l'agence pour l'emploi à ça en une seule journée...

À côté de moi, Luke qui a visiblement réussi à échapper à Chaz et Dominique, me demande doucement :

— Ça va mieux ?

— On s'en rapproche, je réponds gaiement. Je ne vous remercierai jamais assez de m'autoriser à rester ici. Merci aussi pour... vous savez. Ne rien avoir dit.

Il semble sincèrement étonné.

— Ça allait de soi. À quoi serviraient les amis, autrement ?

Ainsi, c'est ce que nous sommes. Des amis.

D'une certaine façon, ici sous la lumière de la lune, c'est amplement suffisant.

Le mouvement romantique des années 1820 remit en selle les femmes à taille de guêpe, comme celles des romans de l'Écossais Walter Scott (le Dan Brown du XIXe, même si Sir Walter n'aurait jamais osé fagoter une héroïne française d'un gros pull et de collants noirs comme l'a fait M. Brown avec la pauvre Sophie Neveu dans le *Da Vinci Code*), et les corsets connurent une popularité sans précédent, tandis que les jupes s'élargissaient. Sir Walter était alors tellement apprécié qu'un bref engouement pour les tartans s'empara des dames les moins raisonnables de l'époque. Par bonheur, elles ne tardèrent pas à prendre la mesure de leur erreur.

Histoire de la mode (mémoire de maîtrise),
Élizabeth Nichols.

13

Je ne parlerais pas autant de moi s'il y avait quelqu'un que je connaisse mieux.
Henry David Thoreau (1817-1862), philosophe, écrivain et naturaliste américain.

Lorsque je me réveille le lendemain matin, j'examine avec hébétude la minuscule chambre sous les combles aux murs blancs et chevrons de bois sombre où j'ai dormi. Les tentures, grosses roses imprimées sur fond crème, sont tirées devant l'unique fenêtre de la pièce, si bien que je ne vois pas dehors. L'espace d'une seconde, je n'arrive pas à me rappeler où je suis, à qui appartient ce lit, dans quel pays je me trouve, même.

Puis j'aperçois la porte à l'ancienne – il faut abaisser le loquet au lieu de le tourner, comme dans un portail de jardin – et je comprends que je suis à Château-Mirac. Dans l'une des dix chambres aménagées au dernier étage, qui abritaient les domestiques aux jours de gloire et qui, à présent, nous accueillent Shari, Chaz et moi, ainsi que Jean-Luc et sa bonne amie Dominique.

Car les « belles » chambres à coucher de la maison, aux étages inférieurs, ont été réservées aux invités du mariage. Lorsqu'il loue le corps de bâtiment principal, le père de Luke – que Shari n'appelle pas autrement que « Monsieur de Villiers » – s'installe dans un petit pavillon au toit de chaume, près des dépendances où il conserve les fûts de chêne contenant son vin avant d'embouteiller ce dernier. Hier soir, tandis que nous montions les centaines (du moins, j'ai eu cette impression) de marches menant au palier sur lequel s'ouvrent nos quartiers, après quatre – ou était-ce cinq ? – kirs royaux supplémentaires, Shari m'a appris que les oiseaux aimaient à nicher dans le chaume et qu'il fallait les en chasser régulièrement, sinon leurs déjections y creusent des trous.

Allez savoir pourquoi, mais ces attrayantes maisons ne me sembleront plus jamais aussi pittoresques.

Après avoir battu des paupières et contemplé vaguement les fissures du plafond, je me rends compte de ce qui m'a réveillée. On frappe à la porte.

— Il est midi, Lizzie ! braille Shari. Tu comptes flemmarder toute la journée ?

Rejetant la couette, je me précipite pour lui ouvrir. Habillée d'un bikini et d'un sarong, elle tient deux tasses fumantes. Ses cheveux, bouclés et noirs, sont tout gonflés, signe certain que, dehors, il fait chaud.

— Il est vraiment midi ?

Je crains que les autres – bon, d'accord, Luke – me prennent pour une grosse feignasse.

— Passé de cinq minutes, précise-t-elle. J'espère que tu as apporté un maillot de bain. Il faut que nous profitions un maximum du soleil avant que la mère de Luke et ses invités arrivent et que nous nous retrouvions à marner. Il ne nous reste plus que quatre heures. Tiens, ajoute-t-elle en me fourrant une des tasses dans la main, un cappuccino. Avec des tonnes d'aspartame, comme tu l'aimes.

— Super ! Tu es mon ange gardien.

— Je sais, réplique-t-elle en entrant dans ma chambre et en s'installant confortablement sur mon lit. Et maintenant, j'exige que tu me racontes tout de ce qui s'est passé avec Andy. Et Luke. Alors, accouche.

M'asseyant à côté d'elle, je m'exécute. Enfin, je ne lui confie pas tout, naturellement. Elle n'a pas besoin de connaître certains détails, comme mon mémoire à rédiger, et il est hors de question qu'elle soit au courant de la fellation. Certes, je n'ai pas hésité à mentionner les deux choses à un parfait inconnu, sauf que, étrangement, ç'a m'a été plus facile que d'en parler à ma meilleure amie, laquelle, j'en suis sûre, désapprouverait les deux, surtout la deuxième. Après tout, une pipe non payée de retour, c'est le sommet de l'antiféminisme.

— Ainsi, conclut-elle lorsque je me tais, toi et Andy, c'est définitivement fini ?

— Oui.

— Tu le lui as dit, hein ? Sans équivoque ?

— Absolument.

N'est-ce pas ? Il me semble me souvenir que oui.

— Je connais ton aversion pour la confrontation, Lizzie, réplique-t-elle d'une voix sévère. Tu es sûre d'avoir rompu de façon claire et nette ?

— Je lui ai expliqué que j'avais besoin d'être seule.

Un peu tard, je me rends compte que ce n'est pas exactement la même chose. N'empêche, il a capté le message. Ça, j'en suis CERTAINE. Mais bon, au cas où, je ne décrocherai plus s'il tente de me re-contacter.

— Et ça ne te pose aucun problème ? insiste Shari.

— Je pense que non. Certes, je me sens un peu coupable pour l'argent...

— Quel argent ?

— Celui qu'il voulait m'emprunter pour régler ses frais d'inscription en fac. J'aurais sans doute dû le lui donner. Parce que, maintenant, il risque de ne pas revenir à l'université à la rentrée...

— Tu es folle, Lizzie ! s'exclame-t-elle d'un ton lourd de reproches. Il l'avait ce fric, et il l'a joué ! Si tu lui en avais refilé, il aurait recommencé. Tu aurais encouragé ses mauvais penchants, rien de plus. C'est ça, que tu veux ? Le pousser au vice ?

— Non... mais je l'ai vraiment aimé. Un tel amour ne s'efface pas aisément.

— Si, surtout quand le type essaie de profiter de ta générosité naturelle.

— Tu as raison, dis-je dans un soupir, et je ne devrais pas me sentir mal. Il touchait des indemnités chômage alors qu'il travaillait !

— J'adore que ce soit son pire péché à tes yeux, remarque-t-elle en étouffant un sourire. Et le poker ? Et te traiter de dondon ?

— Gruger l'État est bien plus affreux.

— Si tu le dis. En tout cas, bon débarras. Maintenant, vas-tu cesser de nous bassiner et accepter de nous accompagner à New York, Chaz et moi ?

— Écoute, je...

Comment lui avouer la vérité ? Comment confesser qu'il m'est impossible de chercher un boulot à New York sans diplôme, et que j'ignore si j'en aurai terminé avec

mon mémoire avant que ces deux-là soient prêts à déménager ? Par ailleurs, je ne suis pas du tout certaine de
tenir le coup dans une grande ville, y compris avec un
diplôme en bonne et due forme.

— Ne t'inquiète pas, reprend-elle en se trompant sur
mes réticences, je comprends. C'est un sacré pas. Il te
faut du temps pour t'habituer à l'idée. Bon, la suite, s'il
te plaît ?

— Quelle suite ?

— Ta rencontre avec Luke dans le train.

— Je te répète qu'il ne s'est rien passé ! Réfléchis cinq
minutes, quoi. Je sors à peine d'une relation désastreuse
avec un garçon que je connaissais à peine, je ne vais pas
me jeter tout de suite dans les bras d'un autre. Je ne suis
pas idiote à ce point ! En plus, tu as vu sa copine ? Au
nom de quoi un type qui couche avec ça serait intéressé
par une fille comme moi ?

— J'aurais plusieurs bonnes réponses à cette question, gronde-t-elle. Bon, enchaîne-t-elle sans me laisser
le temps de lui demander ce qu'elle entend par-là, je suis
consciente que ces deux derniers jours n'ont pas été très
faciles pour toi, alors je promets de ne pas t'embêter avec
New York pour le moment. Je te propose d'oublier un
peu l'avenir et de te reposer. Considère les prochaines
semaines comme des vacances amplement méritées.
Nous reviendrons sur le sujet plus tard, lorsque tu te
seras remise de ta découverte sur la vraie nature de celui
que tu prenais pour l'homme de ta vie. En attendant (elle
m'assène une claque sur la cuisse), enfile ton maillot et
rejoins-moi près de la piscine. Une séance de bronzette
s'impose.

Sans discuter, je m'empare de mon bagage à main
pour aller faire un brin de toilette.

— Et dépêche-toi, ajoute-t-elle avant de filer. Cette heure est la meilleure pour dorer, alors ne la gaspillons pas.

Je m'empresse d'obtempérer – Shari n'aime pas qu'on discute ses ordres. Je traverse le couloir à toutes jambes et entre dans l'antique salle de bains – rien n'y manque : ni l'énorme baignoire à pattes griffues, ni les toilettes à siège en bois et chasse suspendue au bout d'une chaînette. Un bain rapide, un peu de maquillage, et j'enfile mon bikini – le premier de mon existence. Mes sœurs se moquaient impitoyablement de moi chaque fois que j'essayais de me glisser dans un deux-pièces, avant mon régime.

Quoique... elle se payaient également ma tête quand je mettais des une-pièce, mais sans doute parce qu'il s'agissait toujours de vintages, avec jupette intégrée à godets qui sentaient leur Annette Funicello[1] à plein nez. N'empêche, j'étais peut-être la plus dodue des filles de la piscine, j'étais aussi la plus originalement vêtue... ou, pour reprendre les paroles de Rose, « la mocheté la plus atrocement attifée ».

Dans mon nouveau deux-pièces, je ne suis ni moche ni atroce. Enfin, je crois. C'est également un vintage des années 1960, signé Lilly Pullitzer[2]. Sarah a beau toujours avoir assuré qu'il était dégoûtant de mettre des maillots d'occasion, il suffit de les laver plusieurs fois avant de s'en servir. M'examinant dans le miroir un peu piqué de rouille de la salle de bains, je me trouve... présentable. Certes, je ne suis pas Dominique. Mais qui l'est, hein ?

---

1. Chanteuse et actrice américaine (née en 1942) qui tourna une série de films pour ados, genre plage et surf, dans les années 1960 et connut un immense succès.

2. Très célèbre marque américaine de vêtements (au départ de plage, car Pullitzer vivait en Floride), créée dans les années 1950, plutôt ciblée jeunes femmes.

Mis à part Dominique, bien sûr.

Je retourne dans ma chambre, sort de ma valise une robe de plage Lilly Pullitzer assortie à mon maillot, retape rapidement mon lit, tire les rideaux puis ouvre la petite fenêtre en forme de diamant pour aérer la pièce... et retiens mon souffle en découvrant le paysage qui s'offre à ma vue... à savoir, la vallée qui s'étire sous le château, mais en plein jour. Cimes verdoyantes et collines, escarpements ocres, le tout sous le ciel du bleu le plus pur. C'est d'une beauté renversante. J'ai l'impression de voir à des kilomètres à la ronde, et il n'y a que des arbres, la rivière argentée dont le fil est ponctué de minuscules hameaux avec, parfois, un château perché sur un relief. On se croirait dans un conte de fées.

Comment Luke arrive-t-il à retourner à Houston après avoir passé du temps ici ? Comment parvient-il à QUITTER ces lieux enchanteurs ?

Malheureusement, ce n'est pas le moment de méditer. Je dois rejoindre Shari au bord de la piscine, sinon elle risque de m'écharper.

Retrouver mon chemin jusqu'au rez-de-chaussée n'est pas de la rigolade. La demeure est pleine d'une myriade de couloirs et d'escaliers. Je finis cependant par débouler dans le hall en marbre, et sors dans l'air tiède et parfumé de l'été. Quelque part au loin rugit un moteur – une tondeuse à gazon sans doute, car une odeur d'herbe fraîchement coupée me chatouille les narines – derrière lequel on perçoit... le son des cloches ? Comme celles des vaches. Ce n'est pas possible.

Non ?

Je ne m'arrête pas pour enquêter. Mettant mes lunettes noires incrustées de strass, je file dans l'allée, traverse la pelouse et arrive à la piscine, où Shari, Dominique et une troisième fille sont étendues sur des chaises longues recouvertes de coussins à rayures bleues et blanches. Les transats sont tournées face à la vallée et au soleil. Dominique et l'inconnue sont déjà hâlées, il est clair qu'elles n'en sont pas à leur première séance de bronzage. Je devine que Shari est déterminée à les rattraper avant la fin de son séjour.

— Bonjour, dis-je à Dominique et sa voisine.

Celle-ci est une adolescente plutôt rondouillarde. Elle porte un une-pièce bleu de chez Speedo, cependant que la bonne amie de Luke est en string noir Calvin Klein. Un string dont les ficelles m'ont l'air assez lâches, au passage.

— Bonjour, répond gaiement la jeune fille.

— Lizzie, je te présente Agnès, intervient Shari. À la française, ça se prononce « Aniesse ». Elle donne un coup de main ici, cet été. Sa famille habite le moulin un peu plus bas sur la route.

— Oh ! Je l'ai vu ! Il est merveilleux !

Agnès continuant à me sourire aimablement, Dominique se croit obligée de préciser :

— Inutile de te donner du mal, elle ne capte pas un mot d'anglais. Contrairement à ce qu'elle a affirmé quand elle a posé sa candidature pour travailler ici. En réalité, elle ne sait dire que « bonjour », « au revoir » et « merci ».

— *Bonjour, je m'appelle Lizzie**, dis-je alors à l'ado en lui retournant son sourire.

Ce qui est à peu près tout ce que je suis capable de sortir en français, en plus de « *Excusez-moi** » et « *J'aime pas les tomates**. » Agnès me répond d'ailleurs par une longue tirade à laquelle je ne pige rien.

— Borne-toi à hocher la tête, ça fera l'affaire, me conseille Shari.

Je m'exécute, et Agnès paraît aux anges. Puis elle me tend une serviette blanche et une bouteille d'eau fraîche qu'elle a prise dans une glacière. Je me demande si celle-ci ne contiendrait pas du Coca light, espoir déçu par le coup d'œil que j'ai le temps d'y jeter avant que la jeune fille referme le couvercle. Les Français n'ont donc pas de Coca light ? C'est incroyable. Nous ne sommes quand même pas dans le tiers monde !

Nonobstant, je remercie Agnès puis étends la serviette sur la chaise longue qui sépare la sienne de celle de Dominique, car j'aurais l'impression de me montrer impolie si je m'installais de l'autre côté, près de Shari. Je ne tiens pas à ce que la Française et la Canadienne pensent que je ne les aime pas.

J'ôte ma robe et mes sandales et m'adosse à un coussin moelleux. Allongée ainsi, je contemple le ciel sans nuages. Je m'aperçois que je risque de m'y habituer. Et vite. L'Angleterre, avec son air humide et frais me paraît à des années de là. Andy aussi, d'ailleurs.

— Voilà un maillot bien... inhabituel, lâche Dominique.

— Merci. (Je suspecte pourtant que cette remarque n'a rien d'un compliment, à moins que je projette une fois de plus, à cause des tongs à six cents dollars.) Où sont passés Luke et Chaz ?

— Ils coupent les branches qui bordent le chemin, me renseigne Shari.

— Aïe ! Il n'y a pas de... je ne sais pas, moi, une entreprise d'élagage qui pourrait s'en charger ?

Derrière ses lunettes Gucci, Dominique me lance un regard ironique.

— Bien sûr que si, réplique-t-elle. Encore aurait-il fallu que quelqu'un prenne la peine de les appeler. Mais, comme d'habitude, Guillaume, le père de Jean-Luc a attendu la dernière minute, et personne n'est disponible. Voilà pourquoi Jean-Luc est obligé de s'y coller, maintenant, surtout s'il ne tient pas à ce que Bibi pique sa crise en arrivant.

— Bibi ?

— Sa mère.

— Mme de Villiers est un peu... particulière, si j'ai bien compris, lâche Shari d'une voix neutre.

— On pourrait dire ça comme ça, acquiesce la Canadienne avec une moue à peine décelable. En réalité, elle est agacée par l'incorrigible distraction de son mari. Il ne pense qu'à ses imbéciles de vignes.

Elle montre vaguement des hauts murs derrière nous, du côté des dépendances. Omondieu ! J'avais cru que c'était un verger.

— Mais n'est-ce pas légitime ? Cet endroit est avant tout une exploitation agricole, non ? L'organisation de mariages n'est qu'un à-côté.

— Oui, sauf que Mirac n'a pas connu de récolte digne de ce nom depuis des années. Il y a d'abord eu la sécheresse, puis le mildiou... N'importe qui y aurait vu un signe évident qu'il fallait passer à une autre activité. Pas le père de Jean-Luc, naturellement. Il s'accroche à l'idée que sa famille est dans le vin depuis le XVIIe siècle, date de la construction de Mirac, et refuse d'être celui de la lignée qui jettera le gant.

— N'est-ce pas... d'une certaine noblesse ?

— Pardon ? s'étrangle la belle blonde. C'est du gâchis, oui ! Mirac a un potentiel formidable. Si seulement le vieux acceptait d'ouvrir les yeux.

— Un potentiel ?

Qu'est-ce qu'elle sous-entend par là ? L'endroit est

superbe, ainsi. L'emplacement idéal, la belle maison, l'excellent cappuccino... Que veut-elle de plus ?

Il se trouve que Dominique fourmille d'idées, et elle ne se gêne pas pour les partager avec nous.

— Eh bien, le château a terriblement besoin d'être rénové, développe-t-elle. Les salles de bains notamment. Il faudrait remplacer ces affreuses baignoires griffues par des jacuzzis... Quant à ces toilettes avec chasse d'eau à l'ancienne ! C'est une horreur.

— Elle m'ont assez plu, pourtant. Je les ai trouvées... pleines de charme.

— De ta part, voilà qui ne m'étonne guère, riposte-t-elle avec un coup d'œil lourd de sens sur mon maillot de bain. La majorité des gens ne sont pas de cet avis, cependant. La cuisine aussi a besoin d'être entièrement modernisée. Sais-tu qu'ils ont encore... comment appelle-t-on ça ? Ah, oui ! un garde-manger. Ridicule ! Aucun chef se respectant n'acceptera d'être embauché dans pareilles conditions.

— Un chef ?

Rien que de penser à de la nourriture, j'ai l'estomac qui gargouille. Je meurs de faim. J'ai manqué le petit déjeuner, mais à quelle heure sert-on le déjeuner, ici ? Y a-t-il vraiment un cuisinier ? Est-ce lui qui a préparé mon cappuccino ?

— Évidemment. Si l'on souhaite faire de Mirac un hôtel de renommée mondiale, il nous faudra un chef plusieurs fois étoilé au Michelin.

— Un instant, dis-je en m'asseyant. Tu veux transformer cet endroit en hôtel ?

— Pas tout de suite, riposte Dominique en prenant la bouteille d'eau qui est près de son transat. Mais comme je n'arrête pas de le répéter à Jean-Luc, il faudrait y songer. Imagine un peu le fric qu'on pourrait gagner rien qu'avec les séminaires et autres conventions professionnelles ! Sans compter la remise en forme. Il suffirait d'arracher les vignes pour construire des sentiers de course ou d'équitation et de consacrer les dépendances à des salles de massage, d'acupuncture et d'hydrothérapie. L'industrie des maisons de repos après opération de chirurgie esthétique est en plein boom...

— La QUOI ?

J'avoue que j'ai hurlé. Je suis tellement choquée par l'idée d'abîmer ce merveilleux endroit...

— L'industrie des maisons de repos après opération de chirurgie esthétique, répète Dominique, visiblement agacée. Les gens qui ont subi une liposuccion ou un lifting ont besoin de se remettre. J'ai toujours pensé que Mirac serait idéal pour ça...

Je me tourne vers Shari, histoire de voir comment elle réagit à tout ça. Cette hypocrite se cache derrière le livre qu'elle fait semblant de lire. Ses épaules s'agitent – elle se marre comme une baleine.

— Franchement, continue la Canadienne en buvant une nouvelle gorgée d'eau, les de Villiers ont été incapables de déceler le potentiel commercial de leur propriété. En embauchant de la main-d'œuvre professionnelle et non la racaille locale, en proposant des services comme l'Internet et la télé satellite, en installant l'air conditionné et, pourquoi pas ? un cinéma privé, ils attireraient une clientèle beaucoup plus riche. Et en tireraient des profits autrement plus rentables que ce que la piquette du père de Jean-Luc a jamais rapporté.

Je n'ai pas le temps de répliquer à ce discours absolument abominable, car mon estomac s'exprime à ma place en cirant famine. Si Dominique l'ignore, Agnès s'assoie et lance une salve de mots qui ressemblent à une question.

— Elle te propose de manger un morceau, traduit Dominique d'une voix lasse.

L'adolescente ajoute quelque chose.

— Ce ne serait pas un problème, continue la pimbêche sur le même ton. Elle-même a faim.

J'accepte donc, ravie :

— Alors, oui. Merci. *Merci*, j'ajoute en français à l'intention d'Agnès. *Est-ce que vous...Est-ce que vous...*[*]

— Qu'est-ce que tu essayes de lui dire ? s'enquiert la Canadienne, un peu acerbe.

Bah ! Je projette sans doute encore, à cause du coup de la liposuccion. J'ai du mal à croire qu'elle veuille transformer cet endroit paradisiaque en un de ces hôtels où ils expédient les participantes de *The Swan*[1] une fois qu'on leur a rafistolé le pif.

— Je voulais savoir s'ils avaient du Coca light.

— Bien sûr que non, réplique Dominique avec une moue. De toute façon, pourquoi vouloir ingurgiter tous ces produits chimiques ?

« Parce qu'ils sont délicieux », ai-je envie de riposter. À la place, je me contente d'un simple « Tant pis ! »

La blonde aboie quelques ordres à l'adresse d'Agnès, qui acquiesce, bondit de sa chaise longue, enfile une paire de sabots en caoutchouc – des chaussures parfaitement censées pour marcher sur l'herbe et le gravier, en tout cas beaucoup plus que des Manolo –, attrape son sarong et file vers la maison.

---

1. Littéralement, « *Le Cygne* », émission de télé-réalité diffusée sur Fox en 2004, dans laquelle plusieurs vilains petits canards subissaient une série d'opérations esthétiques et bénéficiaient des services de dentistes, coiffeurs, et psys pour se transformer en cygnes.

— Wouah ! Elle est super gentille.

— Elle est supposée faire ce qu'on lui demande de faire, commente Dominique. Elle est ici pour AIDER.

— Hum... mais nous aussi, non ? je demande en jetant un coup d'œil à Shari.

— Vous n'êtes pas chargées de servir les autres. Et d'ailleurs, ne la vouvoie pas.

— Pardon ?

— Quand tu tentes de t'adresser à elle en français, évite le « *vous** ». Ce n'est pas correct. Elle est plus jeune que toi, et c'est une domestique. Il faut lui dire « *tu*¹* », plus informel. Sinon, elle ne va plus se sentir. Déjà qu'elle ne se prend pas pour de la crotte. Il est scandaleux qu'elle ait le droit d'utiliser la piscine pendant ses heures libres. Mais comme Jean-Luc n'y a trouvé aucun inconvénient, on n'arrive plus à l'en éloigner.

J'en reste comme deux ronds de flan, incapable de croire ce que je viens d'entendre. Quant à Shari, elle a du mal à cacher son hilarité derrière son bouquin. Ce qui n'est pas nécessaire, car Dominique ne lui prête aucune attention.

— Quelle chaleur ! se plaint-elle.

Ce qui n'est pas faux. On cuit. J'envisageais d'ailleurs de plonger dans l'eau bleu clair qui scintille de manière tellement tentante devant nous avant que la petite amie de Luke se lance dans sa diatribe sur le vouvoiement. Voilà cependant qu'elle me coupe de nouveau la chique en se redressant soudain pour enlever le haut de son maillot.

— Ah ! Ça va mieux ! soupire-t-elle en le jetant sur le dossier de son transat avant de s'étirer.

---

1. Rappelons que le distinguo entre « vous » et « tu » n'existe pas en anglais.

L'an 1848 (justement surnommé l'« année des révolutions ») vit se produire nombre de soulèvements paysans à travers l'Europe, la chute définitive de la monarchie en France et une effroyable famine en Irlande, due à la maladie de la pomme de terre. La mode répondit aux troubles en imposant aux femmes qu'elle fussent le plus couvertes possible – les bonnets victoriens ne laissant dépasser aucun cheveu et les robes traînant par terre de manière répugnante devinrent un must.

Nous ne résistons pas au plaisir de citer un célèbre personnage de fiction de ce temps-là, Jane Eyre, dont tout le monde se souvient qu'elle refusa la généreuse offre de M. Rochester de lui faire coudre une nouvelle garde-robe, préférant s'attifer d'oripeaux en laine mérinos plutôt que des splendeurs en organdi qu'il avait commandées pour elle. Si seulement elle avait eu Melania Trump[1] pour la détourner de ces errances vestimentaires !

Histoire de la mode (mémoire de maîtrise),
Élizabeth Nichols.

1. Ancien mannequin et troisième épouse du magnat de l'immobilier américain Donald Trump.

14

Ne pas du tout parler de soi, c'est une très noble hypocrisie.
*Friedrich Nietzsche (1844-1900), philosophe, érudit et cri-
tique allemand.*

D'accord, je SAIS que nous sommes en Europe, et que
les gens, ici, sont plus décontractés vis-à-vis du corps et
à la nudité que nous ne le sommes chez nous... sauf que
Dominique vient du Canada... Qui doit plus ressembler
à l'Europe qu'à l'Amérique, apparemment.

Je trouve très difficile de discuter avec quelqu'un dont
les tétons nus... vous montrent du doigt, en quelque
sorte. Et Shari ne m'est d'aucun secours, qui garde les
yeux résolument fixés sur son livre. Bien qu'elle n'en
tourne pas les pages. Je comprends que je n'ai rien
d'autre à faire que tâcher de me comporter normalement. Après tout, ce n'est pas comme si je n'avais jamais

vu de femmes aux seins nus, sous les douches communes à McCracken. Ouais. Sauf que je connaissais ces filles. En plus, les nichons de Dominique sont... comment formuler ça ? Suspicieusement guillerets. Encore plus que ceux de Brianna Dunleavy, et ce n'est pas peu dire.

Sur un ton que je souhaite nonchalant, je reprends :

— As-tu confié à Luke toutes tes idées pour... hum, améliorer Mirac ?

La réaction de ce dernier face aux plans de sa copine m'intéresse vivement en effet.

— Ça va de soi, répond-elle en repoussant de la main ses longs cheveux blonds. À Guillaume aussi. Malheureusement, ce dernier ne s'intéresse qu'à son vin. Alors, tant qu'il est vivant...

— Luke attend que son père meure pour transformer cet endroit en un Hyatt Regency ? je m'exclame d'une voix que la surprise fait dérailler.

J'ai du mal à croire que celui que j'ai rencontré hier puisse agir de la sorte.

— Un Hyatt ? se récrie-t-elle, scandalisée. J'ai parlé d'un cinq-étoiles, pas d'un machin appartenant à une chaîne d'hôtels américaine bon marché[1]. J'admets que Jean-Luc n'est pas très enthousiaste. D'abord parce qu'il devrait s'installer définitivement en France pour veiller à la réalisation du projet, ensuite parce qu'il n'est pas chaud pour quitter son boulot chez Lazard Frères. Même si je lui ai assuré qu'il suffisait qu'il mute dans leurs bureaux parisiens. Ensuite, nous pourrions...

— Nous ? (Je piaille en sautant sur le mot comme

---

1. Hyatt étant une chaîne d'hôtels grand luxe, c'est tout dire du snobisme de Dominique.

mamie sur une canette de bière.) Vous comptez vous marier ?

— Ça finira par arriver un de ces jours.

La bouffée de douleur que je ressens est d'un ridicule consommé. Je le connais à peine. Depuis hier seulement. En même temps, je suis également capable de me déplacer jusqu'en Angleterre pour retrouver trois mois après un garçon avec lequel je n'ai passé que vingt-quatre heures.

Et vous avez vu comment ça a tourné.

— Ah bon ? finit par intervenir Shari, toi et Luke êtes fiancés ? C'est drôle, Chaz ne me l'a pas dit. J'aurais cru que Luke le lui aurait confié.

— Il n'y a rien d'aussi officiel encore, admet Dominique de mauvaise grâce. Qui se fiance, de nos jours ? C'est tellement démodé. Les couples modernes concluent des partenariats, pas des mariages. L'idée, c'est d'associer ses revenus et de les placer dans un avenir commun. Et lorsque j'ai découvert Mirac, j'ai tout de suite compris que c'était un futur dans lequel je souhaitais investir.

Je la contemple avec ahurissement. Des partenariats en guise de mariages ? Un futur basé sur des revenus et des investissements communs ? Et que signifie ce « lorsque j'ai découvert Mirac » ? Qu'en est-il de « lorsque j'ai rencontré Jean-Luc » ?

— C'est un très bel endroit, confirme Shari en tournant une page du bouquin qu'elle ne lit pas. À ton avis, pourquoi Luke n'a-t-il pas envie de déménager sur Paris ?

— Parce qu'il ne sait pas ce qu'il veut, soupire la belle blonde, agacée.

— N'est-ce pas le cas de tous les hommes ? compatit Shari.

À son ton, je devine que cette conversation la divertit énormément.

— Il ne tient sans doute pas à s'éloigner de toi.

Ce qui est très généreux de ma part, je trouve, vu la vague attirance que j'éprouve envers son amoureux. Car ce n'est que ça. Un tout petit béguin. Sans charre.

— Je lui ai proposé de muter à Paris avec lui, m'informe platement Dominique en se tournant vers moi.

— Ah. Eh bien, sa mère vit à Houston, non ? Il tient peut-être à rester près d'elle.

— Ce n'est pas la raison, objecte-t-elle. Le truc, c'est que, s'il demande son transfert et l'obtient, il sera coincé en France et n'aura pas la possibilité de mener la carrière qui le tente.

— Et de quelle carrière s'agit-il ?

— Il souhaite devenir médecin, répond la blonde en avalant une nouvelle gorgée d'eau.

Je suis estomaquée. Je n'arrive pas à croire qu'il n'en ait pas parlé dans le train quand j'ai raconté toutes ces horreurs sur les financiers.

— Vraiment ? Mais c'est génial ! Parce que les médecins... soignent les gens.

Dominique me toise comme si je venais de sortir la plus belle banalité qui soit. Ce qui n'est pas faux. Elle ne s'est pas encore aperçue que j'ai tendance à balancer tout ce qui me passe par la tête. C'est une maladie, chez moi.

Je m'empresse de rectifier le tir :

— Ce que je veux dire, c'est que les docteurs jouent un rôle important dans la société. Sans eux, nous serions tous... ben, malades.

Je la regarde, histoire de vérifier ce qu'elle pense de mon brillant raisonnement. Elle s'appuie sur ses coudes – mystérieusement, ce mouvement ne provoque aucun frémissement du côté de sa poitrine – et, m'ignorant, s'adresse à Shari.

— Ton amie est une sacrée bavarde ! lance-t-elle.

— Oui, acquiesce Shari. C'est un de ses traits de caractère.

— Je suis désolée. (Je rougis et pourtant je n'ai nullement l'intention de me taire car, physiquement, c'est au-delà de ma portée.) Pourquoi Luke n'a-t-il pas fait des études de médecine, dans ce cas ? Ce n'est sûrement pas parce qu'on ne gagne pas assez dans la profession, non ?

Le Luke que je connais – le merveilleux étranger qui m'a laissée pleurer sur son épaule hier, et qui a partagé ses cacahuètes avec moi – ne choisirait pas une profession juste par ce qu'elle est susceptible de rapporter.

Non ?

Non. Impossible. Une chemise Hugo, pas Hugo Boss ! Voyons ! Cela est révélateur d'un homme qui préfère son confort personnel au style...

J'insite :

— Est-ce à cause du coût des études de médecine ? Les parents de Luke l'auraient sûrement aidé, n'est-ce pas ? Tu as songé à en toucher un mot à M. et Mme de Villiers ?

L'expression de Dominique passe d'un vague dégoût – à mon égard visiblement – à l'horreur absolue.

— Pourquoi diable ferais-je un truc pareil ? s'exclame-t-elle, stupéfaite. Je veux que Luke soit muté à Paris avec moi et travaille chez Lazard Frères de façon à ce que je puisse transformer cet endroit en un hôtel cinq étoiles, gagner un maximum de fric et venir ici le week-end. Je n'ai pas du tout envie d'être femme de médecin et de vivre au Texas ! Ce n'est quand même pas difficile à comprendre, bon sang !

— Euh... en effet.

Intérieurement, je suis impressionnée. Cette fille sait ce qu'elle veut. Je suis sûre qu'ELLE n'hésiterait jamais à partir pour New York sans diplôme, sans boulot et sans endroit où vivre. D'ailleurs, elle BOUFFERAIT littéralement New York.

À cet instant, Agnès revient de la cuisine, une assiette à la main.

— *Voilà*[*] ! me dit-elle en me tendant une de ses créations, visiblement très contente d'elle-même.

L'en-cas qu'elle a concocté se révèle des demi-baguettes fourrées de...

— *À Hershey bar* ! s'exclame l'adolescente, ravie d'utiliser les seuls mots d'anglais qu'elle connaît sans doute.

Omondieu ! On vient de me préparer un sandwich au Hershey bar.

Agnès en propose également un à Shari, à qui un seul coup d'œil sur la chose suffit pour la décliner. Haussant les épaules, la gamine passe à Dominique, l'air pas du tout choquée que la petite amie de son patron soit à moitié nue, ce qui prouve que les Français de tous âges sont beaucoup plus cool envers la nudité que moi. La Canadienne contemple le pain dégoulinant de chocolat.

— *Mon Dieu, non*[*] ! chuchote-t-elle en frissonnant.

Bon, d'accord. Finalement, elle ne boufferait pas New York. Trop gras, sans doute. Une fois encore, Agnès hausse les épaules. Elle se réinstalle sur sa chaise longue et mord de bon cœur dans son propre casse-croûte, déclenchant une pluie de miettes sur son maillot de bain. Elle mâchonne et me gratifie d'un sourire chocolaté.

— *C'est bon, ça**, commente-t-elle en indiquant son déjeuner.

Ça me paraît évident. Comment pourrait-il en être autrement ? Et moi, comment pourrais-je refuser un pique-nique confectionné avec autant d'ingéniosité et d'amour ? Agnès risquerait de se vexer. Je n'ai pas le choix. Bref, je plonge.

J'avoue que c'est assurément le meilleur sandwich que j'aie mangé de toute mon existence.

C'est aussi le genre de sandwich que Dominique, si elle pouvait planter ses dents de femmes d'affaires impitoyable dans Mirac, bannirait aussitôt. Les femmes relevant d'une liposuccion ne souhaitent guère dévorer des casse-croûte fourrés d'une barre chocolatée. Et on ne sert pas de friandises aux participants à un séminaire professionnel. J'entends presque les rouages s'activer dans le cerveau de la Canadienne, qui asperge ses seins de lotion solaire. Si elle réussit à mettre le grappin sur la propriété, Agnès et ses Hershey auront vite fait de dégager.

À moins, bien sûr, que quelqu'un mette des bâtons dans les roues de l'ambitieuse.

— Mesdemoiselles.

Je manque d'avaler de travers. Luke et Chaz viennent de surgir de l'autre côté de la piscine, suants et sales.

— *Salut** ! lance Dominique en agitant un bras bronzé dans leur direction.

— Salut, les garçons ! dit Shari.

Moi, je la boucle, parce que je suis trop occupée à déglutir.

— Tout va bien ? demande Chaz.

Il sourit jusqu'aux oreilles, et je devine pourquoi – les seins nus de Dominique. Difficile de ne pas remarquer le coup d'œil amusé qu'il adresse à Shari. Laquelle répond doucement :

— Tout va PARFAITEMENT bien. Et vous ?

— Ç'a été parfait aussi, réplique son bon ami en ôtant sa chemise. Mais nous sommes venus piquer une tête, histoire de nous rafraîchir un peu.

Il faut reconnaître ça à Chaz : tout philosophe qu'il soit, il a un corps d'enfer. Sauf que je ne peux m'empêcher de remarquer une seconde après, quand Luke aussi se déshabille, qu'il est un exemple encore plus frappant de virilité athlétique. Il n'a pas la moindre couche de graisse sur ses muscles bien dessinés, et les poils sombres de son torse forment une flèche qui semble pointer droit sur son...

Plouf ! Les deux gars ont plongé dans l'eau étincelante sans retirer leur short, ce qui me prive du plaisir de découvrir ce à quoi mène ce sentier velu que je viens de mentionner.

— Bon sang, ça fait du bien ! s'exclame Chaz en émergeant. Viens, Shari !

— À vos ordres, mon seigneur et maître.

Elle pose son livre, se lève et saute dans la piscine, éclaboussant au passage Dominique.

— Elle est super bonne, lance Luke à cette dernière. Amène-toi.

La Canadienne balance une tirade en français que je ne comprends pas, si ce n'est que le mot « cheveux[*] » revient à plusieurs reprises. Sauf que je ne me souviens plus quelle est la différence entre « cheveux[*] » et « chevaux[*] ». Je ne pense cependant pas que Dominique ait peur de mouiller ses chevaux. Nageant jusqu'au bord du bassin, Shari se hisse vers moi et me dit :

— Il faut que tu viennes, Lizzie. Elle est fabuleuse.

— Laisse-moi d'abord terminer mon sandwich.

— Mieux vaut le garder pour après, se moque gentiment Luke. Sinon, tu vas couler.

Heureusement que j'ai la bouche pleine, sinon je lui rétorquerais : « Et tu me sauverais ? » Or flirter serait complètement déplacé, vu que sa copine est allongée juste à côté de moi. Sans haut de maillot. Et sacrément plus jolie que je ne le serai jamais.

— Ah, la nouvelle jeune fille !

Je manque cracher ma bouchée, tant je suis surprise par la voix masculine au fort accent français qui vient de résonner dans mon dos. Lorsque je me retourne, je me retrouve face à un monsieur d'un certain âge en chemise blanche et pantalon de toile retenu par des bretelles aux broderies élégantes.

— Hum... bonjour, dis-je après avoir avalé.

— Est-ce la nouvelle jeune fille ? demande-t-il à Dominique en me désignant du doigt.

La blonde regarde l'homme et répond avec une amabilité que je ne lui connaissais pas encore :

— Oui, monsieur. Je vous présente Lizzie, une amie de Shari.

— Enchanté, murmure-t-il en prenant ma main et en la soulevant à ses lèvres (mais sans l'embrasser). Je suis Guillaume de Villiers. Vous intéresserait-il de visiter mes vignes ?

— Papa ! lance Luke en sortant rapidement du bassin. Lizzie n'a pas envie de visiter tes vignes maintenant, d'accord ? Elle est en train de se détendre au bord de la piscine.

Ainsi, ce monsieur délicieux est le père de Luke ? Je dois avouer que je ne vois guère de ressemblance. Les cheveux de M. de Villiers sont vaporeux et non bouclés, blancs et pas noirs. Toutefois, il a les yeux bruns pétillants de son fils.

— Oh, ce n'est pas grave, je m'écrie en attrapant ma robe de plage. J'y tiens absolument. J'en ai tellement entendu parler. Et hier soir, j'ai pu déguster votre merveilleux champagne, monsieur de Villiers...

— Ah ! s'écrie ce dernier, aux anges. Techniquement, il n'est pas correct de l'appeler champagne, vous savez. Nous ne sommes pas dans la région. Ce que nous fabriquons n'est jamais que du vin pétillant.

— Quoi que ce soit, c'était excellent.

Ayant enfin englouti mon déjeuner, je peux m'habiller.

— *Merci, merci** ! s'exclame M. de Villiers. J'aime bien cette petite, ajoute-t-il à l'intention de Luke qui s'est approché de ma chaise longue et goutte sur Dominique, laquelle a l'air agacée.

— Tu n'es pas obligée, me dit Luke. Franchement. Ne le laisse pas te mener par le bout du nez. Il a cette fâcheuse tendance.

— Mais j'en ai envie, je persiste en riant. Je n'ai encore jamais vu de vignobles. Si M. de Villiers a le temps de me montrer les siens, je serais heureuse de l'accompagner.

— Du temps, j'en ai à revendre ! piaille le père de Luke.

— Non, le corrige Dominique en jetant un coup d'œil à sa montre en or. Bibi devrait arriver dans moins de deux heures. N'êtes-vous pas censé...

— Non, non, non, objecte M. de Villiers en me prenant par le coude tandis que j'enfile mes sandales.

Pour m'empêcher de tomber, j'imagine. Ou alors, il a peur que je me sauve. Parce que j'avoue être à deux doigts de le faire, vu que le père de Luke est en train de discuter avec la bonne amie de son fils alors qu'elle a les seins à l'air ! Je m'efforce d'imaginer un scénario où je serais à l'aise, poitrine dénudée, conversant avec le père d'un de mes ex. Total échec !

— On se dépêchera, promet M. de Villiers à la Canadienne.

— Je viens avec vous, histoire de m'en assurer, déclare Luke en prenant la serviette que lui tend Agnès. Il serait affreux que Lizzie meure d'ennui dès son premier jour à Mirac.

Sauf que, à présent que Luke nous accompagne, je sais que je ne m'ennuierai pas du tout. Surtout quand je constate, tandis que nous nous éloignons, qu'il n'a pas remis sa chemise.

Finalement, cette manie de se balader à demi nu n'est pas si mal.

La révolution industrielle ne se contenta pas d'amener les concepts de la machine à vapeur, de la fixation de l'azote par rotation et de la mécanisation des récoltes. Oh que non ! Les années 1850 virent l'invention de quelque chose de beaucoup plus important et de bien plus utile à l'humanité : la crinoline. Grâce à ces cerceaux d'acier qui remplaçaient avantageusement les multiples et pesantes couches de jupons destinées à donner aux jupes le bouffant exigé par la mode de l'époque, les femmes purent enfin bouger leurs jambes.

Toutefois, ce qui semblait de prime abord une idée de génie, se révéla fatale à force demoiselles, car la crinoline, non contente d'attirer une foule de prétendants de tout poil, fut responsable de la mort de centaines de jeunes innocentes, brusquement transformées en torches par la foudre au milieu d'une charmante partie de campagne.

Histoire de la mode (mémoire de maîtrise),
Élizabeth Nichols.

15

L'homme, le seul animal vraiment doué de la parole, est aussi le seul qui ait besoin de parler pour perpétuer son espèce... En amour, les conversations jouent un rôle presque aussi important que tout le reste. L'amour est le plus bavard des sentiments et n'est, en grande partie, que de l'éloquence.
Rober Musil (1880-1942), écrivain autrichien.

Nous sommes au milieu de l'après-midi, et je suis ivre.

Ce n'est pas ma faute, juré ! Aujourd'hui, j'ai en tout et pour tout avalé un cappuccino, un sandwich au Hershey et quelques grains de raisin poussiéreux et pas très mûrs que M. de Villiers m'a offerts tout en me montrant son vignoble.

Ensuite, une fois dans les chais, il n'a pas arrêté de me verser des verres de différents vins pris à des fûts de chêne pour que je les goûte tous. Au bout d'un moment, j'ai essayé de refuser, mais il a eu l'air tellement blessé, le pauvre chou !

D'une gentillesse formidable avec moi, il m'a emmenée dans toute l'exploitation, y compris la ferme qui jouxte les vignes, attendant patiemment que je caresse le nez de l'énorme cheval qui avait passé la tête par-dessus le mur pour nous dire bonjour et que je m'extasie devant l'origine des cloches que je savais bien avoir entendues – trois vaches paissent dans un pré, ravitaillant le château en lait. Ensuite, des chiens ont débarqué, ravis de voir leur maître, un terrier appelé Patapouf et un basset nommé Minouche. Il a fallu leur lancer des bâtons, même si le basset s'emmêlait les pattes dans ses oreilles en allant les ramasser, et j'ai eu droit à tous les détails de leur vie. Puis nous avons dû saluer le fermier et serrer sa main noueuse tout en écoutant son français incompréhensible – M. de Villiers m'a demandé plus tard ce que j'avais pigé ; quand j'ai répondu rien, il a éclaté de rire. Après ça, impossible d'échapper à un tour de tracteur et à l'histoire de la région.

Pas étonnant donc que je sois pompette, entre cette suractivité et les dix nectars que j'ai goûtés. Tous délicieux, au passage.

Sauf que je commence à avoir la tête qui tourne un peu.

La proximité de Luke y est peut-être pour quelque chose, toutefois. Dommage qu'il ait fait un saut à la maison pour enfiler une chemise et un jean propres avant de nous rejoindre. Heureusement, il avait encore les cheveux mouillés, lesquels pendaient dans sa nuque bronzée d'une manière telle que, à l'arrière du tracteur, j'ai eu du mal à résister à l'envie de jeter mes bras autour de son cou. Même maintenant, dans la fraîcheur de la cave, je ne peux m'empêcher de lancer des coups d'œil à la peau hâlée de ses avant-bras en me demandant la sensation qu'elle produirait sur le bout de mes doigts...

Omondieu ! Qu'est-ce qui m'arrive ? Je dois VRAIMENT être soûle. Ce garçon est PRIS ! ! ! Qui plus est, par une fille autrement plus jolie et brillante que moi. N'oublions pas non plus que je sors d'une expérience malheureuse. Je me remets à peine d'Andy.

N'empêche. C'est plus fort que moi – j'estime que Dominique n'est pas celle qu'il faut à Luke. Pas juste à cause de son fétichisme pour les chaussures. Des tas de femmes charmantes collectionnent les souliers. Non plus qu'à cause de ses projets pour transformer Mirac en hôtel de luxe. Ni même de son mépris pour le désir secret de Luke de devenir médecin (non qu'il ait partagé ce rêve caché avec moi – je n'ai que la parole de Dominique à ce propos).

Non, ce n'est rien de tout cela. C'est plutôt que Luke est TELLEMENT attentionné envers son père. Il est d'une patience à toute épreuve quant à l'obsession du vieux pour ses vignes, son histoire et son besoin de les raconter. Ainsi, j'ai été touchée par sa manière de veiller à ce que M. de Villiers ne tombe pas lorsqu'il a exigé de grimper sur toutes les machines dont il tenait absolument à me montrer comment elles fonctionnent. Par sa façon d'ordonner à Patapouf et Minouche de rester assis une fois qu'il a jugé qu'ils avaient assez sauté sur son père. Par son geste délicat pour retirer la chemise de Guillaume de la bouche de cet énorme cheval. Ce n'est pas tous les jours qu'on assiste à autant de prévenance de la part d'un fils à l'égard de son géniteur. Chaz, par exemple, n'adresse même pas la parole au sien. Bon, d'accord, Charles Pendergast Senior est, de l'avis général, un sale con. Ce n'est pas une raison...

Bref, un tel garçon, patient, tolérant, gentil, mérite mieux qu'une nana dédaignant ses rêves secrets...

— Vous êtes très ancienne mode, dit M. de Villiers, interrompant mes réflexions peu généreuses sur la fiancée putative de son fils.

Tous les trois appuyés contre un tonneau dans un silence de bon aloi, nous dégustons un cabernet sauvignon dont le père de Luke a mentionné qu'il était encore jeune... trop jeune pour être mis en bouteille. Comme si j'étais capable de faire la différence. Ha !

J'ai conscience d'être cuite, mais de quoi parle-t-il ? Je ne suis pas du tout ancienne mode ! J'ai taillé une pipe à mon dernier petit copain en date.

— Cette robe est ancienne, non ? reprend-t-il en désignant du doigt ma tenue. Pour une Américaine, vous semblez apprécier la mode d'autrefois.

Je pige.

— Oh ! En effet, je suis assez portée sur les vêtements vintage. Et cette robe est vieille, oui. Plus que moi, sans doute.

Pas très efficace, M. de Villiers chasse une mouche de son visage. Il est clair que lui aussi a quelques verres de trop dans le nez. C'est qu'il fait chaud. Tous ces exercices physiques – marcher dans les vignes, grimper sur des machines, conduire le tracteur, caresser les animaux – nous ont assoiffés. D'autant que la cave n'a pas l'air conditionné. Bien que l'atmosphère y soit agréable. C'est indispensable, m'a expliqué Guillaume, si l'on souhaite que le vin fermente correctement.

— J'en ai déjà vu une de ce style, marmonne-t-il. Dans le... comment dit-on ? En haut.

— Le grenier, intervient Luke en trouvant le mot anglais qui échappe à son père. C'est vrai, il y a tout un tas de vieilles nippes, là-dedans.

Aussitôt, j'oublie mon ivresse et mon attirance pour Luke. Me redressant, je contemple les deux hommes.

— Votre grenier abrite des vintages Lilly Pullitzer ?

— Je ne connais pas ce nom, répond M. de Villiers, paumé. Mais nous avons des habits dans ce genre. Ils appartenaient à ma mère, sans doute. Je pensais les donner aux pauvres...

— Je pourrais y jeter un coup d'œil ? je demande en espérant de pas avoir l'air trop empressée.

Raté, car le père de Luke sourit.

— Ah ! Vous appréciez autant les frusques que moi mon vin.

Je rougis. Flûte ! Je ne voulais pas donner l'impression d'être aussi avide. Il pose cependant une main amicale sur mon épaule et me rassure :

— Je ne me moque pas. Je suis ravi, au contraire. J'aime les passionnés, vu que je le suis moi-même. (Il brandit son verre, des fois que nous n'ayons pas compris à quoi il se référait.) Il est encore plus agréable de découvrir qu'une jeune personne s'enthousiasme pour quelque chose. Trop nombreux sont ceux qui, dans votre génération, ne s'intéressent à rien d'autre qu'à gagner de l'argent.

Je jette un coup d'œil nerveux à Luke, me demandant s'il a préféré se lancer dans la finance plutôt que la médecine par avidité et s'il est justement un représentant de ces obsédés du fric dont parle son père. Je ne distingue néanmoins nulle culpabilité sur son visage.

— Je t'emmènerai au grenier, si tu y tiens absolument, me propose-t-il. Inutile de nourrir trop d'espoirs, cependant. Ces fringues sont sûrement dans un piteux état. Le toit a fui salement, l'an passé, et nombre d'affaires qui étaient entreposées là-haut sont bonnes pour la poubelle.

— Rien de tel, objecte M. de Villiers. Elles sont juste un peu moisies.

Je m'en fiche. Plutôt une Lilly Pullitzer moisie que pas de Lilly Pullitzer du tout. Luke sent certainement mon impatience, parce qu'il s'esclaffe.

— Très bien, lance-t-il, allons-y ! Et toi, ajoute-t-il à l'intention de son père, tu ne crois pas que tu ferais mieux de rentrer et de boire une ou deux tasses de café bien fort ? Tu ne tiens sûrement pas à accueillir maman dans cet état.

— Ah, ta mère ! soupire son père en levant les yeux au ciel. Tu as sans doute raison.

Voilà pourquoi, quelques minutes plus tard, après avoir abondamment remercié M. de Villiers pour la visite et l'avoir laissé dans la cuisine – immense mais, comme l'a justement signalé Dominique, guère moderne – du château, je me retrouve dans le grenier plein de toiles d'araignée de Mirac en compagnie du jeune M. de Villiers, occupée à fouiller dans de vieux coffres remplis de vêtements tout en essayant – en vain – de cacher mon excitation.

— Omondieu ! je m'exclame en ouvrant la première malle où je déniche, sous un service à thé en porcelaine, une jupe signée Emilio Pucci[1]. À qui cela appartenait-il ? Ta grand-mère ?

— Difficile à dire, répond Luke en examinant les poutres, visiblement à la recherche de fuites éventuelles.

---

1. Styliste italien (1914-1992), ayant commencé par dessiner des vêtements de ski (il était champion de ski lui-même) avant d'ouvrir sa maison de couture sur l'île de Capri en 1950. Il est l'inventeur des pantalons arrivant à mi-mollet (connus en anglais sous le nom de « *Capri pants* »). La maison, rachetée en 2000 par LVMH, continue d'exister, avec Christian Lacroix comme directeur artistique.

Certaines de ces malles sont ici depuis bien avant ma naissance. Les de Villiers ne jettent rien, j'en ai peur. Prends ce qui te plaît.

— Oh non, je n'oserais jamais ! (Je proteste même si je tiens la fringue sur mes hanche, histoire de voir si elle m'irait.) Tu tirerais facilement deux cents dollars de cette jupe sur eBay.

Soudain, quelque chose attire mon œil et, le souffle court, je replonge la tête dans ce trésor. Je ne me suis pas trompée. Je viens de mettre la main sur une pièce rarissime : une robe du jour en imprimé tigre de Lilly Pullitzer... AVEC FICHU ASSORTI.

— Je n'ai pas l'intention de m'embêter avec ça, riposte Luke, alors autant que ça revienne à quelqu'un qui apprécie. Ce qui, sauf erreur de ma part, est ton cas.

— Franchement, je m'exclame en dégotant ce qui ressemble à un chapeau en velours bleu chiffonné – mais authentique – John-Frederics[1], vous avez des choses extraordinaires, ici. Ne leur manque qu'un petit peu d'affection et de soins.

— Jolie formule, commente Luke en s'asseyant à califourchon sur une chaise en bois, coudes sur le dossier. Elle pourrait s'appliquer à tout Mirac, d'ailleurs.

— Cet endroit est fabuleux. Ta famille et toi avez drôlement de mérite de l'avoir gardé intact jusqu'à maintenant.

— Ça n'a pas été facile. Lors de la grande crise de 1929, mon grand-père a bien failli tout perdre. Le mildiou a dévasté la récolte, cette année-là, et nous avons

---

1. Duo (John Piocelle et Frederic Hirst) de créateurs de chapeaux des années 1920 ayant beaucoup travaillé pour le cinéma (*Autant en emporte le vent*, entre autres) avant de poursuivre leur carrière séparément à partir de 1950.

été obligés de vendre la plupart des terres rien que pour payer les impôts.

— Ah bon ?

Tout à coup, les malles encore fermées ne me semblent plus aussi attrayantes. En tout cas, pas autant que ce qu'il me raconte.

— Puis il y a eu l'Occupation. Grand-père a réussi à éviter que des officiers SS s'installent chez nous en prétendant que mon père avait contracté la fièvre jaune. Ce n'était pas vrai, mais au moins les Allemands sont allés ailleurs. Ces années-là n'étaient cependant pas très favorables au commerce du vin.

Je m'assois sur un carton voisin. Un objet bosselé saille à côté de moi, je n'y prête nulle attention.

— Ce doit être bizarre de posséder un lieu chargé d'autant d'histoire. (Ma voix n'est plus qu'un murmure.) Surtout que...

— Oui ?

— Eh bien, que cette propriété n'est pas l'aboutissement de tes rêves. Dominique nous a confié que tu avais envie d'être... hum, médecin.

— Quoi ? rugit Luke en se redressant.

Dans la lumière dorée qui traverse les lucarnes pratiquées de chaque côté du grand toit pentu, ses yeux prennent une noirceur impénétrable.

— Quand a-t-elle parlé de ça ? exige-t-il se savoir.

— Aujourd'hui.

J'ai répondu ça en toute innocence.

Parce que je le suis, n'est-ce pas ? Innocente. Sa bonne amie n'a pas précisé qu'il s'agissait d'un secret. Non que, considérant ma langue bien pendue, ça aurait fait une quelconque différence.

— Au bord de la piscine. Pourquoi ? C'est faux ?

— Oui. Enfin, non. Plus exactement, il y a eu une époque où... Nom d'un chien, qu'a-t-elle dit d'autre ?

« Que tu es un amant attentionné et plein d'imagination, ai-je envie de balancer. Qu'une fille n'a pas besoin de s'occuper de ses propres besoins quand elle est au lit avec toi, parce que tu es complètement partant pour s'en charger à sa place. » À la place, je maugrée :

— Rien.

Puisque, naturellement, Dominique ne s'est lancé dans aucun délire de la sorte. Ce n'est que mon imagination fantasque de petite cochonne répugnante qui s'exprime. Je reprends donc :

— Juste qu'elle a des tas de projets pour transformer Mirac en hôtel ou maison de repos grand luxe pour des gens relevant d'opérations de chirurgie esthétique.

— De chirurgie esthétique ? bée Luke, ahuri.

Houps !

— Oublie ! je me dépêche de crier en rougissant comme une... tomate.

Bon sang ! Ça m'a reprise. Encore une gaffe ! Je baisse les yeux pour cacher mon embarras.

— Oh, Luke, ceci est magnifique !

— Une minute, tonne-t-il. Qu'est-ce que Dominique a dit PRÉCISÉMENT ?

— Rien, je marmonne avec un regard coupable. Franchement, je n'aurais pas dû... c'est entre toi et elle. Ce ne sont pas mes oignons...

Malheureusement, je crache quand même le morceau.

— ... mais je ne crois pas qu'il serait bien de faire de Mirac un hôtel. C'est un lieu magique. Le transformer en affaire rentable le gâcherait.

— De la chirurgie esthétique, répète Luke, toujours aussi incrédule.

— Je comprends que ça puisse être attirant, puisque tu voulais être médecin et tout...

— Non, proteste-t-il en bondissant de sa chaise pour arpenter le grenier en passant des doigts nerveux dans ses boucles sombres. Je lui ai confié que j'avais songé à être médecin lorsque j'étais ENFANT. Puis j'ai grandi et je me suis rendu compte que cela signifiait de longues années d'études et d'internat. Or, je n'aime pas beaucoup l'école.

— Oh ! Alors, tu n'as pas renoncé seulement parce que les médecins ne gagnent pas aussi bien leur vie que les financiers ?

Il pivote brutalement sur ses pieds et me dévisage.

— Elle a aussi dit ça ?

Devinant que nous sommes sur un terrain glissant, je me mets vivement debout, désireuse de changer de sujet.

— Qu'est-ce que c'est que ce machin sur lequel je suis assise ?

— Parce que c'est archi-faux ! poursuit Luke en fonçant vers moi tandis que je me penche pour sortir un long objet blanc du carton. Ça n'a rien à voir avec le fric. Certes, j'aurais passé des années à étudier sans avoir de revenus ; certes, ça aurait été un souci, je ne te mentirai pas, et j'aime disposer de mon propre argent pour ne pas dépendre de mes parents. Un homme doit être à même de régler ses factures, j'estime. Pas toi ?

J'acquiesce vaguement :

— Si, si.

Je suis occupée à dérouler ce qui semble être un lai de soie blanche, lequel enveloppe un truc dur.

— Et d'accord, enchaîne-t-il, je me suis renseigné auprès de quelques écoles pour me remettre à niveau, dans la mesure où, si je voulais entamer des études de médecine, il faudrait que j'obtienne d'abord quelques UV de sciences.

— Logique, je lâche en continuant à déballer le mystérieux objet.

Le tissu a l'air d'être une nappe.

— Et, oui, je l'avoue, j'ai également posé ma candidature dans quelques-unes et j'ai été admis à Columbia et à l'université de New York. Sauf que, même en suivant des cours à plein temps, été compris, ça me prendrait une année complète en plus de celles à venir pour obtenir un diplôme de médecine. Est-ce vraiment ce dont j'ai envie ? Passer encore CINQ ans sur les bancs de la fac ? Alors que rien ne m'y oblige ?

— Omondieu !

Je viens de mettre au jour le grand machin dur. Et de jeter un coup d'œil à ce qui était autour.

— Le fusil de chasse de mon père ! s'exclame Luke, effaré. Ne... Lizzie ! Ne le tiens pas comme ça, bon sang !

Il se rue sur moi pour m'arracher l'arme, l'ouvre et regarde dans le canon.

— Il est chargé... murmure-t-il d'une toute petite voix.

Maintenant que je suis débarrassée du machin, j'ai les mains libres. Je secoue le matériau dans lequel il était roulé.

— Lizzie, poursuit Luke sur un ton quelque peu stressé, à l'avenir, évite d'agiter un fusil dans tous les sens comme ça. Et ne le dirige surtout pas vers ta tête. J'ai failli avoir une crise cardiaque.

Ses paroles semblent provenir de très, très loin, tout à coup. Je suis entièrement concentrée sur le vêtement que je tiens. Car bien que froissée et couverte de taches de rouille, il s'agit d'une robe longue en soie crème, à fines bretelles dont le revers comporte des petits nœuds afin d'y agrafer un soutien-gorge pour le dissimuler, avec des fronces délicates sur les bonnets moulés du corsage surpiqué et une rangée de boutons le long du dos qui ne peuvent être que des perles.

— À qui appartient cette robe, Luke ? je demande en cherchant une étiquette à l'intérieur.

— Tu m'as écouté ? réplique-t-il. Ce truc est chargé, tu aurais pu t'arracher le crâne !

Soudain, je les trouve. Les mots qui manquent de m'expédier *ad patres*. Ils sont discrètement cousus en noir sur un petit rectangle blanc : « Givenchy Couture ». J'ai l'impression que mon cœur s'arrête de battre.

— Givenchy, je balbutie en m'affalant sur une malle, car mes genoux ne me portent plus. Givenchy Couture !

— Nom d'un chien ! s'écrie Luke une nouvelle fois.

Il a retiré les cartouches du fusil et l'a posé sur sa chaise. Il s'approche de moi, soucieux.

— Ça va ?

— Non, ça ne va pas du tout.

Je l'attrape par sa chemise et l'attire à moi jusqu'à ce qu'il soit obligé de se mettre à genoux, le visage à quelques centimètres du mien seulement. Il ne comprend pas. Il ne comprend rien. Il faut que j'arrive à lui faire comprendre.

— Ceci est une robe du soir signée Hubert de Givenchy. Un modèle unique et inestimable imaginé par l'un des stylistes les plus innovants et pourtant les plus classiques du monde. Et quelqu'un a osé s'en servir pour envelopper une vieille pétoire qui... qui...

— Oui ? s'inquiète Luke en me fixant avec intensité.

— Qui a ROUILLÉ dessus !

Les lèvres de Luke esquissent un petit mouvement vers le haut. Il sourit ! Comment peut-il ? Il est clair qu'il n'a pas pris la mesure de la catastrophe.

— De la ROUILLE, je lui explique, désespérée. As-tu la moindre idée de la difficulté qu'il y a à effacer la rouille d'un tissu aussi délicat que la soie ? Et regarde, regarde là... Une des bretelles est déchirée. L'ourlet a été décousu ici. Et ici. Qui a osé commettre pareil sacrilège, Luke ? Comment quelqu'un a-t-il eu le cran de... d'ASSASSINER une robe vintage aussi magnifique ?

— Aucune idée, répond-il sans cesser de sourire.

Décidément, il est bouché. Sauf qu'il a aussi posé une de ses mains sur celle des miennes qui agrippe le vêtement. Ses doigts sont tièdes et rassurants.

— Mais j'ai l'impression que s'il existe une personne susceptible de ressusciter la victime, c'est toi, continue-t-il de sa voix grave et calme qui semble encore plus grave dans le silence et l'immobilité du grenier.

Ses prunelles sont très sombres et très amicales... comme ses lèvres d'ailleurs, qui en appellent éminemment au baiser. POURQUOI A-T-IL UNE COPINE ? C'est injuste. Il n'y a pas d'autre mot. Cependant, vu les circonstances, j'agis comme il se doit – je lâche sa chemise, laisse tomber ma main et détourne les yeux. Je contemple les mètres de tissu abîmé qui recouvrent mes cuisses en espérant que Luke n'a pas remarqué que je rougissais ni que mon cœur se mettait à battre violemment, soudain.

— J'imagine que... que je pourrais essayer, dis-je d'une voix tremblante. Si tu es d'accord. J'AIMERAIS essayer.

— Voyons, Lizzie, cette robe pourrit dans le grenier depuis des lustres et, comme tu l'as justement souligné, elle n'a pas été traitée avec beaucoup d'égards. Il me semble qu'elle mérite d'appartenir à quelqu'un qui lui portera les soins et l'attention dont elle a besoin.

« Exactement comme toi, Luke ! ai-je envie de m'écrier. Tu mérites d'appartenir à quelqu'un qui TE donnera les soins et l'attention dont TU as besoin... qui t'encouragera à réaliser ton rêve de devenir médecin au lieu de s'acharner à t'attirer à Paris, qui te soutiendra pendant ces cinq longues années d'études et qui promettra de ne pas transformer la demeure de tes ancêtres en une maison de repos pour crétins ayant subi une intervention de chirurgie esthétique, même si ça rapporterait plus d'argent que les mariages. »

Mais bien sûr, je ne dis rien de tel. À la place, je marmonne :

— Tu sais, Chaz est inscrit à l'université de New York, cet automne. Si tu décidais de fréquenter ces cours de remise à niveau, vous deux pourriez partager un appartement.

« Enfin, si Dominique n'insiste pas pour t'accompagner », me dis-je intérieurement.

— Oui, acquiesce joyeusement Luke. Ce serait comme au bon vieux temps.

— Parce que je crois que si tu as un vrai rêve, tu devrais foncer et tâcher de l'accomplir, j'ajoute en prenant bien garde de laisser mes mains sur la robe satinée. Sinon, tu le regretteras toute ta vie.

Je ne peux m'empêcher de constater qu'il est toujours agenouillé près de moi, le visage trop près du mien pour que je sois à l'aise. Je m'efforce d'éviter de penser que mon propre conseil, foncer, pourrait aussi s'appliquer à moi, et au baiser que je brûle de lui donner. Après tout, je risque de ne jamais avoir l'occasion de vérifier à quoi ça ressemble. Malheureusement, embrasser un mec qui a une copine, c'est mal. Même une qui n'est pas spécialement préoccupée par ses intérêts à lui, contrairement à moi. C'est le genre de chose que Brianna Dunleavy, de la cité U, ferait sans hésiter.

Or, personne ne l'appréciait, cette Brianna.

— Je ne sais pas, souffle Luke. (Est-ce mon imagination, ou son regard est fixé sur mes lèvres ? Omondieu ! Pourvu que mes dents ne soient pas teintées par tout le vin rouge que j'ai ingurgité !) Ce serait un vrai plongeon. Un changement de vie. Un gros risque.

Mes yeux rivés sur sa bouche, je réponds :

— Parfois (ouf ! ses dents ne sont pas mauves), nous avons besoin de prendre de gros risques si nous voulons découvrir qui nous sommes et la raison de notre existence. Comme moi, par exemple, qui ai sauté dans ce train et suis venue en France au lieu de rester en Angleterre.

Omondieu ! Il est en train de se pencher vers moi, là. IL SE PENCHE VERS MOI. Qu'est-ce que ça signifie ? Qu'il souhaite m'embrasser ? Comment est-ce possible puisqu'il sort avec la plus belle fille du monde et celle-ci est allongée à demi nue près de la piscine, tout près d'ici ?

Je ne peux pas l'autoriser à m'embrasser. Même si c'est ce qu'il désire. Parce que ce serait mal. Il est pris.

En plus, je suis sûre que je pue l'alcool.

— Et le jeu en valait la chandelle ? s'enquiert-il.

J'ai du mal à m'arracher à la contemplation de ses lèvres qui se rapprochent de plus en plus.

— Complètement ! j'admets en fermant les paupières.

Il va m'embrasser. Il va m'embrasser ! Oh non !

Oh. Oui...

Ce fut une Américaine appelée Amelia Bloomer qui, la première, protesta contre les dangers de la crinoline (et, au passage, contre la déplorable hygiène des robes qui traînaient par terre). Elle encouragea les femmes à adopter les « bloomers », pantalons bouffants qui s'enfilaient sous la jupe et s'arrêtaient au genou, tenue qu'on ne saurait trouver indécente de nos jours. Les Victoriens s'opposèrent cependant avec violence à ce que le sexe faible portât la culotte dans le foyer et, par conséquent, les « bloomers » connurent rapidement le triste sort des vestes signées Members Only et des chansons de Hall [1].

Histoire de la mode (mémoire de maîtrise),
Élizabeth Nichols.

1. Members Only : marque de vêtements très populaire dans les années 1980, surtout pour ses vestes. C'est devenu aujourd'hui un symbole de ce qui est considéré comme complètement ringard. Hall & Oates : duo mythique de la fin des années 1970 jusqu'au milieu des années 1980 spécialisé dans les ballades guimauve.

16

Un amant discret n'est pas un amant digne de ce nom. Circonspection et dévotion sont des termes contradictoires.
Thomas Hardy (1840-1928), poète et romancier anglais.

— Jean-Luc ?

Un instant ? Qui parle, là ? QUI PARLE ?

— Jean-Luc ?

J'ouvre les yeux. Luke est déjà debout et se rue vers la porte du grenier.

— Je suis là-haut ! lance-t-il en direction de l'escalier étroit qui mène à l'étage du dessous. Au grenier.

OK. Que vient-il de se produire ? Il y a une minute, il s'apprêtait à m'embrasser – j'en suis presque certaine – et la suivante...

— Tu ferais mieux d'en descendre, riposte Dominique d'une voix pincée. Ta mère arrive à l'instant.

— Merde ! lâche Luke.

Mais pas à l'adresse de son amoureuse. À elle, il dit :

— D'accord, je me dépêche.

Il se retourne et me regarde. Je n'ai pas bougé, la merveille de chez Givenchy toujours en chiffon sur mes genoux, avec l'impression qu'on vient de m'arracher quelque chose. Mon cœur, peut-être ? Ridicule ! Je ne voulais pas qu'il m'embrasse. Juré ! Même s'il allait le faire.

Et qu'il en a été empêché.

— Allons-y, me conseille-t-il. À moins que tu préfères rester ici. Ne te gêne pas, prends ce qui te plaît.

Ben tiens ! Sauf la chose dont je commence à comprendre qu'elle est ce que je désire par-dessus tout.

— Oh, non, je proteste en me levant, un peu surprise de découvrir que je tiens debout. Je ne me le permettrais pas.

Ouais. Je n'ai pourtant pas lâché la robe du soir, ce que Luke ne manque pas de remarquer et qui déclenche un retroussement de lèvres des plus agaçant. Et sexy.

— Simplement, je précise en baissant des yeux coupables sur ma prise du jour, si je pouvais essayer de restaurer ça...

— Je t'en prie, répond-il en s'efforçant de ne pas rire.

Il se fiche de moi. Ça m'est égal, du moment que nous avons un secret de plus en commun. Bientôt, j'en aurai plus avec lui qu'avec n'importe qui d'autre. Bien que, grâce à Radio Lizzie, je n'aie de secrets avec PERSONNE. Voilà un travers qu'il va falloir que je corrige très vite.

Je suis Luke dans l'escalier. Dominique nous attend en bas. Elle a échangé son bikini contre une robe en lin crème très moderne qui laisse ses épaules dénudées et donne le sentiment qu'elle a vraiment une taille de guêpe. Une paire de mules aux bouts dangereusement pointus chausse ses pieds.

— Eh bien, lâche-t-elle, acide, en me découvrant derrière son bon ami, je constate que tu as eu droit à la visite complète, Lizzie !

— Luke et son père ont été très consciencieux, j'admets en essayant de dissimuler ma culpabilité.

Pourquoi devrais-je me sentir coupable, d'ailleurs ? Il ne s'est rien passé. Et rien n'était SUR LE POINT de se produire non plus.

Sûrement.

— Ça ne m'étonne pas, réplique-t-elle avec lassitude. Regarde-toi, ajoute-t-elle ensuite après un coup d'œil critique à Luke. Tu es couvert de poussière. Tu ne vas tout de même pas accueillir ta mère dans cet état. Va te changer.

Si Luke n'apprécie guère de se faire mener par le bout du nez, il n'en montre rien. Au contraire, il file dans le couloir en lançant :

— Dis à maman que je serai là dans une minute.

Je m'apprête à regagner ma propre chambre afin d'y entreposer la robe du soir jusqu'à ce que je trouve des citrons ou, mieux encore, de la crème de tartre. Ces deux ingrédients m'ont, par le passé, rendu de grands services quand il s'est agi de nettoyer de la soie piquée de rouille. Malheureusement, Dominique m'arrête avant que j'aie fait un pas.

— Qu'est-ce que tu as là ? s'enquiert-elle.

Je déplie le vêtement et le soulève pour le lui montrer.

— Rien qu'une vieille robe que j'ai dénichée là-haut. Elle est couverte de rouille, quelle honte ! Je vais voir si j'arrive à les enlever.

La Canadienne jette un coup d'œil critique à la tenue. J'ignore si elle l'identifie comme une pièce rare de l'histoire de la haute couture, en tout cas, elle ne réagit pas.

— Elle est très vieille, non ? lâche-t-elle.

— Pas tant que ça. Années 1960. Début des années 1970, peut-être.

— Elle sent mauvais, insiste-t-elle avec une grimace.

— Normal, elle est resté enfouie dans un grenier moisi. De toute façon, je vais la laisser tremper un bon moment à cause des taches. L'odeur partira.

Dominique effleure la soie du doigt. La seconde suivante, elle a repéré l'étiquette. Aïe ! Contrairement à moi, elle ne piaille pas pour autant. Parce qu'elle sait se contrôler, elle.

— Tu es bonne couturière, je crois ? reprend-elle. Il me semble avoir entendu Shari le signaler.

— Oh, je me débrouille, j'admets avec humilité.

— Si tu coupais la jupe ici, enchaîne-t-elle en montrant une ligne imaginaire au-dessus de ses propres genoux, on obtiendrait une ravissante robe de cocktail. Je la teindrais en noir, bien sûr. Autrement, elle risque de faire un peut trop robe du soir.

Hé, mollo ! Je réplique aussitôt :

— Mais c'en est une ! Et je suis sûre qu'elle appartient à quelqu'un. Je veux juste tâcher de la restaurer. Sa propriétaire sera sûrement ravie de la récupérer.

— Ça pourrait être n'importe qui, objecte-t-elle. Et si celle qui l'a portée y tenait vraiment, elle ne l'aurait pas abandonnée là-haut. Si c'est une question d'argent, je te réglerai volontiers...

C'est plus fort que moi, je lui arrache la fringue des mains. J'ai l'impression d'être confrontée à Cruella De Vil (la robe serait un bébé dalmatien). Je n'en reviens pas qu'on soit assez mauvais pour suggérer de couper – et teindre ! – un original de Givenchy.

J'essaie de répondre aussi calmement que j'en suis capable :

— Voyons d'abord si j'arrive à la détacher.

En réalité, je suis à deux doigts d'avoir une attaque. Dominique hausse les épaules d'une façon très franco-canadienne. Enfin, je pense, car je n'ai encore jamais rencontré de membres de l'espèce.

— À ta guise, marmonne-t-elle. Laissons aussi Jean-Luc décider de ce qu'il faut en faire, puisque c'est sa maison...

Elle ne précise pas « ... et je suis sa copine, par conséquent, tout butin de haute couture traînant dans cette baraque me revient de droit », parce que c'est inutile.

Je me contente de dire que je vais la ranger, puis que je descendrai saluer Mme de Villiers. Mentionner ce nom a au moins le mérite de rappeler la garce à ses obligations.

— Oui, oui, acquiesce-t-elle en se ruant vers les marches.

Affreusement soulagée, je fonce dans ma chambre, claque la porte derrière moi et m'y adosse, comme s'il fallait que je reprenne haleine. Couper une Givenchy ! Teindre une Givenchy ! Quelle malade mentale perverse...

Je n'ai cependant pas le temps de m'inquiéter de cela pour le moment. Je tiens à voir à quoi ressemble la mère de Luke. Après avoir délicatement accroché mon trésor à une patère (je ne dispose pas d'armoire), je retire mon maillot et la robe de plage que j'ai portés toute la journée. Puis j'enfile un peignoir et file à la salle de bains pour une toilette rapide, un rafistolage de mon maquillage et un coup de brosse avant de revenir endosser ma Suzy Perette réservée aux réceptions (j'ai fini par venir à bout de la peinture de Maggie).

Puis, me guidant aux bribes de conversation qui montent du rez-de-chaussée, je m'empresse d'aller rencontrer Bibi de Villiers.

Qui se révèle ne pas ressembler pour un sou à ce à quoi je m'attendais. Jugeant d'après le père de Luke, je me représentais une épouse minuscule, brune et réservée qui collerait à sa distraction. Toutefois, aucune des femmes que j'aperçois depuis le palier du premier étage quand j'y arrive ne correspond à cette image. Elles sont trois, sans compter Shari, Dominique et Agnès, et aucune n'est brune ni menue. Et, pour le coup, aucune non plus n'est réservée.

— Mais alors, glapit une fille d'environ mon âge bien que d'une blondeur beaucoup plus agressive et à l'accent texan très prononcé, où Lauren et Nicole vont-elles dormir ?

— Vicky chérie, répond une autre blonde, sa génitrice sans doute vu leur surprenante ressemblance (certes, la mère a dix kilos de plus) sur un ton également texan quoique patient, je te l'ai dit, il faudra qu'elles logent à Sarlat. Tante Bibi t'avait prévenue qu'elle ne pouvait accueillir autant de monde à Mirac...

— Mais pourquoi les copains de Blaine couchent-ils ici alors que les miens doivent se taper l'hôtel ? piaille la Vicky en question. Et qu'en est-il de Craig ? Où SES amis seront-ils installés ?

Un jeune homme au visage boudeur vautré contre un pilier de marbre lance :

— J'ignorais que Craig avait des potes.

— La ferme, crétin ! crache Vicky.

— Bon, décrète alors l'autre blonde d'un certain âge, un verre s'impose. Ça intéresse quelqu'un ?

— Tiens, Bibi, s'empresse M. de Villiers en offrant un plateau couvert de flûtes à champagne.

Visiblement, il se tenait prêt, au cas où une urgence telle que celle-là viendrait à se produire.

— Dieu soit loué ! s'exclame la mère de Luke en s'emparant vivement d'une des coupes.

Mesurant presque une tête de plus que son futur ex-mari français (mais c'est peut-être à cause de sa coiffure tellement gonflée), c'est une beauté fracassante habillée d'une robe toute simple de Diane Von Furstenberg qui met en valeur sa silhouette encore très bien conservée.

— À la tienne, Ginny, dit-elle à sa sœur en lui tendant une flûte. Je parie que tu en as encore plus besoin que moi.

Sans même attendre que tout le monde soit servie, la mère de Vicky vide son verre d'un trait. Elle semble sur le point de... je ne sais pas trop de quoi, mais rien de bon, ça c'est sûr. Dominique se tient près du coude de Mme de Villiers et supervise la distribution de champagne. Lorsque arrive le tour d'Agnès, elle lance quelques mots très secs en français, et le père de Luke s'interrompt, surpris.

— Oh, mais ce n'est que pour le goûter, plaide-t-il. C'est mon dernier demi-sec...

La Canadienne se renfrogne. Ce qui ne gêne pas Luke cependant, car il avance d'un pas, prend une flûte sur le plateau que tient son paternel et la tend à Agnès, laquelle paraît à la fois surprise et ravie.

— C'est une occasion spéciale, dit Luke. (Il a paru parler à la cantonade, mais je ne peux m'empêcher de songer que sa remarque vise Dominique.) Ma cousine se marie, et j'estime que tout le monde se doit de participer aux réjouissances.

Shari, qui a délaissé son maillot pour un pantalon olive et un corsage blanc du meilleur effet, échange un coup d'œil avec Chaz, lequel s'est également changé – pantalon de toile et polo – depuis la dernière fois que je l'ai vu. Le regard de Shari semble dire : « Tu vois ? je t'avais prévenu. »

De quoi ? Qu'est-ce qui se passe ?

— Eh bien, reprend Mme de Villiers en levant son verre. Buvons, alors. À la future marié et à son futur époux. Lequel n'est pas encore là, le sale petit veinard ! (Elle s'esclaffe). Je blague.

M'ayant repérée quand elle a rejeté la tête en arrière pour rigoler, elle ajoute :

— Houps, Guillaume ! Une de plus, s'il te plaît. Une nouvelle arrivante.

M. de Villiers se retourne, m'aperçoit et se fend d'un large sourire.

— Enfin la voici, s'exclame-t-il en me proposant le plateau. Mieux vaut tard que jamais. Et le résultat méritait qu'on l'attende.

En rougissant, je prends un verre, et je lance (à personne en particulier) :

— Bonjour, je m'appelle Lizzie Nichols. Merci de me recevoir chez vous.

Comme si j'avais en effet été invitée au mariage alors que, en réalité, je tape l'incruste. Puis je me dandine sur place, espérant que quelque chose de lourd va me tomber sur le crâne et m'assommer.

— Charmée, Lizzie, réagit Mme de Villiers en avançant pour me serrer la main. Vous devez être l'amie de

Chaz dont j'ai entendu parler. Je suis heureuse de vous rencontrer. Tous les amis de Chaz sont nos amis. Il a été tellement sympathique avec notre Luke, à l'internat. Toujours prêt à l'aider à se fourrer dans les ennuis.

Je lance un coup d'œil à Chaz, qui se marre.

— Connaissant l'animal, je n'en doute pas.

— Faux, objecte ce dernier. Luke n'a pas eu besoin de moi pour faire les quatre cents coups.

— Je vous présente ma sœur, Ginny Thibodaux, et sa fille, Vicky, poursuit Mme de Villiers en me conduisant aux uns et aux autres.

Comparée à celle de sa sœur, la poignée de main de Mme Thibodaux me donne le sentiment de tenir une éponge mouillée. Quant à Vicky, c'est à peine mieux.

— Et voici Blaine, poursuit Bibi, le plus-si-petit frère de Vicky...

S'il met un peu plus de vigueur dans ses salutations que les deux autres, il n'en reste pas moins que son visage est plissé en une moue perpétuelle. En plus, une lettre de l'alphabet est tatouée sur chacune de ses phalanges, même si je ne parviens pas à déchiffrer le sens du message.

— Et voilà, conclut Mme de Villiers. Au délicieux petit couple.

Là-dessus, elle vide son verre d'un seul coup. Heureusement, son mari n'est pas loin, une autre bouteille déjà ouverte, prêt à resservir qui le souhaite.

— Il est bon, hein ? demande-t-il avec inquiétude à tous ceux susceptibles de daigner lui répondre. Un demi-sec. On n'en produit plus, de nos jours. Tout le monde réclame du brut à cor et à cri. Mais moi, je me suis dit « pourquoi pas ? »

— Félicitations pour votre audace, Guillaume, lui lance Chaz aimablement.

Je me glisse vers lui et Shari.

— Vous avez une idée de ce qu'est le demi-sec ?

— Pas la moindre, me confie Chaz sans se départir de sa bonne humeur avant de finir sa flûte. Hé ! J'en veux encore, ajoute-t-il en pourchassant le père de Luke.

Shari lève les yeux vers moi – elle ne s'est jamais remise de ne mesurer qu'un mètre soixante-cinq, là où je ne me suis jamais consolée d'avoir un derrière deux fois plus gros que le sien (jusqu'à récemment, s'entend) – et lâche :

— Où étais-tu passée, cet après-midi ? Et pourquoi es-tu sur ton trente et un ?

— Luke et son père m'ont fait visiter la propriété. Et je ne suis pas sur mon trente et un. Cette robe a été rétrogradée au rang de vêtement quotidien depuis que Maggie l'a peinturlurée. Tu te souviens ?

— Je ne remarque plus aucune tache.

— C'était de la peinture à l'eau. Personne n'est assez dingue pour confier de la peinture indélébile à une enfant. Même pas ma sœur.

J'ai eu beau lui expliquer à de nombreuses reprises les règles compliquées qui régissent ma garde-robe, Shari n'y comprend rien.

— Passons, soupire-t-elle. Nous sommes invités à dîner, ce soir. Juste la famille de la future mariée. Celle du promis et le reste des fêtards n'arriveront que demain. Tu me donnes un coup de main en cuisine ?

— Pas de problème.

Je me vois déjà en ravissant tablier préparant le duo de spaghettis pour toute cette smala.

— Super. C'est la mère d'Agnès qui est aux fourneaux. Il paraît qu'elle est géniale. À nous la corvée de plonge. Bourrons-nous le pif avant, comme ça, on aura l'impression que ça va plus vite.

— Ça me paraît un bon plan.

Je lui emboîte le pas en direction de Luke, qui a pris la relève de son père dans le service du champagne.

— Ah ! s'exclame-t-il en me voyant. Te voilà. Jolie robe.

— Merci. Tu n'es pas mal non plus. Sais-tu si vous avez de la crème de tartre dans la cuisine, ici ?

Shari s'étrangle avec son champagne. Luke, lui, garde son calme.

— Je te le dirais volontiers si j'avais une idée de la façon dont on dit ça en français.

— Hé, c'est toi le Français.

— À moitié seulement, précise-t-il en regardant sa mère qui rit à une remarque que vient de lancer Chaz.

— D'accord, je vais me renseigner, accepte Luke avant de s'éloigner pour remplir la flûte de sa tante.

— Qu'est-ce que vous mijotez, vous deux ? demande Shari quand il ne peut plus nous entendre.

— Rien.

Je suis en train de découvrir qu'il est amusant de lui cacher des secrets. C'est la première fois de ma vie que je fais un truc pareil. Mais bon, ces derniers temps, j'ai testé pas mal de nouveautés. Certaines se sont soldées par des échecs, d'autres... eh bien, le temps dira ce qu'il en est.

— Lizzie, grommelle Shari, pas contente, se passe-t-il quelque chose entre toi et Luke ?

— Non ! Bien sûr que non !

Hélas, je ne peux me retenir de rougir en repensant au baiser que nous avons failli échanger dans le grenier.

Sans parler d'hier soir, à la gare. Est-ce que Luke avait l'intention de m'embrasser, là aussi ? J'ai eu cette impression. Si seulement Dominique ne nous avait pas interrompus. Les deux fois...

— Il est maqué, je rappelle à Shari en espérant que constater cet état de chose à haute voix m'aidera également à ne pas l'oublier. Comme si j'étais du genre à sauter sur un mec qui est déjà pris. Tu me prends pour qui ? Brianna Dunleavy ?

— Inutile de te vexer, réplique Shari. Je posais juste la question.

— Je ne me vexe pas, je lui rétorque en m'efforçant d'avoir l'air pas du tout vexée. Je t'ai semblé vexée ? Parce que je ne le suis pas du tout.

— Comme tu voudras, pauvre cinglée, me lance-t-elle avec un regard amusé. Je pars au ravitaillement. Tu m'accompagnes ?

Je suis la direction de son menton. Luke est en train d'ouvrir une énième bouteille du champagne maison. Juste à cet instant, il lève la tête et me voit le contempler à l'autre bout de la pièce. Il sourit.

— Hum... d'accord. Mais plus qu'un petit, alors.

Au milieu des années 1870, une espèce de révolution se produisit dans la mode, grâce à l'invention de la machine à coudre et à l'introduction des teintures synthétiques. Par ailleurs, la production de masse donna au plus grand nombre l'accès à des vêtements chics et abordables et, pour la première fois dans l'histoire de l'humanité, on put se promener dans la rue et tomber sur quelqu'un qui portait exactement la même tenue que soi. La jupe à cerceaux disparut, laissant place aux robes à tournure (ou faux cul), dernière époque où l'on considéra comme élégantes les femmes ayant un énorme derrière, jusqu'à la naissance de Jennifer Lopez s'entend.

Histoire de la mode (mémoire de maîtrise),
Élizabeth Nichols.

17

Parler relève du grand art. Les seules limites de la parole sont la patience de vos auditeurs qui, lorsqu'ils en ont assez, peuvent toujours payer leur café ou le rendre à un serveur aimable avant de filer.
John Dos Passos (1896-1970), romancier, poète, dramaturge et peintre américain.

Le dîner tient moins du repas que du conseil de guerre.

Tout ça parce que Vicky et sa mère veulent s'assurer que tout est prêt pour l'arrivée des invités – ainsi que celle du futur époux et de la belle-famille de la promise.

J'imagine que je peux comprendre leur inquiétude. Après tout, on ne se marie qu'une fois (idéalement) dans la vie. Il est donc important que tout se passe comme prévu. N'empêche, ce serait chouette que Mme Thibodaux cesse de se plaindre que le chemin pour monter au château est plein d'ornières et nous laisse souffler et profiter de la nourriture qu'a préparée la mère d'Agnès, Mme Laurent.

Je n'ai sans doute jamais mangé rien d'aussi bon, entre l'entrée une espèce de ragoût de poisson crémeux accompagné de quartiers de pomme), le plat de résistance (canard caramélisé dans une sorte de sauce sucrée exquise), la salade (cœur de laitue avec vinaigrette à l'ail) et l'énorme plateau de fromages, le tout accompagné de grandes tranches d'un pain cuit à la perfection, croustillant et doré à l'extérieur, moelleux à l'intérieur, et par un vin sélectionné et versé par M. de Villiers pour s'harmoniser avec chaque plat. Le pauvre chéri n'arrête pas d'essayer d'expliquer ce que nous buvons, mais il est constamment interrompu par la tante de Luke, Ginny, qui lance des phrases telles : « À propos de bouquet, quelqu'un s'est-il occupé de la fleuriste de Sarlat ? Est-elle au courant que nous avons décidé d'abandonner les roses blanches pour des lis ? Comment dit-on "rose", en français ? »

Ce à quoi Luke répond sèchement que c'est le même mot, et je manque de m'étouffer avec la gorgée d'eau que je suis en train de boire tant je rigole. Heureusement, il ne s'en rend pas compte – Luke, s'entend – parce qu'il est assis tout au bout de l'énorme table, laquelle peut accueillir vingt-six convives (C'est Dominique qui me l'a précisé quand nous nous sommes rendus dans la salle à manger au plafond d'une hauteur impressionnante et à la décoration quelque peu théâtrale), entre sa mère et son amoureuse. Moi, je suis installée à côté de son père et de ce bouqueur de Blaine.

Ce qui ne me dérange pas, cependant. Surtout que je n'aime pas Luke comme ça. Enfin, c'est ce que je me serine depuis que Shari est sur mon dos.

Au moins, ça m'a donné l'opportunité de déchiffrer ce que signifiaient les lettres tatouées sur les phalanges de Blaine. F-U-C-K-Y-O-U ! Ce point d'exclamation est une touche finale charmante. Sa mère est sûrement très fière de lui.

Pour peu qu'elle pense à lui, ce qui paraît assez peu probable, vu l'attention débordante qu'elle porte à sa fille, laquelle n'est pas, pour dire les choses gentiment, une future mariée très facile à satisfaire. Apparemment, rien n'a été fait dans les règles, et Vicky ne semble pas croire que ça risque de s'arranger dans les heures à venir, malgré les assurances de sa génitrice, de Luke et même de M. de Villiers.

— J'ai déjà téléphoné à l'hôtel, chérie, lui explique Ginny, et le réceptionniste m'a promis qu'il y aurait assez de place pour les filles de ta sororité[1]. Du moins, il y en aura demain, une fois que les touristes allemands seront partis (elle lance un coup d'œil à sa frangine). Enfin, si j'ai bien compris ce qu'il me racontait. C'est si difficile, avec cet accent...

— Mais pourquoi les copains de Blaine n'y vont-ils pas, eux, à l'hôtel ? proteste Vicky. Pourquoi ce sont les miens ? Je suis la mariée, merde !

— Les amis de ton frère animent la réception, lui rappelle sa mère. C'est toi qui as voulu qu'ils jouent.

— Ha ! grommelle mon voisin en poignardant un morceau de camembert avec son couteau. Tu t'es décidée quand on a signé ce contrat d'enregistrement.

— Espèce de pauvre mec ! l'insulte sa sœur. Vous êtes encore loin d'être des vedettes ! Alors pas la peine de se comporter comme si c'était le cas. Tes crétins de copains

---

1. Voir page 69.

seraient logés dans leur camionnette qu'ils ne s'en ren-
draient même pas compte !

— Mes crétins de copains sont à peu près le seul truc
un peu cool dans ton putain de mariage, alors ne la
ramène pas, connasse !

— Excuse-moi, débile, se marier dans un *château
français** est carrément cool.

— Ben tiens ! Comme si tu ne t'étais pas vantée
devant tous les journalistes de la ville d'avoir obtenu le
meilleur groupe de musiciens de Houston pour tes
noces.

— Auriez-vous l'amabilité de la fermer une bonne
fois pour toutes, vous deux ? intervient leur tante Bibi
d'une voix que je soupçonne d'être plus pâteuse que
d'ordinaire.

Sûrement à cause des quantités astronomiques de
champagne qu'elle a ingurgitées plus tôt tout en ignorant
superbement son étrange époux, lequel continuait
cependant à déployer des efforts impossibles pour être
près d'elle et participer à la conversation. C'est un peu
triste, au demeurant, de voir combien Guillaume est
content de la présence de sa femme, même si elle n'est
que temporaire et seulement justifiée par le mariage de
leur nièce, et combien Bibi, de son côté, a l'air agacée
d'être là.

— Franchement, renchérit Mme Thibodaux, au bord
des larmes, ce n'est pas le moment de vous disputer. Au
contraire, nous devons nous serrer les coudes afin de surmonter la crise au mieux.

— Quelle crise ? sursaute M. de Villiers. Victoria se
marie, c'est un événement joyeux, n'est-ce pas ?

— Non ! ripostent comme une seule femme Bibi et
Ginny en le toisant.

Après avoir regardé successivement sa mère et sa tante, Vicky repousse soudain sa chaise, bondit sur ses pieds et se sauve en se cachant le visage dans les mains. Une sortie très mélodramatique.

— À propos, dit alors Shari en se levant à son tour, merci beaucoup à tous. Nous avons passé une merveilleuse soirée. Et je suis certaine que nous savons tous ce qu'il nous incombera de faire demain quand le reste de vos invités arrivera. Mais pour l'instant, Lizzie et moi allons nous attaquer à la vaisselle.

— Je vous aide, les filles, décrète Chaz en s'extirpant de sa place à toute vitesse, désireux de fuir le champ de bataille.

— Moi aussi, renchérit Luke.

Malheureusement, il a à peine esquissé un geste que sa mère pose une main sur son bras.

— Assieds-toi, lui ordonne t'elle d'une voix brusquement très claire.

Il se renfonce dans son siège, l'air chagrin. Je commence à débarrasser les assiettes, drôlement pressée de m'éloigner du silence de plomb qui règne à présent dans la pièce. Lorsque j'entre dans la cuisine, tout aussi haute de plafond que la salle à manger mais toujours aussi vieillotte que tout à l'heure, j'adresse un sourire à Agnès et à sa mère, qui se lèvent de la table massive où elles sont en train de souper.

— *Ne pas se lever**, leur dis-je en trébuchant sur mon français.

Il faut croire cependant que je suis tombée juste, car toutes deux se rassoient pour terminer leur repas.

— Omondieu ! s'exclame Shari après avoir salué les Laurent. Omondieu ! Qu'est-ce que c'est que ce comportement ? Omondieu !

— J'ai l'impression d'avoir été violenté, insiste Chaz, secoué.

— Laissez tomber, je réponds en vidant les reliefs du dîner dans une poubelle. Ma propre famille est capable de bien pire.

— Je n'y avais pas songé, mais tu n'as pas tort, reconnaît Shari.

— Les mariages sont toujours stressants, j'ajoute en attrapant les nouvelles assiettes que Chaz vient d'apporter. Il y a tant d'espoirs, derrière, que si les choses ne se déroulent pas sans accroc, les gens craquent.

— Certes, admet Shari. Mais craquer n'est pas exploser. Tu as compris le problème de Vicky, non ?

— C'est une Carafiancérosse ? propose Chaz.

— Non. Elle se marie en dessous de sa condition.

— Arrête tes âneries !

— Je suis sérieuse, s'entête cependant mon amie. Dominique nous a tout raconté au bord de la piscine, pendant que tu visitais la propriété. Elle épouse un programmateur informatique dont la famille vient du Minnesota au lieu de s'allier au magnat du pétrole texan que sa mère avait choisi pour elle. Mme Thibodaux est furax, seulement elle n'y peut rien. C'est l'amouuuuur !

— Et où est M. Thibodaux ? s'enquiert Chaz.

— Il avait une réunion importante à New York concernant son cabinet d'investissement, explique Shari. S'il est malin, il arrivera juste à temps pour conduire sa fille à l'autel, et pas avant. Tiens, ajoute-t-elle en tendant un torchon à son mec, je rince, tu essuies.

— C'est vrai que tu es la reine des rinceuses, se moque-t-il.

Je les regarde se chamailler gentiment devant l'évier en pensant qu'ils ont de la chance de s'être trouvés l'un l'autre. Certes, ils n'ont pas connu que bons mots amusants et vacances en France. La vie ne les a pas épargnés. Je me souviens de la fois où Shari a dû sacrifier Mister Clic, le rat de laboratoire que la fac lui avait attribué, car elle avait un examen de dissection. Chaz a tenté de l'en dissuader en remplaçant en douce Mister Clic par un rat exactement pareil qu'il avait dégoté dans une animalerie, mais elle n'a rien voulu entendre, affirmant que, en tant que scientifique, elle se devait d'apprendre à prendre de la distance avec ses sujets... à la suite de quoi, Chaz a refusé de lui adresser la parole pendant deux longues semaines.

N'empêche, ils forment le couple le plus chou que je connaisse. En dehors de mes parents, bien sûr. Et je donnerais n'importe quoi pour vivre une telle relation. Sauf que, évidemment, je n'irais pas jusqu'à fiche en l'air celle d'autrui pour l'obtenir. Même si l'opportunité s'en présentait. Ce qui n'est pas le cas. D'ailleurs, qu'est-ce que je fiche ici à songer à une certaine personne que j'ai rencontrée dans le train la veille ?

Leur dîner fini, Agnès et sa mère insistent pour nous aider à terminer la vaisselle, et nous sommes débarrassés de la corvée plus tôt que je l'imaginais, vu la ribambelle de plats que nous avons avalés et le nombre d'ustensiles que nous avons utilisés pour ça.

Encore mieux cependant, Mme Laurent comprend sans difficulté ce que je veux quand je lui parle de crème de tartre, même si elle semble un peu surprise pas ma joie. Puis elle et sa fille nous souhaitent une « *bonne nuit** » avant de regagner le moulin.

Chaz annonce qu'il va voir s'il peut sauver Luke des griffes de sa mère et de Mme Thibodaux, histoire de le soudoyer pour qu'il accepte de boire un dernier verre.

Avec Shari, ils me proposent de me joindre à eux, mais je réponds que je suis fatiguée et que je monte me coucher.

Ce qui est un mensonge, mais je suis gênée d'avouer mes autres plans... lesquels impliquent que je dégote une bassine assez grande pour y faire tremper la robe Givenchy – dans de l'eau additionnée de crème de tartre – durant douze heures. Je suis à quatre pattes et j'ai la tête fourrée dans le placard sous l'évier en train d'examiner ma trouvaille – un seau en pastique qui a dû être mis là lors d'une ancienne fuite – quand une porte s'ouvre dans mon dos. De crainte qu'il s'agisse de Luke – pas question qu'il me voie sous cet angle des moins avantageux – je me relève. Malheureusement, j'ai mal calculé mon coup et je me cogne le haut du crâne contre le bord du placard.

— Ouille ! lance une voix masculine. Ç'a dû faire mal.

Une main sur la tête, je regarde par-dessus mon épaule et découvre Blaine, avec ses pantalons à chier dedans, ses cheveux teints en noir et le T-shirt de Marilyn Manson, qu'il ne porte sûrement que par dérision.

— Ça va ? s'inquiète-t-il.

— Oui.

Lâchant mon crâne, je prends le seau et me relève.

— Qu'est-ce que tu fiches ici ? s'enquiert Blaine.

— J'avais besoin de quelque chose.

Et je tente de dissimuler ma prise derrière ma volumineuse jupe. Ne me demandez pas pourquoi. Simplement, je n'ai pas envie d'expliquer ce que je compte faire avec.

— Bon, dit-il. Tu n'aurais pas du feu, par hasard.

Ce n'est qu'à cet instant que je remarque la cigarette – roulée apparemment – qui pend à ses lèvres.

— Désolée, non.

Il s'affale contre la porte, l'air vraiment déçu.

— Merde, marmonne-t-il.

Je n'approuve pas les fumeurs, naturellement, mais vu ce que ce type a enduré pendant tout le repas, ce n'est pas moi qui lui reprocherais ce petit stimulant.

— Tu n'as qu'à utiliser un des brûleurs de la cuisinière, je lui conseille donc en désignant l'antique gazinière.

— Génial !

Il s'approche mollement de l'appareil, allume un des feux, se penche et inhale.

— Aaahhh ! lâche-il en se redressant. C'est ce que j'appelle de la bonne, ça.

Je reconnais alors l'odeur âcre et douceâtre qui me renvoie aussitôt aux couloirs de McCracken. Et je comprends que ce n'est pas du tabac que contient sa cigarette.

— Comment t'es-tu débrouillé pour que ça traverse l'Atlantique ?

— C'est pour ça qu'on les surnomme des kangourous, chérie, explique-t-il en s'avachissant sur la chaise que Mme Laurent occupait il y a peu et en posant ses bottes de motard sur la table.

— Tu as passé de la marijuana en France dans ton slip ?

Je suis ébahie.

— De la marijuana, répète-t-il en se gondolant. Tu sais que t'es mignonne, toi ?

— Ils ont des chiens renifleurs, dans les aéroports.

— Sûr, sauf qu'ils sont entraînés à repérer des bombes, pas de l'herbe. Tiens, régale-toi. Il me tend le joint.

— Non merci.

Je m'accroche à mon seau, conscient qu'il doit me prendre pour un vrai collet monté.

— Quoi ? s'écrie-t-il, épaté. Tu ne fumes pas ?

— Oh non ! Je ne peux pas me permettre de perdre d'autres neurones. J'en avais déjà si peu au départ.

— Pas mal, s'esclaffe-t-il. Mais explique-moi un peu ce qu'une chouette nana comme toi fabrique dans un baraque aussi sinistre.

Je pars du principe qu'il plaisante, car Mirac n'a rien d'une baraque sinistre.

— Je rends visite à des amis, rien de plus.

— Ce grand type et la gouine ?

— Shari n'est pas lesbienne ! Même s'il n'y a rien de mal à l'être. Mais elle ne l'est pas.

— Ah bon ? La vache, elle m'a bien eu. Désolé.

— Elle et Chaz sortent ensemble depuis deux ans !

— OK, OK, inutile de monter sur tes grands chevaux. Je me suis excusé. J'ai eu l'impression que c'était une brouteuse de gazon, c'est tout.

— Elle t'a à peine parlé !

— Exact.

— Qu'est-ce que tu crois ? Que toute femme ne te tombant pas dans les bras est homo ?

— Relax, bébé. Merde, t'es pire que ma frangine.

— Eh bien, je comprends que ta sœur t'en veuille, si tu passes ton temps à aller raconter que ses amies sont lesbiennes quand elles ne le sont pas. Même si, je le répète, ça n'a rien de répréhensible.

— Nom d'un chien ! Calme-toi. Qu'est-ce qui te prend ? T'en es ou quoi ?

— Non. (Je rougis.) Je ne suis pas homo. Non que...

— Ce soit répréhensible, j'ai capté. Navré. C'est juste que... ben... t'es là, toute seule, et tu te vexes comme un pou quand je te demande si ta copine est...

— Pour ton information, je suis ici toute seule parce

280

que je sors à peine d'une très mauvaise expérience avec un Britannique. Hier seulement. Ce qui explique ma présence ici, d'ailleurs.

— Ah ouais ? Qu'est-ce qu'il t'a fait ? Il t'a trompée ?

— Pire. Il a trompé l'État britannique. En grugeant les allocations chômage.

— Oh ! marmonne Blaine, impressionné. C'est nul. Ma dernière petite copine m'a déçu, elle aussi. Sauf qu'elle, elle s'est contentée de me larguer.

— Ah bon ? Pourquoi ? Tu l'avais accusée d'être homo ?

— Très drôle, sourit-il. Non. Elle m'a reproché d'être un traître en signant chez Atlantic Records. Apparemment, se taper un musicien à héritage est une chose, s'en taper un qui va enregistrer un disque en est une autre.

Un moment, il paraît si triste que j'ai de la peine pour lui. Je cherche à le rassurer :

— Eh bien, je suis sûre que tu trouveras quelqu'un d'autre. Il doit bien exister une fille qui sera ravie de sortir avec un mec qui va enregistrer un disque ET est un futur héritier.

— J'en sais rien, maugrée-t-il, abattu. Si c'est vrai, je ne l'ai pas encore rencontrée.

— Laisse le temps faire les choses. Inutile de se précipiter. Donne-toi une chance de soigner tes blessures sentimentales.

Voilà qui me semble un conseil judicieux. Je devrais y réfléchir également.

— Je te suis, reprend-il en tirant sur son joint. J'ai dit la même chose à ma sœur à propos de Craig. Mais tu crois qu'elle m'aurait écouté. Des clous !

— Craig, c'est le fiancé ? Elle aussi relève d'une déception ?

— Un peu, mon neveu ! Enfin, il est mieux que le dernier mec qu'elle a failli épouser. Au moins, lui n'appartient pas à la bonne société de Houston. N'empêche, quel raseur. C'est un génie en informatique. À côté de lui, Bill Gates a l'air d'un nain, si tu vois ce que je veux dire.

— Oui.

— Enfin, ajoute-t-il en haussant les épaules, il la rend heureuse. Du moins, aussi heureuse que possible. Même si ma mère aurait préféré la jeter dans les bras de ce bon vieux Jean-Luc.

La façon dont mon cœur tressaille à la mention de ce prénom me rend furieuse après moi-même.

— Vraiment ? je réponds, juste pour donner l'impression que la conversation m'intéresse à peine.

— Merde, t'es aveugle, ou quoi ? Si ma vieille pouvait s'arranger pour que Vicky se mette à la colle avec un type sortant d'un de ces internats sélects comme lui, et qui possède en plus un château en France, elle en mouillerait sa culotte. Sauf que la voilà avec Craig sur les bras. (Soupir.) Et moi.

Il tend la main et examine les phalanges proclamant F-U-C-K.

— J'ai remarqué tes tatouages, au dîner. Ç'a dû... être douloureux.

— Franchement, je ne m'en souviens pas, tant j'étais défoncé. Dès que je rentre à la maison, je les fais enlever au laser. Parce que c'était rigolo, à une époque, mais maintenant que je suis dans les affaires sérieuses et toute cette merde, c'est un peu gênant de se pointer à des réunions de pros avec « Fuck you » sur les doigts. On vient juste de vendre une de nos chansons à Lexus, pour une pub. Ils nous ont signé un chèque à six chiffres. Incroyable, non ?

— Wouah ! Je surveillerai les écrans pour la voir. Comment s'appelle ton groupe, déjà ?

— Satan's Shadow[1], m'annonce-t-il avec gravité.

Je tousse. Et pas à cause de la fumée.

— Comme c'est original !

— Vicky trouve ça débile. Ça ne l'a pas empêchée de nous demander de jouer à son bazar.

— Oui, le mariage revêt une importance considérable, pour les filles. Ce serait sympa de t'excuser auprès de ta sœur, non ? Elle est drôlement nerveuse. Je suis sûre qu'elle regrette ce qu'elle t'a dit.

— Ouais, t'as sûrement raison, acquiesce-t-il en se levant avec difficulté de son siège. Hé, ça t'intéresserait pas, des fois ?

— Quoi donc ?

— Ben... moi. Jamais je grugerais le gouvernement. J'ai un diplôme d'expert-comptable, pour ça.

Je souris, surprise bien que flattée.

— Merci beaucoup. À un autre moment, j'aurais saisi la balle au bond, mais comme je te l'ai confié, je relève d'une mauvaise expérience, et il vaudrait mieux que je ne brusque pas les choses.

— Ouais, soupire-t-il. Tout est une question de timing. Allez, bonne nuit.

— Bonne nuit. Et bonne chance pour Satan's Shadow.

Il agite la main et disparaît. Quant à moi, je fonce vers ma chambre avec mon seau.

---

1. Soit *L'Ombre de Satan*.

À la fin du XIXe siècle prédominèrent les robes à manches bouffantes, celles-là même que la jeune héroïne Anne Shirley rêvait de porter dans la série de classiques pour enfants *Anne... La Maison aux pignons verts*. Les jupes, plus longues que jamais, exigeaient des femmes qu'elles les relèvent pour traverser la rue, révélant ainsi des jupons de dentelle, accessibles à toutes grâce à la production de masse.

De leur côté, les pantalons bouffants d'Amelia Bloomer trouvèrent d'ardentes supportrices chez les jeunes adeptes d'une invention récente, la bicyclette. Les réprimandes, qu'elles viennent de leurs parents, des prêtres ou des journaux n'y firent rien – ces demoiselles continuèrent à s'afficher en « bloomers » tout en pédalant avec ardeur.

Histoire de la mode (mémoire de maîtrise),
Élizabeth Nichols.

18

Sa parole était comme une source qui coule
Et saute de rochers en roses.
Winthrop Mackworth Praed (1802-1839), poète anglais.

J'ai réussi à effacer les taches de rouille.

Je sais. J'ai du mal à y croire moi-même. Cette nuit, j'ai laissé tremper la robe, et je suis descendue ce matin – à l'aube, ai-je eu l'impression, bien qu'un coup d'œil à mon portable m'ait appris qu'il était huit heures – à la cuisine pour la rincer dans l'évier, qui est beaucoup plus grand que celui de la salle de bains.

Je vous jure que c'est la seule raison. Cela n'a rien à voir avec ma crainte que Dominique me surprenne et exige que je lui donne la Givenchy, à présent que je l'ai sauvée. Vrai de vrai. Ça n'a aucun rapport.

La tenue est sauvée, mais il reste du boulot. Il faut que

je répare la bretelle déchirée et que je recouse l'ourlet. Enfin, un bon coup de fer s'imposera quand elle sera sèche. N'empêche. J'y suis parvenue. La rouille a disparu.

Un miracle français.

Je contemple mon œuvre avec une satisfaction extasiée quand une voix, derrière moi, lance :

— Tu l'as fait !

Je manque de mourir d'une crise cardiaque.

— Omondieu !

J'ai hurlé et me suis retournée d'un bond. Luke se tient dans l'encadrement de la porte, un sourire aux lèvres, l'air passablement excité.

— Tu cherches à m'assassiner, ou quoi ?

— Désolé. Je ne voulais pas t'effrayer. Tu as gagné ! Il n'y a plus de taches.

Mon cœur bat la chamade, mais je dois avouer que ce n'est pas seulement parce qu'il m'a surprise. C'est aussi parce qu'il est splendide, dans la lumière matinale. Ses joues rasées de frais sont encore roses, et les pointes de ses cheveux mouillés rebiquent au-dessus du col de son polo bleu. Il a remis le jean qu'il portait la première fois que je l'ai vu, le Lévis qui colle si bien à son petit cul, ni trop serré ni trop large. On dirait un de ces colis parfaits que viendrait de larguer un hélicoptère – vous savez, le garçon idéal expédié à une jeune fille dans le besoin sur une île déserte. Cette nana étant moi, et l'île déserte ma vie. Sauf que, bien sûr, je n'ai aucun droit sur lui.

Ce qui, indubitablement, le soulage, lorsque son regard glisse de la robe que je tiens à mes nippes, en l'occurrence mon jean de chez Sears et un T-shirt Run Katie

Run[1]. Après tout, Mme Thibodaux a été très claire sur ce qui nous attendait aujourd'hui : transbahuter des tables et des chaises pour la cérémonie de demain. Je ne voudrais pas salir une de mes jolies fringues.

En plus, n'ayant pas le courage de me coiffer, j'ai rassemblé mes cheveux en une queue-de-cheval qui jaillit du sommet de mon crâne. Par bonheur, je suis maquillée. Un peu. Assez pour atténuer le caractère porcin de mes yeux.

— De la crème de tartre, hein ?

C'est tout ce que Luke trouve à dire, cependant que ses prunelles reviennent à la robe. Ouf ! J'ai le sentiment d'être sur des charbons ardents quand ces sombres pupilles se fixent sur moi.

— Efficace, hein ? je réponds en donnant une pichenette ravie au tissu. Bien sûr, ça n'agit pas toujours aussi vite. Il arrive qu'on soit obligé de pratiquer plusieurs trempages de suite. À mon avis, ce fusil n'a pas été enveloppé dedans très longtemps. La graisse et la rouille n'ont pas vraiment imprégné la soie. Il ne me reste plus qu'à la réparer et à la repasser, et elle sera comme neuve. Celle à qui elle appartient va être folle de joie de la récupérer dans un aussi bon état.

— J'ai bien peur que traquer sa légitime propriétaire se révèle un peu difficile, objecte Luke en souriant. Mirac a vu défiler pas mal de jeunes mariées en quelques siècles.

---

1. T-shirt sur lequel est dessinée la silhouette d'une jeune femme qui s'enfuit au-dessous du slogan *Run Katie Run* (littéralement, « *Sauve-toi, Katie, sauve-toi* »), création de l'artiste et styliste Sheila Cameron qui s'est amusée à lancer sur le Net une campagne de libération de l'actrice Katie Holmes des griffes de Tom Cruise en produisant d'abord des T-shirts « Free Katie ». L'énorme succès rencontré l'a poussée à produire tout une série de T-shirts détournant ainsi l'image de célébrités, des slogans politiques et publicitaires.

— Inutile de remonter aussi loin. La robe date de la fin des années 1960 ou du début des années 1970. Quoique, avec Givenchy, ce soit dur à déterminer, crois-moi. Ses lignes sont d'un tel classicisme... Les caprices des tendances à la mode l'ont vraiment laissé indifférent.

— Les caprices des tendances à la mode, répète-t-il avec un sourire encore plus large.

— Je trouvais l'expression bonne, lui dis-je en m'empourprant.

— Oh, elle l'est ! Tu m'as convaincu. Je pars chercher les croissants. Tu m'accompagnes ?

— Pardon ?

— Le petit déjeuner. Je descends en ville acheter de quoi nourrir la horde sauvage avant que les gens se lèvent. Je sais que tu ne connais pas encore Sarlat. Je pense que le bourg te plaira. Alors, ça te tente ?

S'il m'invitait à aller à la journée « Familles en fête » de Gap, lorsque les employés du magasin font trente-cinq pour cent de remise à leurs amis et aux membres de leur famille sur tous les produits de la marque – mon enfer sur terre, ainsi que je l'ai signalé –, j'accepterais. C'est vous dire à quel point je suis mordue.

Reste cependant à régler un petit détail sans importance.

— Hum... où est Dominique ?

Voilà, d'après moi, une façon gentille et neutre de lui demander si sa chérie est également de l'expédition. Sans cependant lui balancer dans les gencives un truc aussi rustaud que : « Ta copine vient ? », qui risquerait de laisser croire que je ne l'apprécie pas, ou que je tiens à n'y aller que si c'est seule avec lui, bref quelque chose de ce genre. Ce serait une erreur d'interprétation. Une grosse erreur, même. Certes, si elle venait, je trouverais sans doute une meilleure occupation ailleurs. Parce que tenir la chandelle à ces deux-là n'est pas franchement en tête de mes priorités. Et ne correspond pas à l'idée que je me fais de vacances sympas en France.

— Elle dort encore, me renseigne-t-il. Un peu trop de champagne avec maman hier soir.

Je tâche de conserver ma sérénité et lâche :

— Oh, le temps d'accrocher ça, et j'arrive.

— Je t'attends dans la voiture.

Il indique, de l'autre côté de la porte qui donne derrière la cuisine, la Mercedes décapotable.

Je file comme le vent. Après avoir suspendu la robe à la patère de ma chambre (mais comment se débrouillaient les domestiques de l'ancien temps avec leurs uniformes ?) et mis un seau dessous pour éviter d'inonder le plancher, j'attrape mon sac à main et dégringole l'escalier.

Luke est assis derrière le volant. Seul. Autour de nous, l'air du matin embaume la fraîcheur, comme du linge propre, et le soleil déjà chaud caresse agréablement ma peau. Il règne un silence complet, mis à part le chant des oiseaux et les reniflements du terrier Patapouf, venu flairer du côté de la cuisine, dans l'espoir de quelques bons restes.

— Prête ?

En dépit de mes efforts, ma poitrine explose et laisse échapper mon cœur, lequel se met à voleter autour de ma tête, soudain armé de deux petites ailes. On se croirait dans un dessin animé.

— Oui.

Je susurre ce oui d'une voix presque normale – je vous rappelle que mon cœur fait de la voltige –, avant de m'asseoir rapidement à côté de Luke.

Et puis quoi ? Je suis en vacances ! Rien de plus normal qu'un béguin de rien du tout ! En un sens d'ailleurs, mieux vaut que ce soit avec Luke, qui est pris, plutôt que... Blaine, par exemple. Parce que si je sortais avec Blaine, qui est disponible, l'expérience pourrait se révéler émotionnellement risquée, dans la mesure où l'histoire avec Andy m'a fragilisée. Non, il n'est pas inquiétant que j'aie un petit penchant pour Luke. Aucun danger. Car ça ne donnera rien. Nada. Zéro.

Le trajet sur le chemin que nous avons mis tant de temps à monter il y a deux soirs est hilarant. Je suis ballottée dans tous les sens, au point d'être obligée de m'accrocher à mon siège sous peine de passer par-dessus bord. Luke et Chaz, néanmoins, ont accompli un sacré boulot lorsqu'ils ont élagué les branches.

Soudain, nous débouchons du couvert des arbres sur la route qui longe la rivière. Je l'ai déjà empruntée, mais de nuit. La beauté des lieux me coupe le souffle.

— C'est magnifique !

La rivière coule, nimbée de soleil, entre deux larges berges herbeuses au-dessus desquelles de grands chênes projettent leur vaste ramure, offrant une ombre bienvenue aux baigneurs et canoteurs.

— La Dordogne, dit Luke. Quand j'étais gosse, je la descendais en rafting. Pas qu'il y ait des rapides. Nous nous contentions de pneus gonflables. C'est une balade charmante et paresseuse.

Impressionnée par tant de splendeur naturelle, je secoue la tête.

— Je ne comprends pas que tu puisses retourner à Houston quand tu as tout ça à disposition ici.

— Je n'ai encore rien, s'esclaffe-t-il. Et j'ai beau adorer mon père, je n'aime pas particulièrement vivre en sa compagnie.

— Oui, je murmure avec tristesse. Ta mère non plus, apparemment.

— Il la rend dingue. Elle a l'impression qu'il ne s'intéresse qu'à ses vignes. Lorsqu'il est à Mirac, il y consacre tout son temps et, lorsqu'il est avec elle au Texas, il le passe à s'en inquiéter.

— Mais il aime tellement Bibi. Elle ne s'en aperçoit donc pas ? Il la couve des yeux.

— Il faut croire qu'elle a besoin de plus. D'une preuve concrète que, en son absence, il pense à elle aussi. Et pas qu'à son vignoble.

Je réfléchis à ça quand, au détour d'un virage, surgit le moulin des Laurent. Mme Laurent est dehors, en train d'arroser les milliers de fleurs qui ornent son jardin arboré.

— Oh ! La mère d'Agnès ! *Bonjour ! Bonjour, madame** ! je crie en agitant le bras.

La cuisinière relève la tête et me répond joyeusement.

— Eh bien, tu m'as l'air d'extrêmement bonne humeur, ce matin, souligne Luke.

En rougissant, je replonge dans mon fauteuil, embarrassée d'avoir montré combien je suis contente d'avoir vu Mme Laurent chez elle. Je cherche à me justifier :

— C'est parce que l'endroit est aussi joli. Je suis... heureuse. Si heureuse d'être ici.

Je manque d'ajouter « Avec toi. » Pour une fois cependant, j'arrive à la boucler avant de commettre une nouvelle gaffe.

— Je te soupçonne d'être le genre de personne qui est toujours de bonne humeur, déclare Luke en bifurquant en direction de la ville fortifiée et perchée sur une hauteur que j'ai distinguée au loin, le soir de mon arrivée. Sauf quand tu as découvert que ton petit ami était un escroc, bien sûr, ajoute-t-il avec un clin d'œil.

Encore mortifiée, je lui adresse un petit sourire gêné. Pourquoi, parmi les innombrables personnes à qui j'aurais pu confier mes déboires sentimentaux, a-t-il fallu que je le choisisse, LUI ?

Par bonheur, la minute d'après, alors que nous entrons dans Sarlat, j'oublie mon dépit pour me régaler du spectacle de tous les géraniums rouges qui dégoulinent des jardinières accrochées aux fenêtres, des étroites rues pavées, des paysans qui se rendent d'un bon pas vers le marché en plein air avec leurs paniers remplis de baguettes et de légumes. On dirait la version cinématographique d'un village médiéval français. Sauf que nous ne sommes pas au cinéma. Non. C'est un vrai village médiéval ! Et je me trouve au beau milieu de cette réalité !

Luke se gare devant un vieux magasin suranné sur la vitrine de laquelle est écrit en lettres d'or « *Boulangerie** ». Des arômes de pain frais s'en échappent qui déclenchent les gargouillis de mon estomac.

— Ça ne t'ennuie pas d'attendre dans la voiture ? me demande Luke. Comme ça, je n'aurais pas besoin de chercher une place de parking. J'en ai pour une seconde, j'ai passé la commande par téléphone.

— *Pas un problème**, dis-je en croisant les doigts pour que ça signifie « pas de problème ».

En tout cas, il a l'air de me comprendre, car il sourit et disparaît dans la boutique.

Hélas, mes aptitudes en français sont mises à l'épreuve une seconde plus tard, quand une vieille dame élégante s'approche de la voiture et commence à jacasser à toute vitesse. Le nom « Jean-Luc » est le seul mot que je reconnaisse.

— *Je suis désolée, madame, mais je ne parle pas fr**...

Sans me laisser terminer, la femme, scandalisée, s'exclame dans un anglais aux intonations très françaises :

— Mais je croyais que la *petite amie** de Jean-Luc était française !

Heureusement, je sais ce que veut dire « *petite amie* ».

— Oh, ce n'est pas moi, je m'empresse de lui expliquer. Je ne suis qu'une connaissance en visite à Mirac. Luke est dans la boulangerie...

— Ah ! souffle la vieille dame, instantanément soulagée. J'ai reconnu la voiture, voyez-vous, et j'ai cru que... pardonnez-moi. J'avoue que j'étais sous le choc. Que Jean-Luc n'épouse pas une Française... ce serait un scandale !

Notant le foulard noué avec soin – un carré Hermès, sans aucun doute – et son tailleur de lainage léger (elle doit cuire, là-dedans), je lance :

— Vous êtes sûrement une amie de M. de Villiers, non ?

— Oh, nous nous connaissons depuis des années. Nous avons tous été très choqués quand LUI a épousé cette femme du Texas. Dites-moi, ajoute-t-elle en plissant ses yeux impeccablement maquillés, est-elle là en ce moment ? Mme de Villiers ? Une rumeur court, selon laquelle...

— Hum... Oui. Sa nièce se marie ici demain, et...

— Madame Castille ! s'écrie Luke en sortant du magasin, chargé de deux grands sachets en papier. Quel plaisir !

Je remarque toutefois que, malgré le sourire qui étire ses lèvres, ses yeux restent froids.

— Jean-Luc ! minaude la vioque en rosissant de joie. Quoi de plus naturel ? Mettez-vous à sa place.

Puis elle se lance dans un discours véhément, face auquel Luke, je le devine, est complètement désarmé. Voilà pourquoi, lorsque Mme Castille s'interrompt pour reprendre haleine, je lance :

— Luke ? Ne devrions-nous pas rentrer ? Les gens vont se lever et exiger leur petit déjeuner.

— Tu as raison, s'empresse-t-il d'acquiescer. Nous sommes obligés de nous sauver, madame Castille. J'ai été ravi de vous revoir. Je ne manquerai pas de transmettre vos salutations à mon père.

Luke attend que nous nous soyons éloignés pour soupirer et lâcher :

— Merci. J'ai cru qu'elle allait me tenir la jambe toute la journée.

— Elle semble beaucoup t'apprécier, fais-je remarquer avec une nonchalance étudiée. Elle a cru que j'étais ta petite amie et a failli avoir une attaque en découvrant que je n'étais pas française. D'après ce que j'ai compris, que ton père épouse une Américaine a provoqué pas mal de remous.

Il accélère plus que nécessaire.

— La seule personne à avoir mal réagi, c'est elle. Elle court après mon père depuis qu'ils sont gosses. Et maintenant que lui et ma mère sont sur le point de se séparer, elle guette le moment où elle pourra lui mettre le grappin dessus.

— C'est idiot. Ton père aime encore ta mère, non ?

— Si. Quoique je le vois bien épouser la sorcière rien que pour avoir la paix. Au fait, je t'ai acheté quelque chose.

Il pousse vers moi les sacs posés entre nous d'où émanent des parfums divins.

— Un croissant ? je demande en ouvrant le plus gros.

Un nuage de vapeur odorante me saute au visage. Les viennoiseries sont encore chaudes. Je le remercie en décidant de ne pas mentionner mon régime.

De toute façon, je l'ai plus ou moins laissé tomber depuis ces merveilleux petits pains du wagon-restaurant.

— Pas celui-là, me reprend-il. L'autre.

Rougissante, j'ouvre l'autre sachet. Les yeux manquent de me sortir de la tête. Pour la deuxième fois de ma vie, j'en ai le sifflet coupé.

— Wouah ! Com... comment as-tu deviné ?

— Une vague allusion de Chaz.

Je m'empare des six boîtes emperlées de buée.

— Elles... elles sont toutes fraîches !

— Qu'est-ce que tu crois ? me rétorque-t-il un peu sèchement. Sarlat a certes l'air antique, les progrès modernes y sont quand même parvenus.

J'ai beau savoir que c'est ridicule, les larmes me montent aux yeux. Je m'efforce de les sécher en clignant rapidement des paupières, guère désireuse que Luke s'aperçoive que je pleure de joie parce qu'il m'a offert du Coca light. Ce n'est pas tellement la boisson en elle-même, d'ailleurs. C'est le geste.

— M-merci. T-tu en veux un ?

Autant me cantonner à des phrases courtes, sinon ma voix va me trahir.

— De rien. Et non. Je préfère avaler ma caféine à l'ancienne, en buvant un bon colombien. Alors, qu'as-tu décidé ?

— À propos de quoi ?

— De la décision à prendre à ton retour aux États-

Unis. Tu comptes rester à Ann Arbor ou déménager à New York ?

J'ouvre une des canettes. Le *pschitt* me paraît aussi musical que les gargouillis de la rivière.

— Oh ! Je n'en ai aucune idée. J'ai envie de m'installer à New York, avec Shari. Sauf que... qu'est-ce que j'y ferais ?

— À New York ?

— Oui. Soyons réalistes. On ne va pas très loin avec une maîtrise sur l'histoire de la mode. Je ne sais pas ce qui m'a pris de choisir ce sujet.

— Je suis sûr que tu finiras par trouver quelque chose, répond-t-il avec un sourire énigmatique.

— C'est ça ! Et puis, je ne suis pas encore diplômée. Il me reste à pondre un mémoire. Sans diplôme, pas de boulot.

— Tout dépend du poste visé.

Je prends une gorgée de Coca. Les bulles picotent ma langue. Nom d'un chien ! Qu'est-ce que ça m'a manqué !

— Il serait peut-être plus simple que je reste à Ann Arbor l'an prochain.

— Histoire de voir si tu peux te rabibocher avec... comment s'appelle-t-il, déjà ?

Je suis tellement estomaquée que je manque recracher la deuxième gorgée que je viens d'avaler. Un seizième de mes six précieuses canettes !

Je déglutis et je braille :

— QUOI ? Me rabibocher avec... Mais qu'est-ce que tu racontes ?

— Je vérifiais, c'est tout. Comme tu parles de rester à Ann Arbor... c'est bien là qu'il sera, non ?

— Oui, sauf que ce n'est pas la raison. À Ann Arbor,

au moins, j'ai mon travail. Je pourrai vivre chez mes parents et économiser avant de rejoindre Shari au mois de janvier.

Si elle n'a pas déjà trouvé d'autre colocataire, s'entend.

— Voilà qui ne ressemble guère à la fille que j'ai rencontrée dans le train, commente Luke en tournant sur le sentier menant à Mirac. Celle qui est partie en France sans même savoir si elle aurait un endroit où loger à l'arrivée.

— Faux ! J'étais certaine que Shari était dans les parages. Je me doutais que je ne serais pas seule.

— Tu ne serais pas seule à New York non plus.

— Ça te va bien de dire ça ! Pourquoi n'y vas-tu pas, à New York, toi ? Tu m'as avoué avoir été accepté à la fac, là-bas.

— Ouais, sauf que j'ignore si j'ai vraiment envie d'abandonner un salaire à six chiffres pour redevenir étudiant...

— Tu préfères sans doute aider les riches à gagner encore plus d'argent que sauver des vies ?

— Ouille ! Tu n'y vas pas de main morte.

Je hausse les épaules. Enfin, j'essaie. Parce que je suis secouée comme un prunier, dans cette voiture. Au point que j'ai du mal à préserver le précieux élixir contenu dans la boîte ouverte.

— J'ai conscience que gérer des portefeuilles d'actions est un boulot important. N'empêche, si tu es encore meilleur en soignant les malades, ce serait du gâchis que d'y renoncer, non ?

— Certes, mais je ne sais justement pas si c'est le cas.

— Comme je ne sais pas si je serai assez bonne pour que quelqu'un, à New York, accepte de m'embaucher.

— Et, insiste-t-il, comme une certaine personne ne

cesse de me le seriner, tu ne l'apprendras pas si tu n'essayes pas.

À cet instant, nous émergeons sur le plateau. De jour, le site est encore plus impressionnant que de nuit. Même si Luke ne semble pas s'en apercevoir. Sans doute parce qu'il l'a vu tant de fois.

— C'est différent pour toi, Luke. Tu as déjà quelque chose entre les mains. On te paye un salaire à six chiffres pour ça. Devine un peu combien je gagne, moi ? Huit dollars de l'heure à *Vintage Volage*. Tu imagines où ça te mène, huit dollars de l'heure, à New York ? Moi, non. Mais je devine que ce n'est pas très loin.

Je jette un coup d'œil à mon voisin, histoire de jauger sa réaction. Il sourit comme un débile !

— Tu es comme ça avec tout le monde ? me demande-t-il. Où suis-je un veinard parce que, dans un moment de faiblesse, tu m'as révélé tes secrets les plus intimes ?

— Tu as promis de n'en rien dire ! Surtout à Shari. Et surtout au sujet du mémoire...

Il se gare le long du château, coupe le contact et plonge ses yeux dans les miens, sérieux à présent.

— Hé ! J'ai juré, je te rappelle. Je suis digne de confiance, figure-toi.

Et, en ce moment, tandis que nous nous dévisageons, séparés par un sac de croissants, je suis prête à parier qu'il se passe quelque chose... que quelque chose passe entre nous. J'ignore de quoi il s'agit, mais ça ne ressemble pas aux fois où j'ai cru qu'il allait m'embrasser. Il n'y a rien de sexuel là-dedans. C'est plus comme... une sorte de compréhension mutuelle. Comme si nous reconnaissions que nous sommes sur la même longueur d'ondes spirituelle. Une espèce d'attirance magnétique...

Ou alors, c'est à cause de l'odeur des croissants. Voilà drôlement longtemps que je n'ai pas mangé de pâtisserie.

Quoi que soit ce machin, la seconde d'après il vole en éclats, quand Vicky ouvre la porte de la cuisine à la volée et, debout sur le seuil en kimono bleu pâle, lâche :

— Qu'est-ce qui vous a pris aussi longtemps ? On meurt de faim, dans cette baraque. Je vous signale que, si je ne mange pas dès que je me lève, je fais de l'hypoglycémie.

L'instant privilégié qui nous unissait, Luke et moi, disparaît aussi rapidement qu'il est apparu.

— Tiens, voilà de quoi soigner ton hypoglycémie, répond joyeusement Luke en attrapant le sachet de croissants.

Lorsque Vicky rentre dans le château en tapant des pieds comme une fillette, il m'adresse un clin d'œil.

— Tu vois, je soigne déjà les gens.

Les débuts du XXᵉ siècle sont couramment surnommés la « Belle Époque ». Il faut admettre que les tendances haute couture de ces années-là furent merveilleuses – crinières énormes, décolletés plongeants et tonnes de dentelles (voir : Winslet, Kate, in *Titanic*, et Kidman, Nicole, in *Moulin rouge*). Les femmes déployèrent une extraordinaire énergie pour ressembler à une « fille Gibson » (personnage créé par un artiste fort populaire d'alors[1]), y compris « princesse » Alice Roosevelt, l'aînée du président, qui aimait à arborer des chignons à la Pompadour comme une fille Gibson, une coiffure somme toute assez peu compatible avec son hobby préféré, à savoir « rouler à fond les gamelles ».

Histoire de la mode (mémoire de maîtrise),
Élizabeth Nichols.

---

1. Charles Gibson (1867-1944), illustrateur américain ayant publié dans de nombreux magazines de l'époque. La « *Gibson girl* », véritable icône, avait une masse de cheveux ramassée sur le sommet de la tête (la fameuse coiffure à la Pompadour), une poitrine fort généreuse, une taille bien trop fine pour être vraie. Elle est l'incarnation de la confiance en soi.

19

Gardez le silence le plus souvent,
Ne parlez que quand il le faut,
Et soyez bref.
Épictète (vers 50 ou 55-125 ou 130), philosophe stoïcien grec.

Le reste de la matinée est une frénésie de livraisons. Le premier camion à débouler apporte la piste de danse, la scène et la sono destinées aux musiciens du mariage – en l'occurrence, pas le quartet qui, d'après Luke, est le plus souvent loué pour les noces se déroulant à Mirac, mais la groupe de Blaine, Satan's Shadow. Tandis que les ouvriers de l'entreprise s'affairent à installer tout ça, un autre poids lourd débarque, rempli cette fois de tables et de chaises pliantes pour le dîner de ce soir et la réception de demain, lesquels se dérouleront tous deux sur la pelouse. Au passage, le chauffeur se débrouille pour briser toutes les branches que Chaz et Luke n'ont pas réussi à atteindre ; ce qui les oblige, malheureusement, à retourner sur le chemin pour ramasser ce qui est tombé. Il faut également aider à décharger.

Alors que Shari, Chaz, Blaine – qui, ses potes n'étant pas encore arrivés, a décrété s'ennuyer et s'est mis à donner un coup de main – et moi terminons de sortir les dernières chaises du camion, une fourgonnette se pointe, avec à son bord toute la nourriture que le cuisinier d'un restaurant local et son équipe prépareront pour les festivités. Nous sommes réquisitionnés pour la transporter dans la cuisine, où Mme Laurent supervise son stockage, cependant que le chef est déjà à l'ouvrage, tartinant les canapés destinés au cocktail qui se tiendra en début d'après-midi.

C'est le moment que choisissent les invités pour s'amener, qui à bord de voitures de location, qui ramené de la gare par Dominique, laquelle a joliment manœuvré pour éviter toute besogne un peu rude en se proposant comme chauffeur. Le futur marié est le premier à arriver, en compagnie de ses ahuris de parents. Je suis curieuse de découvrir le génie en informatique que Vicky a préféré au magnat du pétrole que sa mère lui avait choisi, et j'avoue que, quand je le vois, je comprends. Non que le promis soit beau. Oh que non.

Mais lorsque sa future surgit de la maison en gémissant que tout va mal, entre ses amies qui n'ont toujours pas de chambre à l'hôtel et Blaine qui lui a balancé qu'elle avait l'air grosse dans la robe qu'elle portera au dîner de ce soir, Craig lui répond avec autant de flegme que celui avec lequel ses parents ont réagi devant la splendeur de Mirac :

— Tout va bien, Vic.

Sur quoi, elle arrête aussitôt de pleurer.

Ça ne dure pas longtemps, néanmoins. Quand sa demi-douzaine de copines, blondes et jolies comme elle, descendent d'un minibus et, telle une volée de moineaux maladroits, se précipitent vers elle pour l'embrasser en trébuchant sur leurs hauts talons, Vicky se remet à se répandre comme une fontaine, tandis que Craig, imperturbable, entraîne ses parents en direction des vignes, où un M. de Villiers jubilant piaffe d'impatience à l'idée de leur faire visiter sa cave.

Le château ne tarde pas à être assailli par ce qui se trouve être le gratin de Houston, matrones engoncées dans des tailleurs traînant derrière elles des bonshommes en blazers bleu marine avec lesquels Dominique semble être comme un poisson dans l'eau. En revanche, cette bonne société sourcille quand les membres de Satan's Shadow déboulent dans une camionnette à l'allure pour le moins peu respectable et sont accueillis par Blaine au son de leur diabolique cri de ralliement, lequel implique de se renverser en arrière et d'ululer à gorge déployée. Ce qui amène Vicky à se ruer dans le château en glapissant : « Maaaa-maaaaannn ! » tandis que Shari, qui est en train de m'aider à napper la dernière des vingt-cinq tables, secoue la tête en marmonnant : « Bon sang ! Qu'est-ce que je suis contente d'être fille unique. »

Puis les serveurs du restaurant font leur apparition, et je suis très heureuse de leur passer la main, ce qui nous permet de filer dans nos chambres afin de nous changer avant le cocktail. Une étape indispensable, puisque nous serons en charge du bar pendant les réjouissances – les bouteilles de champagne et de vin seront fournies par M. de Villiers. Personnellement, je n'ai guère envie de dégoûter les uns et les autres avec les marques de transpiration qui imprègnent mon T-shirt. Et si je ne suis pas une pro de l'ouverture des bouteilles de vin, le reste de la journée promet d'être très intéressant.

Je viens juste de descendre quelques marches, rafraîchie et à peu près présentable dans une robe sans manches en lin signée Anne Fogarty[1], quand je manque de heurter un groupe de personnes montant à l'assaut de l'escalier. À leur tête, Luke, qui trimballe deux valises ayant l'air de peser leur poids.

— Crois-moi, fiston, est en train de lui dire un chauve corpulent en pantalon d'été et polo noir, c'est une opportunité que tu ne peux te permettre de louper. J'ai tout de suite pensé à toi quand le poste a été évoqué.

Derrière lui rôde Ginny Thibodaux, tout essoufflée.

— M'as-tu écoutée, Gerald ? se plaint-elle. Je crois que Blaine s'est remis à fumer. Il sentait la cigarette, je te jure. Ce tabac étranger que lui et ses amis apprécient tant...

À sa traîne, Vicky récrimine :

— Il faut que tu lui parles, maman. Il vient de décréter que lui et son crétin de groupe ne joueraient pas de reprises. Ils veulent s'en tenir à leurs propres chansons. Comment suis-je censée ouvrir le bal avec mon père sur un truc qui s'appelle *Le fouet de Cheetah* ?

— Je n'en sais rien, chérie. Ton frère n'est plus le même depuis que Nancy l'a quitté. J'aimerais tant qu'il rencontre une gentille fille. Une de tes amies ne...

— Bon Dieu, m'man ! Aurais-tu l'obligeance de t'inquiéter pour autre chose que des futilités, une fois n'est pas coutume ? Qu'allons-nous devenir sans reprises ? Il

---

1. Styliste américaine (1919-1980), surtout connue pour ses jupons et ses robes bouffantes des années 1950. Elle lança également le bikini.

est hors de question que Craig et moi dansions sur une musique intitulée *Je veux te défoncer la chatte*, alors que nous sommes à peine mariés.

— Salut ! me lance Luke en souriant, tandis que je m'écarte. Quelle élégance !

Je le remercie tout en observant prudemment le chauve.

Le père tant attendu de Vicky, j'imagine.

— Penses-y, fiston, continue ce dernier. C'est une occasion en or.

— Je n'y manquerai pas, oncle Gérald, élude Luke en me gratifiant d'un clin d'œil.

Il continue à grimper l'escalier, les Thibodaux derrière lui, bavassant comme un nid de pies sans s'écouter pour autant. Filant vers le rez-de-chaussée, je découvre Mme de Villiers et Dominique en plein tête-à-tête. Elles parlent cependant assez fort pour que leur échange parvienne jusqu'à moi.

— ... ouvrir un bureau à Paris, jacasse la Canadienne, surexcitée. Gerald estime que Jean-Luc est l'homme de la situation. C'est une offre incroyable. Beaucoup plus de responsabilités – et d'argent – que chez Lazard Frères. Thibodaux, Davies et Stern est un cabinet d'investissement des plus select.

— Je connais l'entreprise de mon beau-frère, rétorque Bibi, une pointe d'ironie dans la voix. En revanche, j'aimerais bien savoir quand Luke a pris la décision de s'installer à Paris.

— Vous plaisantez ? s'exclame Dominique. Ç'a toujours été le rêve de notre vie !

Ces mots « le rêve de NOTRE vie » me figent sur place. Ensuite, la blonde se précipite vers les marches à la poursuite de Luke, s'apercevant à peine de ma présence, si ce n'est pour m'adresser un petit sourire pincé.

Ainsi, l'oncle de Luke lui a proposé un boulot. Dans la finance. Pour un salaire bien plus important que ce qu'il gagne actuellement. Que cette nouvelle m'affecte avec autant d'ampleur est d'un ridicule consommé. Parce que, enfin ! je n'ai rencontré ce garçon qu'il y a deux jours. Je n'éprouve qu'un vague béguin pour lui. Rien qu'un petit béguin. Ce truc, ce matin dans la voiture, ce truc que j'ai cru sentir passer entre nous... ce n'était sans doute que mon immense gratitude envers lui pour m'avoir acheté six canettes de Coca light. C'est tout. Pourtant, inutile de le nier, une boule m'obstrue la gorge. Paris ! Il ne peut pas déménager à Paris ! C'est déjà assez pénible comme ça qu'il vive à Houston ! Alors, là, mettre tout un OCÉAN entre nous deux ? Des clous.

Qu'est-ce qui me prend ? Je suis folle, ou quoi ? Ce ne sont pas mes oignons. PAS mes oignons.

En tout cas, c'est ce que je me répète tandis que je descends les dernières marches... et tombe sur Mme de Villiers, qui s'est affalée dans un des canapés en velours du hall, passablement perturbée. Elle m'accueille avec un bref sourire puis, toujours aussi troublée, se replonge dans ses pensées.

Je m'éloigne, sachant qu'on m'attend, dehors. Je perçois le murmure des invités qui commencent à se rassembler sur le gazon pour l'apéritif. Les bouteilles de champagne ne demandent qu'à être ouvertes, et j'ai promis d'aider. Mais, soudain, j'ai le sentiment que certaine personne a besoin d'aide, de façon plus urgente. C'est peut-être MES oignons, finalement. Sinon, pourquoi Luke et moi nous serions-nous retrouvés assis l'un à côté de l'autre dans ce train ? Certes, il n'y avait pas d'autres sièges disponibles. Mais POURQUOI n'y en avait-il pas ? Sûrement parce que j'étais SUPPOSÉE m'installer près de lui. Afin de pouvoir faire ce que je m'apprête à faire. À savoir : le sauver. C'est la raison pour laquelle je change d'avis, me retourne et rejoins le coin où Mme de Villiers est assise. En me voyant debout devant elle, elle lève les yeux.

— Oui, ma chère ? s'enquiert-elle d'une voix hésitante. Excusez-moi, j'ai oublié votre nom...

— Lizzie.

Mon pouls s'affole. Mon initiative me scotche. D'un autre côté, je sens qu'elle relève de mon devoir, en qualité de présentatrice en chef de Radio Lizzie, s'entend.

Je précise que je m'appelle Lizzie Nichols et j'ajoute :

— Je n'ai pas pu m'empêcher d'entendre ce que Dominique vient de vous apprendre. Je voulais juste vous dire, et strictement entre nous, que je ne suis pas certaine que ça soit entièrement vrai.

Mme de Villiers tressaille. C'est vraiment une très belle femme. Je comprends pourquoi son époux est aussi amoureux d'elle et tout aussi déprimé qu'elle ne ressente pas la même chose pour lui.

— Qu'est-ce qui n'est pas entièrement vrai, très chère ?

— Que Luke parte s'installer à Paris. (Je parle à toute vitesse, de peur qu'on nous interrompe avant que j'aie vidé mon sac. Ou par crainte de reprendre mes esprits.) Je sais que Dominique tient à y aller, mais je ne suis pas sûre que ce soit le cas de Luke. En réalité, il caresse l'idée de suivre des études de médecine. Il a déjà postulé à l'université de New York, avec succès. Il n'en a parlé à personne. Enfin, sauf à moi. Parce qu'il hésite encore.

Personnellement, je crois que, s'il n'y va pas, il le regrettera toute sa vie. Il m'a expliqué que, petit, il souhaitait devenir médecin, et que seule la longueur du cursus l'avait retenu. Quatre années de plus, ou plutôt cinq, vu qu'il est obligé de suivre des cours de mise à niveau et d'obtenir les UV de sciences nécessaires avant même de commencer...

Ma voix faiblit au fur et à mesure que je me rends compte, devant l'expression abasourdie de Bibi, à quel point mes délires doivent paraître idiots.

— Des études de médecine ? murmure Mme de Villiers dont les yeux sont soulignés d'un bleu pâle qui met en valeur les nuances vertes de ses yeux noisette.

Nuances encore plus visibles quand elle ouvre de grands yeux, exactement comme en ce moment.

— Petit, Luke a toujours voulu être médecin, reprend-elle d'une voix aiguë et haletante. Il ne cessait de rapporter des animaux malades ou blessés à la maison afin de les soigner. Ici et à Houston...

— Il me semble qu'il aimerait ça par-dessus tout, mais je ne crois pas que transformer Mirac en une maison de repos pour patientes relevant de liposuccion soit un bon substitut à...

— QUOI ?

Une expression horrifiée traverse le visage de Mme de Villiers.

Omondieu ! Pourvu que je n'aie pas recommencé !

Malheureusement, vu la tête que tire Bibi, je suis obligée de convenir que si. Elle a l'air aussi choquée que si je venais de lui annoncer que Jimmy Choo[1] ne dessine

---

1. Le chausseur de ces dames d'Hollywood.

plus les chaussures qui portent sa signature. Ce qui est le cas.

Bon... Dominique n'a visiblement pas encore briefé les parents de Luke sur ce projet de liposuccion. Je me racle la gorge. Les choses sont en train de tourner au vinaigre, ce qui n'était pas du tout mon intention au départ. Je ne voulais pas vendre la mèche quant à la folie des grandeurs de la Canadienne. Je souhaitais juste confier à Mme de Villiers que son fils nourrit un rêve secret... un rêve que, maintenant que j'y songe, il aurait sans doute désiré GARDER secret. Il a fallu que je commette une gaffe. Refrain connu.

— Hum... c'est seulement... si les vignes ne rapportent pas assez... (J'essaye de changer de sujet.) Je me disais qu'il serait possible de louer Mirac à des gens, riches naturellement, qui ont envie de s'offrir des vacances dans un château. Ou alors pour des fêtes de famille, des réunions d'anciens élèves...

— Liposuccion ? murmure la mère de Luke, ébahie.

Elle me rappelle un peu son fils quand j'ai mentionné les plans de son amoureuse. Clairement, ma tentative pour passer à autre chose n'a pas été très efficace.

— Qui diable a suggéré... reprend-elle.

Je l'interromps fissa :

— Personne. C'est juste une idée qui m'est venue aux oreilles...

— Une idée de QUI ? exige-t-elle de savoir, toujours aussi horrifiée.

— Écoutez, je suis désolée, mais mon amie Shari m'appelle. Il faut que je me sauve...

Ce que je m'empresse de faire, courant à toutes jambes dans le jardin.

Je suis morte. Finie. Je n'en reviens pas. Pourquoi

a-t-il fallu que je l'ouvre ? Surtout sur un sujet qui ne me concernait en RIEN. Omondieu ! Quelle imbécile je suis !

Les joues enflammées, je traverse vivement la pelouse en direction du bar, une longue table pliante couverte d'une nappe blanche. Chaz y est déjà. Une grande ligne de Texans au gosier sec pressés d'avaler leur premier verre de la journée s'étire devant lui.

— Te voilà enfin ! s'exclame-t-il en m'apercevant.

Il n'a pas l'air de remarquer que je suis rouge comme une pivoine. Ni que je suis dans un état avancé de paranoïa aiguë.

— Où est Shari ? ajoute-t-il.

— Je pensais qu'elle serait avec toi, je réponds en attrapant une bouteille de champagne avec des doigts tremblants.

— Comment ça ? s'énerve-t-il. Elle n'est toujours pas prête ? Vous désirez ? demande-t-il ensuite au type qui se tient devant la table, l'air d'un crétin de fraternité.

— Une vodka sur glace, commande ce dernier.

— Désolé. Nous ne proposons que de la bière et du vin, mec.

— C'est quoi ces conneries ? s'écrie l'autre.

— T'es dans un vignoble, mon pote. Tu t'attendais à quoi ?

— Puisque c'est comme ça, une bibine, riposte le crétin de fraternité en boudant.

Chaz lui lance une bouteille puis me regarde. J'ai réussi à retirer l'espèce de grillage qui entoure le bouchon de ma bouteille, mais elle résiste. Et je ne voudrais pas éborgner quelqu'un.

Omondieu ! Qu'est-ce qui m'a pris d'aller raconter à Mme de Villiers que Luke voulait devenir toubib ? Pour-

quoi ai-je laissé échapper le truc sur la liposuccion ?
Pourquoi suis-je physiquement incapable de FERMER
ma grande gueule ?

— Utilise une serviette, me conseille Chaz en m'en
lançant une.

Je le contemple avec stupeur, n'ayant aucune idée de
quoi il parle. Est-ce que, par hasard, je baverais, par-dessus le marché ?

— Pour retirer le bouchon, m'explique-t-il, impa-
tient.

Oh ! Je m'exécute, et tout ce passe bien. Juste un léger
pop, et personne n'est blessé durant l'opération. Super.
Eh bien maintenant, je sais au moins faire quelque chose.
Et je m'améliore. Chaz et moi avons trouvé un bon
rythme... jusqu'à ce que Shari débarque.

— Où t'étais ? l'engueule Chaz.

Elle l'ignore superbement. Ses yeux brûlent de colère.
C'est moi qu'elle regarde.

— Alors, ma vieille, gronde-t-elle, quand comptais-tu
m'annoncer que tu n'avais pas ton diplôme ?

La guerre de 1914-1918 provoqua, dans la mode féminine, un chamboulement presque aussi important que celui qui se produisit au niveau politique. Les corsets furent jetés aux orties cependant que les torses s'allongeaient et que les ourlets raccourcissaient, parfois jusqu'à la cheville, autrement dit à des hauteurs vertigineuses. Pour la première fois dans l'histoire moderne, la vogue fut de ne pas avoir de poitrine. Partout sur terre, les femmes dotées de petits seins se réjouirent, tandis que leurs sœurs mieux pourvues par la nature se voyaient contraintes d'acheter des « aplatisseurs » de seins afin d'être dans le vent.

Histoire de la mode (mémoire de maîtrise),
Élizabeth Nichols.

20

Si vous êtes incapable de dire du bien des gens,
Asseyez-vous juste à côté de moi.
*Alice Roosevelt Longworth (1884-1980), bel esprit et
auteure américaine.*

Il a craché le morceau ! Ça me scie. Je lui faisais
confiance, et il m'a trahie !

— Je... j'allais te le dire, Shari.

— Un kir royal, me commande une femme qui
regrette sûrement d'avoir mis des manches longues, vu
la chaleur.

— Quand ? me lance Shari.

Je profite de ce que je prépare la boisson pour rester
évasive :

— Bientôt. Je viens à peine de le découvrir moi-
même ! Comment voulais-tu que je sache que j'étais censée rédiger un mémoire ?

— Si tu avais été un peu plus attentive à tes études et un peu moins à tes fringues ou à un certain Anglais, tu t'en serais aperçue.

Tout passant son verre à la femme et en réussissant à n'en renverser qu'un tout petit peu sur sa main, je réussis à protester :

— Tu es injuste ! Mon domaine, ce SONT les fringues.

— Tu es insupportable, crache Shari. Comment vas-tu pouvoir nous accompagner à New York si tu n'as pas ton diplôme ?

— Je n'ai jamais dit que j'avais l'intention d'aller à New York.

— De toute façon, maintenant, il est clair que c'est hors de question.

— Hé ! s'agace Chaz. Vous voulez bien vous calmer ? Des tas de Texans souhaitent boire un coup, alors cessez de vous disputer et soyez un peu efficaces.

Se plaçant devant moi, Shari s'adresse à la grosse bonne femme suivante.

— Que désirez-vous ?

Je proteste encore :

— Tu es gonflée ! C'était ma place.

— Rends-toi plutôt utile et va écrire ton mémoire.

— Arrête d'être garce, Shari. Je suis en plein dedans. J'ai travaillé dessus tout...

À ce moment, un hurlement déchire la quiétude vespérale. Il provient du premier étage de la maison. Suivent les mots « Non, non, non » et un cri perçant atteignant un volume de décibels dont seule une personne est capable parmi les résidents de Mirac : Vicky Thibodaux. Craig, debout près du bar, lance un coup d'œil vers le château.

— N'y va pas, mec, lui conseille Blaine, qui se tient derrière lui. Mieux vaut ignorer de quoi il s'agit.

— Je reviens tout de suite, répond cependant le promis, le visage résigné.

— Tu le regretteras ! lui lance son futur beau-frère alors qu'il s'éloigne en direction du bâtiment. Elle arrête pas de faire chier, ajoute-t-il ensuite à mon adresse.

— Il ne t'est pas venu à l'esprit que quelque chose de grave s'était peut-être produit ? rétorque Shari qui, contrairement à Blaine, paraît préoccupée.

Ce qui n'est pas le cas de tout le monde. Sur la pelouse, les invités, visiblement habitués aux éclats de la jeune fille, ignorent consciencieusement ce qu'ils viennent d'entendre.

— La seule chose de grave étant jamais arrivée à ma sœur, lâche Blaine, c'est d'avoir été une petite morveuse gâtée depuis sa naissance.

C'est alors qu'Agnès se précipite vers moi au galop, hors d'haleine.

— Mademoiselle, mademoiselle, me dit-elle, ils vous demandent. Venez ! Tout de suite !

— Qui donc ?

— Mme Thibodaux. Et sa fille. Dans la maison. C'est une urgence.

Je pose ma serviette avant d'acquiescer :

— Très bien. Je... Hé, minute ! Tu parles anglais, Agnès ?

— N'en dites rien à Mlle Desautels, me supplie-t-elle en pâlissant.

— Mais pourquoi fais-tu semblant de ne pas le parler ? s'esclaffe Chaz.

— Parce que je n'aime pas Dominique, avoue-t-elle, en rougissant cette fois. Mon apparente incapacité à comprendre l'anglais l'agace prodigieusement. Ça me plaît assez.

Wouah !

— Hum, très bien. J'en ai pour une minute, les gars. Ça ira ?

Shari pince les lèvres et ne relève pas. Chaz, qui remplit des verres à toute vitesse, me regarde.

— Vas-y. Agnès n'aura qu'à te remplacer. D'accord, Agnès ?

— Bien sûr.

Et elle se met à ouvrir les bouteilles de champagne comme si elle avait fait ça toute sa vie. Sans plus hésiter, je file, soulagée d'échapper quelques instants à Shari... mais également furieuse après Luke. Pourquoi ? Pourquoi m'a-t-il mouchardée, alors que, ce matin encore, il jurait d'être muet comme une tombe. Bon d'accord, de mon côté, j'ai sans doute un peu bavassé à son sujet. Sauf que son secret ne risquait pas de lui attirer les foudres de quiconque. Contrairement au mien. J'aurais dû m'en douter. Les hommes sont incapables de tenir leur langue. Moi non plus, je l'admets. N'empêche, je croyais que Luke était différent des autres. Que je pouvais tout lui confier...

Omondieu ! Qu'a-t-il été raconter d'autre ? A-t-il mentionné devant Shari la vous-savez-quoi ? Non, quand même pas. Sinon, elle m'en aurait touché un mot. Elle ne se serait pas embarrassée de choquer ou non ces Filles de la Révolution Américaine[1] texanes. Elle aurait plutôt braillé : « TU AS TAILLÉ UNE PUTAIN DE

---

1. Organisation féminine se consacrant à la préservation de l'histoire, à l'éducation et au patriotisme, dont le mot d'ordre est « Dieu, le foyer et la patrie ». Pour en être membre, il faut prouver avoir un ancêtre ayant contribué à l'édification des États-Unis. Groupe de pression conservateur.

PIPE À ANDY ? TU ES CINGLÉE, OU QUOI ? »
Enfin, il me semble...

Telles sont les pensées que je rumine tandis que je me rue à l'intérieur et grimpe les marches quatre à quatre. Sans rencontrer personne, j'arrive au premier étage, où je découvre Craig tapant à la porte de Vicky.

— Ouvre-moi, Vic, dit-il. Ouvre-moi tout de suite.

— NON ! hurle cette dernière avec des accents angoissés. Tu n'as pas le droit de me voir. Va-t'en !

Je m'approche, essoufflée, et je demande au futur ce qu'il se passe.

— Aucune idée, répond-il en haussant les épaules. Quelque chose avec sa robe. Et je ne suis pas autorisée à la voir, sinon ça porte malheur. Elle refuse de me laisser entrer.

Je frappe à mon tour.

— Vicky ? C'est Lizzie. Puis-je entrer ?

— Non !

La minute qui suit, le battant s'ouvre à la volée. Mme Thibodaux surgit, me prend par le bras, m'attire à l'intérieur et claque la porte au nez de Craig, non sans lui avoir ordonné de s'en aller.

Je me retrouve dans une vaste chambre d'angle ensoleillée aux tapisseries roses, meublée d'un immense lit. Mon regard se pose immédiatement sur la jeune femme qui sanglote, assise sur une chaise rembourrée également rose. Mme de Villiers caresse les cheveux de sa nièce pour tenter de la calmer. Dominique qui, pour je ne sais quelle raison, transpire la malveillance, me fusille du regard.

— Dominique affirme que vous cousez, me lance Ginny, qui ne m'a toujours pas lâchée. C'est vrai ?

— Hum... oui.

— Seriez-vous capable d'intervenir sur ce truc ? ajoute-t-elle.

D'une poigne de fer, elle me fait pivoter de façon à ce que je puisse examiner sa fille qui s'est levée et... porte la robe de mariée la plus moche qu'il m'ait été donné de voir. On dirait qu'une usine de dentelle s'est déversée sur elle. Il y en a partout. Sur les manches bouffantes, les incrustations de l'encolure, le corsage et la jupe. De la dentelle dégouline dans tous les coins avant de retomber en paquets autour de l'ourlet. Le genre de robe de mariée dont rêvent certaines filles... quand elles ont neuf ans.

— Qu'est-ce que c'est que ÇA ? ne puis-je m'empêcher de demander.

— Tu vois ! crie Vicky à sa mère en se remettant à pleurer de plus belle. Je le savais !

— J'ai tenté de la rassurer, marmonne Mme Thibodaux en se mordant les lèvres, elle est bouleversée.

Je contourne la future épousée pour inspecter l'arrière du monstre. Exactement ce que je craignais. Un énorme nœud en dentelle repose sur ses reins. Un nœud ! La situation ne saurait être pire. J'échange un regard avec la mère de Luke, qui jette un coup d'œil très bref en direction du plafond. Je suis bien obligée d'affronter la vérité. Je murmure :

— On est mal parties.

— Comment as-tu pu laisser ça arriver, m'man ? sanglote Vicky.

— Quoi ? s'indigne Mme Thibodaux. Je n'ai pas arrêté de te prévenir, au contraire ! De te dire que tu en faisais trop ! Elle l'a dessinée elle-même, me précise-t-elle ensuite, et elle a en a confié la confection à une couturière de Paris, à partir de ses croquis.

Voilà qui explique bien des choses. Les amateurs ne devraient jamais se mêler de créer leurs robes. Surtout pas leur robe de mariée.

— Mais je ne voulais pas qu'elle ressemble à ça ! gémit Vicky. D'ailleurs, elle n'avait pas du tout cette allure au dernier essayage !

— Je t'ai conseillée de ne pas attendre douze heures avant la cérémonie pour te rendre compte du résultat ! lui lance Ginny. Et je t'ai déconseillée te rajouter toute cette dentelle. Tu as refusé de m'écouter. Tu m'as seriné que ce serait parfait. Tu en voulais toujours plus.

— Je voulais quelque chose d'ORIGINAL ! hurle Vicky.

— Ça, c'est réussi, commente Bibi d'un ton sec.

Pour la première fois depuis mon arrivée, Dominique s'exprime.

— Notre question est simple, me dit-elle : peux-tu l'arranger ?

— Moi ? (Je panique.) Arranger ça ? Mais comment ?

— En me débarrassant de tout ça, renifle Vicky qui soulève une guirlande de dentelle, laquelle pendouille, assez inexplicablement, du corsage.

Je me baisse afin d'examiner la robe de plus près. C'est du cousu main. Le point est superbe. Et va être quasiment impossible à découdre sans abîmer le tissu.

— Je ne sais pas, finis-je par marmonner. C'est de l'excellent travail. Tenter de le défaire risque de laisser des trous, et la robe a toutes les chances d'avoir l'air très bizarre.

— Encore plus bizarre que maintenant ? piaille Vicky en levant les bras, dévoilant des espèces d'ailes en dentelle reliant les manches au corsage.

— Dieu du ciel ! s'exclame la mère de Luke.

Ces ailes, c'est la goutte de trop pour Mme Thibodaux.

— Vous arriveriez à dissimuler les trous ? s'enquiert-elle.

— À temps pour qu'elle la porte demain après-midi ? s'indigne Mme de Villiers. Sois raisonnable, Ginny. Même une professionnelle, pour peu que nous en dégotions une, n'y parviendrait pas.

— Mais Lizzie est très douée, susurre Dominique. Jean-Luc ne cesse de vanter ses multiples talents.

Pardon ? Des talents, moi ? De quoi parle-t-elle ?

— Vraiment ? reprend Mme de Villiers en m'observant avec un intérêt renouvelé.

J'ignore si celui-ci tient à ce que Dominique vient d'annoncer ou s'il découle de ce qui je lui ai révélé un peu plus tôt à propos des aspirations professionnelles de son fils.

— D'après Jean-Luc, elle coud ses propres vêtements. Elle a même fabriqué la robe qu'elle porte maintenant.

Je ne peux m'empêcher de sursauter.

— Hein ? Pas du tout. C'est une Anne Fogarty des années 1960.

— Oh, pas de fausse modestie, Lizzie, s'esclaffe Dominique. Jean-Luc m'a tout raconté.

Mais qu'est-ce que c'est que ce délire ? Que se passe-t-il ? Qu'est-ce que Luke lui a balancé ? Et qu'a-t-il dit à Shari ? Quelle mouche l'a piqué d'aller bavasser à tort et à travers à mon sujet ?

— Lizzie va nous régler ça en un tournemain, déclare la Canadienne. La robe de Vicky sera superbe.

— Oh ! se réjouit Mme Thibodaux, des larmes – des

larmes ! – de joie dans les yeux. C'est vrai, Lizzie ? Vous accepteriez de nous rendre service ?

Je la contemple, puis Mme de Villiers, puis Dominique. Il y a anguille sous roche. Et je commence à soupçonner que la fiancée de Luke y est pour beaucoup.

— Pensez-vous réussir à sauver ce... machin ? me demande la mère de ce dernier, soucieuse.

Son fils s'est-il vraiment répandu en compliments sur moi ? Impossible de le laisser tomber, dans ce cas. Même s'il a osé cracher le morceau à Shari au sujet de mon diplôme. Ou plutôt, de son absence.

— Je vais voir ce que je peux faire. Je ne vous promets rien...

— Je m'en fiche, me coupe Vicky. La seule chose, c'est que je ne veux pas avoir l'air d'une meringue le jour de mon mariage.

Je comprends bien. N'empêche...

— Déshabille-toi et donne cette robe à Lizzie, lui ordonne sa mère. Enfile ta tenue pour le dîner de ce soir. On nous attend. Dieu sait ce que tes invités doivent penser.

Je juge inutile de lui préciser que la plupart des gens, dehors, n'ont pas semblé particulièrement alarmés par les cris d'orfraie de sa fille, vu qu'elle passe son temps à en pousser.

L'instant d'après, je me retrouve avec une montagne de dentelle et de satin sur les bras.

— Faites ce que vous pouvez, me dit Ginny, tandis que Vicky, en modeste robe d'été rose, son maquillage rafistolé afin de dissimuler les dégâts provoqués par ses pleurs, ouvre la porte afin de rejoindre Craig qui patientait dans le couloir.

— De toute façon, ça ne pourra pas être pire, commente Mme de Villiers en sortant également.

— Bonne chance ! ajoute Dominique en suivant la troupe.

Avec une telle lueur de joie malfaisante dans les yeux que je comprends, un peu tard, que je viens de creuser ma tombe.

Et que la Canadienne m'a tendu la pelle.

TROISIÈME PARTIE

Si le premier conflit mondial provoqua la mort de millions de personnes, il contribua également, quoique de façon moins évidente, à l'enterrement des conventions d'avant guerre. La génération de femmes qui, en l'absence des hommes partis combattre, avaient participé à l'effort de guerre comprirent que, le monde étant sur le point de s'écrouler, elles pouvaient en profiter pour fumer, boire et, d'une façon générale, se permettre tout ce qui leur avait été interdit jusque-là.

Les filles s'adonnant à ce type d'activités se virent bientôt surnommer « flappers », parce que, tels des oisillons, elles apprenaient à battre des ailes afin de gagner leur indépendance. Défiant leurs parents et, parfois, les instigateurs des lois, elles coupèrent leurs cheveux, remontèrent l'ourlet de leurs jupes au genou et préparèrent en quelque sorte le terrain aux jeunes lanceuses de tendances d'aujourd'hui (voir : Stefani, Gwen ; maison de couture L.A.M.B. design ; et Spears, Britney, T-shirt échancré à motif de serpent-banane).

Histoire de la mode (mémoire de maîtrise),
Élizabeth Nichols.

21

Il est vain de vouloir garder un secret envers qui est en droit de le connaître. Le secret en question se révélera de lui-même.
Ralph Waldo Emerson (1803-1882), essayiste, poète et philosophe américain.

Bon. Ça va aller. Je suis capable de m'en sortir. Parfaitement capable.

Je n'ai qu'à retirer les points. J'ai apporté mon nécessaire de couture, ciseaux et découseur. Un jeu d'enfant. Je vais enlever toute cette dentelle et je verrai ensuite ce que je peux faire à ce stade. Pas de quoi paniquer. Pas du tout, même. Mieux vaut que je garde mon calme d'ailleurs, sinon je risque de gâcher le mariage et de laisser tomber tous ces gens qui ont été adorables avec moi. Il faut que je sois bonne, sur ce coup-là. Il le faut.

Crac.

Oh... ça ne sent pas bon. Mieux vaut que je commence par le nœud sur le derrière, sans doute. *Crac*. Oui, ça m'a l'air déjà mieux. Bien. *Crac*.

Ce qui me tracasse, c'est qu'il y a une personne qui aimerait que je me plante. Dominique. D'où son discours. Luke ne lui a sûrement pas parlé – *crac* – de mes prétendus talents. Comment ai-je pu tomber dans le piège ? Elle a raconté tout ça parce qu'elle savait que j'aurais d'autant plus de mal à refuser. Or, elle voulait que j'accepte, pour le seul plaisir de me mettre dans la panade. Sauf que – *crac* – pourquoi souhaite-t-elle que j'échoue ? Qu'est-ce que je lui ai fait ? J'ai été super mignonne avec elle, non ?

Certes, il y a ce que j'ai confié à Mme de Villiers. À propos de son fils qui désirerait devenir médecin. Il est possible qu'elle soit UN PEU chiffonnée, vu qu'elle a l'intention de déménager à Paris. Ajoutez-y que j'ai vaguement évoqué ses plans pour transformer Mirac en maison de repos ou hôtel de luxe. Sauf que je n'ai jamais dit à Bibi qu'elle était à l'origine de l'idée. Alors, pourquoi se comporte-t-elle de façon aussi garce ? Elle sait aussi bien que moi que cette robe est une cause perdue. Même Vera Wang[1] ne réussirait pas à la sauver. Personne n'y arriverait. Qu'est-ce que Vicky avait dans le crâne, bon sang ? Comment a-t-elle pu croire que...

— Lizzie ?

Chaz ! Chaz frappe à la porte de ma chambre.

— Entre !

Il pousse le battant, passe la tête dans l'encadrement.

---

1. Papesse des robes de mariées aux États-Unis, également créatrice de mode et de parfums.

— Qu'est-ce que tu fiches ici ? Nous avons besoin de toi dehors...

Il s'interrompt en découvrant le bazar qui règne dans ma piaule. Des champs entier de dentelle neigeuse recouvrent tout.

— Sainte mère de Dieu ! grommelle-t-il. Il y a eu une avalanche ?

J'explique rapidement :

— SOS robe de mariée.

— C'est qui, la mariée ? Björk ?

— Très drôle. En tout cas, ne m'attendez pas au bar de sitôt. J'ai autre chose sur les bras pour l'instant.

— C'est clair. Sans vouloir t'offenser, Lizzie, as-tu la moindre idée de comment réparer les dégâts ?

— On ne va pas tarder à le savoir, je réplique tout en tâchant de dissimuler que je suis à deux doigts des larmes.

— Ouais. Bon, ne te bile pas, tu ne manques rien de bien intéressant, en bas. Juste une ribambelle de moulins à paroles qui se répandent sur leurs yachts. Au fait, qu'est-ce qui se passe, entre Shari et toi ?

En reniflant, je m'essuie le nez sur l'épaule, comme s'il me grattait.

— Elle a découvert que je n'avais pas terminé ma maîtrise.

— C'est tout ? s'exclame-t-il, visiblement soulagé. Et elle se met dans des états pareils pour ça, nom d'un chien ? Je croyais que tu lui avais reparlé de Mister Clic. Elle se sent encore coupable...

— Non. J'ai seulement négligé de l'informer que je n'avais pas fini de rédiger mon mémoire. Et elle l'a appris. J'ignore comment, d'ailleurs.

À la réflexion, c'est bien fait pour moi. Si Luke a craché le morceau. Après tout, je suis bien allé rapporter à sa mère qu'il voulait être toubib. Sauf que moi, j'ai une excuse. Je suis PHYSIQUEMENT inapte à garder un secret. C'est quoi, la sienne, d'excuse ?

— Mais ce n'est pas grave ! s'écrie Chaz. Tu vas régler ça en deux coups de cuiller à pot. Je vais demander à Shar de se calmer.

— C'est ça.

Comme je renifle une nouvelle fois, il me lance un regard interrogateur.

— Une allergie, dis-je aussitôt pour me justifier. Merci, Chaz.

— De rien. Bon, salut et... bonne chance. J'ai l'impression que tu vas en avoir besoin.

Il s'en va. Un petit sanglot m'échappe, je me ressaisis rapidement. J'en suis capable. Je le SUIS. J'ai rafistolé des centaines de robes à *Vintage Volage*, des robes que personne ne voulait parce qu'elles étaient trop laides. Quelques coups de ciseaux par-ci, une rose en velours par-là, et hop ! le tour était joué. En général, on arrivait même à les vendre cinquante pour cent plus cher.

Je viens à peine de retirer les ailes des manches qu'un autre coup résonne à ma porte. Je ne sais pas depuis combien de temps je m'acharne, ni quelle heure il est, mais je constate à travers l'étroite fenêtre de ma chambre que le soleil se couche, illuminant le ciel d'une couleur rubis. Des rires montent jusqu'à moi, ainsi que des cliquetis d'argenterie. Les invités sont à table. Comme j'ai aidé à transporter la nourriture de la fourgonnette à la cuisine, je suis à peu près certaine qu'ils se régalent. Et que les plats comportent du foie gras et des truffes.

— Entre ! dis-je en pensant que Chaz a oublié quelque chose.

Ce n'est pas lui cependant. C'est Luke. Je suis sous le choc.

— Salut ! murmure-t-il en se glissant à l'intérieur.

Il inspecte les alentours, passablement soucieux. Je le comprends. Ma piaule ressemble à une fabrique de confettis.

— Chaz m'a mis au courant. Je ne soupçonnais pas qu'elles t'avaient piégée ainsi. C'est un travail de dingue.

— Oui, réponds-je sèchement, bien décidée à ne pas pleurer. (En tout cas, pas devant lui). Je suis dingue, je te rappelle.

Tiens le coup, ma fille, tiens le coup !

— Comment t'ont-elle convaincue de t'y coller ? Soyons raisonnable, Lizzie, personne ne saurait coudre une robe de mariée en l'espace d'une seule nuit. Pourquoi n'as-tu pas refusé ?

— Pourquoi ? (Flûte, les larmes débordent.) Bon Dieu, Luke, je n'en ai aucune idée. Peut-être parce que ta bonne amie était là, disant à qui voulait l'entendre que tu t'extasiais à qui mieux mieux sur l'ampleur de mes talents.

Il a l'air stupéfait.

— Quoi ? je n'ai jamais...

Je ne le laisse pas continuer :

— J'ai deviné. TROP TARD. J'imagine qu'une partie de moi espérait que c'était la vérité. Que tu m'avais complimentée. J'aurais dû me douter que ce n'était qu'une entourloupe.

— Mais qu'est-ce que tu racontes ? Lizzie... tu pleures ?

Tout en essuyant mes yeux d'un revers de poignet, je réussis à expliquer :

— Non, je ne pleure pas du tout. Je suis fatiguée, c'est

tout. La journée a été longue. Et sache que je n'apprécie pas ton comportement.

— Quel comportement ? s'écrie-t-il, abasourdi.

Tout étonné qu'il soit, il est également parfaitement craquant, sous la lueur de ma lampe de chevet. Il s'est changé pour le dîner – chemise de lin blanc et pantalon noir au pli impeccable. Le blanc fait ressortir le hâle de son cou et de ses bras. Cependant, je ne me laisserai pas fléchir par cette masculinité renversante. Pas cette fois.

— Ben voyons ! Inutile de jouer les petits saints.

— Je te jure que je ne sais pas à quoi tu fais allusion. J'ignore lesquelles de mes paroles Dominique auraient rapportées, et...

— Il ne s'agit pas d'elle. J'ai déjà compris que c'était des salades. Mais pourquoi... (Ma voix se brise tant je m'efforce de retenir mes larmes. Oh, puis zut ! Ce n'est pas comme s'il ne m'avait jamais vue chialer.)... pourquoi as-tu confié à Shari que je n'avais pas eu ma maîtrise ?

— HEIN ? braille-t-il, partagé entre incrédulité et hébétude. Je te promets que je ne lui ai rien dit, Lizzie.

Flûte ! Je ne m'attendais pas à ça. Le déni, à présent. Je pensais qu'il avouerait... et qu'il demanderait pardon. Un pardon que je lui aurais accordé, naturellement, vu que, de mon côté, j'ai vendu la mèche à sa mère. Certes, après ça, les choses entre nous n'auraient plus jamais été les mêmes. Néanmoins, avec le temps, nous aurions peut-être réussi à établir une sorte de confiance mutuelle relative... Mais ça ! Il ose NIER ! Alors qu'il est au pied du mur ?

— C'est forcément toi, Luke, dis-je, et la déception provoque des trémolos dans ma voix. Personne d'autre n'est au courant.

— Eh bien, non, ce n'est pas moi, proteste-t-il, la

338

colère ayant pris maintenant la place de la stupeur. Écoute, je n'ai aucune idée de la façon dont Shari a découvert le pot aux roses. En revanche, je te garantis que ce n'est pas par moi. Contrairement à CERTAINE personne dans cette pièce, je suis capable de garder un secret, moi. Ou vas-tu avoir le culot d'affirmer que tu n'as pas parlé des études de médecine à ma mère ?

Houps ! Un silence s'installe, seulement rompu par les tintements de vaisselle, les stridulations des criquets, et les cris de Vicky, beuglant : « Lauren ! Nicole ! Vous voilà enfin ! » J'avale ma salive.

Je... suis... cuite...

— Hum... non. C'est vrai. Je vais t'expliquer...

— Tu te crois vraiment en position d'accuser les autres de te moucharder alors que tu es toi-même totalement inapte à tenir ta langue ?

— Mais...

Je me sens blêmir. Il a raison. Bien sûr. Je suis d'une hypocrisie rare.

— Mais... Tu ne comprends pas. Ta petite copine... ton oncle... tout le monde colportait que tu allais accepter ce boulot, alors j'ai songé que...

— Que tu avais le droit de te mêler de ce qui ne te regarde en rien.

Je... suis... une... gourde.

— Je voulais rendre service, dis-je d'une toute petite voix.

— Je ne t'ai jamais demandé de m'aider, réplique-t-il. Ce n'est pas ça que j'attendais de toi. Ce que j'espérais... j'ai cru que tu avais...

Hou là là ! Luke attendait quelque chose de moi ? Il pensait que j'avais... QUOI ? Omondieu ! Omondieu ! Mon cœur se met à battre la chamade.

— Tu sais quoi ? lâche-t-il brusquement. Ça n'a plus d'importance.

Sur ce, il tourne les talons et quitte la pièce en refermant très sèchement la porte derrière lui.

Certains accusent le retour, dans les années 1930, des jupes plus longues et des tailles relativement fines ramenant la vogue du corset, d'être responsable de la montée de Hitler et du fascisme. Le début de la Grande Dépression rendit inaccessible aux femmes ordinaires la haute couture parisienne qu'elles admiraient sur de voluptueuses stars de cinéma. Nonobstant, les couturières de talent sachant reproduire les modèles en utilisant des matières moins chères ne manquèrent pas de travail, et la contrefaçon vit enfin le jour... puisse-t-elle vivre longtemps (voir : Vuitton, Louis).

Histoire de la mode (mémoire de maîtrise),
Élizabeth Nichols.

22

Les commérages sont délicieux ! L'Histoire n'est faite que de cela.
Le scandale en revanche n'est que ragots que la morale rend ennuyeux.
Oscar Wilde (1854-1900), dramaturge, romancier et poète anglo-irlandais.

Puis-je me permettre de signaler qu'il est extrêmement difficile de couper droit quand on pleure tellement qu'on n'y voit plus rien ?

Glissons.

Qui a besoin de ce type, de toute façon ? D'accord, il paraissait chouette et tout. Il est indubitablement très beau. Intelligent et drôle aussi. Mais c'est un menteur. Pour moi, il est clair qu'il a signalé ma maîtrise incomplète à Shari. Autrement, elle n'en aurait rien appris. J'ignore pourquoi il n'a pas voulu l'admettre, comme moi j'ai reconnu avoir annoncé à sa mère qu'il souhaitait devenir médecin.

Au moins, moi, je défendais une bonne cause. Car je soupçonne Bibi de Villiers d'être le genre de femme à déployer tout ce qui est en son pouvoir pour que les rêves de son enfant se réalisent. Une aussi bonne mère devait-elle continuer à ne pas être au courant des ambitions les plus chères de son fils ? Si l'on y réfléchit bien, j'ai rendu SERVICE à Luke en parlant à sa mère. Je ne comprends pas que ça lui échappe.

Oh, puis zut ! Je l'avoue – il faut que je mette mon grain de sel partout, je suis une bavarde insensée et une crétine de première. Et, par conséquent, miss la gaffe.

Raison pour laquelle je l'ai perdu... même si, en vérité, il ne m'a jamais appartenu. Certes, il y a eu un instant ce matin où il m'a offert du Coca light... Mais non. J'ai évidemment pris mes désirs pour la réalité. Aucun doute. Je suis destinée à vivre et à mourir seule. L'amour et Lizzie Nichols ne sont tout simplement pas faits pour s'entendre.

Et c'est aussi bien ainsi. Après tout, des tas de gens ont eu des vies heureuses et fort remplies sans pour autant la partager avec un être cher. Aucun exemple ne me vient à l'esprit là, maintenant, mais je suis sûre qu'il y en a. Je serai comme eux. Je serai Lizzie... la solitaire.

J'essaye de glisser mes ciseaux sous une rangée de points particulièrement serrés lorsqu'on cogne derechef à ma porte... (ça va durer encore longtemps, ce petit jeu ?)... qui s'ouvre avant que j'aie eu le loisir d'inviter mon visiteur à entrer. À ma grande surprise, c'est Dominique que je vois débarquer, élancée et somptueuse avec ses mules à hauts talons de Manolo et sa robe verte moulante largement échancrée.

— Écoute, dis-je en secouant la tête, j'ai conscience que ça n'a pas l'air terrible, mais c'est toujours comme ça avant la tempête. J'aurais déjà terminé si on me fichait la paix.

La blonde pénètre dans la pièce, regardant prudemment autour d'elle comme si elle craignait une embûche quelconque sous ces monceaux de dentelle.

— Je ne suis pas montée au sujet de la robe, répond-elle.

Elle s'arrête près de ma valise d'où déborde un méli-mélo de tenues vintage et de jeans de chez Sears et s'autorise une moue sardonique. Décidément, j'aurais eu droit à tout ce que je peux mentalement endurer.

— Si tu tiens à ce que j'en aie terminé d'ici demain matin, tu vas devoir t'en aller. Transmets à Vicky que je fais mon possible.

— Je te répète que je ne suis pas là pour la meringue de Victoria, riposte-t-elle. Je suis là pour Luke.

Pardon ? J'en lâche mes ciseaux. Qu'est-ce que cette chipie tient donc à m'apprendre sur Luke ?

— Je sais que tu en es amoureuse, reprend-elle en inspectant ma commode.

— Qu-quoi ?

— C'est plutôt évident. Au début, ça ne m'a pas trop inquiétée, parce que... ben, regarde-toi.

En vraie gourde que je suis, j'obtempère. Une bonne centaine de bouts de dentelle sont collés à ma robe. Mes cheveux sont relevés en une queue-de-cheval erratique, et j'ai perdu mes chaussures dans la bataille.

— Malheureusement, tu lui plais BEAUCOUP, enchaîne-t-elle en redressant son menton pointu.

Ben tiens. Autrefois peut-être. Bien moins en ce moment.

— Il t'apprécie comme un grand frère pourrait apprécier son amusante petite sœur, poursuit-elle.

Génial. Enfin, c'est toujours mieux que me haïr.

— Je pense qu'il se confie à toi, continue-t-elle en jouant avec une de mes lampes de poche. Je me demande s'il a évoqué devant toi l'offre de son oncle.

Je feins l'ignorance. Ai-je le choix ? Impossible d'avouer que je l'ai espionnée en compagnie de Bibi. Même si c'est le cas.

— Une offre ?

— Tu en as sûrement entendu parler. Un boulot à Paris, dans l'entreprise très select de M. Thibodaux. Il gagnera beaucoup plus qu'actuellement. Il ne t'a pas mise au courant ?

— Non.

Et, une fois n'est pas coutume, je ne mens même pas.

— C'est bizarre. Il se comporte de façon très étrange.

— Ça arrive, tu sais. Lorsque des montagnes d'argent leur tombent sur la tête, les gens pètent les plombs. Prends Blaine, tiens.

— Quoi, Blaine ?

— Quand son groupe a signé dans une maison de disques, sa copine l'a plaqué. Parce qu'elle le trouvait trop riche. Je te le répète, lorsque de très grosses sommes sont en jeu, certaines personnes... flippent.

Dominique semble étonnée. Sans s'en rendre compte, elle tient toujours ma lampe de poche.

— Ça rapporte tant que ça, l'industrie du disque ?

— Et comment ! En plus, il vient de vendre les droits d'une de ses chansons à Lexus. Pour une pub.

— Vraiment ? se reprend mon interlocutrice en reposant la lampe. Très intéressant. (Son ton cependant sup-

346

pose qu'elle pense tout le contraire.) Alors, explique-moi pourquoi Luke a une attitude aussi étrange.

— Aucune idée.

Ce qui est vrai. Du moins, j'ignore pourquoi il est zarbi envers ELLE. Ou alors, comme moi, elle l'a traité de menteur. Dans ce cas, je comprendrais, naturellement.

— Bien, conclut-elle en se dirigeant vers la porte. Merci. Et bonne chance avec la robe. J'ai l'impression que tu vas en avoir sacrément besoin, ajoute-t-elle avec une sorte de sourire.

Elle s'éclipse sans me laisser le temps de réagir.

Bah, si c'est ce type de femme qui a les préférences de Luke... grande, maigre, poitrine refaite (je suis prête à le parier sur la tête de mamie), obsédée par le fric, ambitieuse pour lui. Bon, j'admets que je ne lui en voudrais pas de préférer des garces de ce style plutôt que des idiotes l'accusant d'être un menteur. Même si c'est vrai. Qu'il ment. Quant à Dominique, elle n'est pas femme à l'accuser de quoi que ce soit. Elle est bien trop maligne.

Assez maligne pour me compromettre dans un projet que je n'ai aucune chance de terminer à temps. Si je tiens à obtenir quelque chose de propre, s'entend. En bas, on porte les premiers toasts (bruit d'une cuiller qu'on frappe contre le bord d'un verre, accalmie, rires) quand j'ai enfin débarrassé la robe de Vicky de ses montagnes de dentelle... et découvre qu'elles dissimulaient bien pire.

J'hésite entre remettre les froufrous et m'avouer vaincue d'une part, et faire mes valises et fuir à fond de train de l'autre, lorsque la porte de ma chambre s'ouvre brutalement. Shari déboule sans frapper. Porteuse d'une assiette pleine de nourriture.

— Avant que tu te mettes à brailler et à empirer la situation, crache-t-elle, furax en déposant son fardeau sur ma commode, près des lampes de poche, sache que j'ai eu mes règles, aujourd'hui. Vu que, comme une imbécile, j'ai oublié mes tampons, je suis venue t'en emprunter, dans la mesure où je te connais, tu ne te déplaces jamais sans emporter une montagne de trucs, à croire que tu pars en expédition dans l'Everest et que tu ne reverras pas la civilisation avant des semaines, même quand tu passes une seule nuit chez une copine. Voilà comment je suis tombée sur le carnet dans lequel tu écris ton mémoire. Tu l'avais laissé grand ouvert sur ton lit, je n'aurais pas pu l'éviter si je l'avais voulu. J'ai cru que c'était ton journal intime, j'étais en plein syndrome prémenstruel, il FALLAIT que je le lise.

Je la contemple, bouche bée.

— Je sais que c'est mal, je l'ai quand même fait, enchaîne-t-elle. C'est comme ça que j'ai appris que tu n'étais pas encore diplômée. Luke ne m'en a pas parlé. Au passage, laisse-moi te signaler que je n'en reviens pas que tu LUI aies confié ça, alors que tu me l'as tu, à MOI, ta meilleure copine depuis la maternelle.

Quelque chose gronde quelque part. D'abord, je crois que c'est le plancher qui grince, puis je m'aperçois que ce sont mes entrailles qui se serrent.

— Luke ne t'a rien dit ? je chuchote d'une voix défaillante.

— Non.

Shari s'affale sur le lit, indifférente aux flots de dentelle.

— Donc, reprend-elle, je te félicite pour les accusations que tu as portées contre lui. Il a paru les apprécier beaucoup. Et toi avec, par la même occasion.

— Omondieu ! Qu'ai-je fait ?

— Une boulette, répond Shari, toujours serviable. Et une grosse. D'autant que tu es amoureuse de lui.

— Ça se voit tant que ça ? je marmonne sur un ton pathétique.

— Pour qui te connaît depuis dix-huit ans, comme le nez au milieu de la figure. Pour lui, non, sans doute.

Je m'affale sur le dos et fixe les poutres du plafond à travers des yeux pleins de larmes.

— Je suis une telle gourde !

— En effet. Et d'abord, pourquoi ne m'as tu pas avoué ce pataquès avec ta maîtrise ?

— Parce que j'avais peur que tu me disputes. Que tu sois en colère.

— Je le suis.

— Tu vois ? J'avais raison.

— Et tu t'attendais à quoi, Lizzie ? Ce n'est pas parce que tu n'as pas déboursé un sou pour tes études qu'il fallait les négliger à ce point. Une maîtrise d'histoire de la mode ? Je rêve !

— Ouais ! N'empêche que moi, je n'ai pas été obligée d'assassiner un rat !

À l'instant où ça sort, je le regrette. Parce que, maintenant, c'est Shari qui a des larmes pleins les yeux.

— Je te l'ai expliqué, maugrée-t-elle. Il fallait que je tue Mister Clic. Un scientifique doit être capable de prendre de la distance.

— Je sais, dis-je en me rasseyant et en l'enlaçant. Je suis désolée. Je ne sais pas ce que j'ai, en ce moment. Je suis... c'est le bazar dans ma tête.

— C'est vrai, rétorque-t-elle sans me serrer contre elle, préférant examiner la pétaudière qu'est devenue ma chambre. Et tu t'es fourrée dans un sacré bazar aussi. Qu'est-ce que tu comptes faire pour cette robe ?

— Je l'ignore. Elle est encore plus moche que tout à l'heure.

— Hum... Je ne l'ai pas vue tout à l'heure, mais j'avoue que je n'imagine pas pire chantier.

Je respire profondément.

— Je vais tout arranger. (Et je ne pense pas seulement à la tenue de mariage de Vicky). Je ne sais pas encore comment, mais je vais réparer ça. Même si je dois rester debout toute la nuit.

— Bon, marmonne Shari en se levant pour attraper l'assiette. Tiens, mon offre de paix.

Elle me tend un assortiment de ce qui a été servi au dîner – poulet, gratin, salade, fromage, et...

— Du foie gras, précise mon amie en désignant un petit tas marron sur le bord. Tu voulais goûter. Je ne t'ai pas monté de pain, parce que tu es toujours au régime, croissants et sandwichs au Hershey mis à part. Voilà une fourchette, et...

Elle ouvre la porte, se baisse et prend quelque chose posé sur le plancher. Un seau à glace. Dedans...

— Mon Coca light ! je m'exclame en retenant difficilement de nouvelles larmes.

— Oui. J'ai trouvé les canettes dans le réfrigérateur. Derrière le Nutella. J'ai pensé que ça ne serait pas de trop si tu ne dois pas fermer l'œil de la nuit. Ce qui, ajoute-t-elle après avoir consulté sa montre, est plus que probable.

— Merci, Shar, je marmotte en reniflant. Et... excuse-moi. Je ne sais pas pourquoi j'ai lâché la bride à un tel point, à la fac. J'étais sans doute trop obnubilée par Andy pour prêter attention à ce qui se passait.

350

— Je ne crois pas, rétorque-t-elle. Enfin, ça a sans doute joué un rôle. Soyons réalistes, Lizzie, les études, ça n'a jamais été ton truc. Ton truc, c'est ça – elle hoche la tête en direction de ma boîte à couture. Alors, si quelqu'un est capable de réparer cette mocheté de robe, c'est toi.

Je sanglote un « merci », puis j'ajoute :

— Seulement... qu'est-ce que je vais faire avec Luke ? Est-ce que... il me hait ?

— Je n'irais pas aussi loin. Disons plutôt qu'il est... amer.

— Amer je m'écrie en séchant mes larmes. C'est mieux, amer. Je devrais réussir à me dépatouiller de ça. Non que ça ait tant d'importance, je m'empresse de préciser devant le regard curieux de Shari. Puisqu'il est pris. Et qu'il vit à Houston. Et que je sors juste d'une relation éprouvante. Et que je n'ai pas envie d'en entamer une autre tout de suite.

— C'est ça, grommelle mon amie, l'air plus que dubitatif. Bon, ben au boulot, Coco. Nous attendons tous ta dernière création avec impatience.

J'essaye de rire, ne parviens qu'à hoqueter lamentablement.

— Une dernière chose, Lizzie ! lance Shari sur le seuil.

Houps.

— Oui ?

— Y a-t-il d'autres secrets dont je devrais être au courant ?

Je déglutis.

— Aucun !

— Très bien. Que ça continue comme ça.

Là-dessus, elle s'éloigne à grands pas.

Je reconnais que je n'ai pas trop honte d'avoir tu la petite gâterie à Andy. Il est des détails que même votre meilleure amie n'a pas besoin de savoir.

Lorsque les Allemands envahirent Paris en 1940, la haute couture telle que le monde la connaissait entra dans une période de léthargie. Le conflit avait mis fin aux échanges commerciaux, et les rationnements destinés à soutenir l'effort de guerre impliquaient que des matériaux comme la soie, nécessaire à la fabrication des parachutes, étaient désormais introuvables. Les amoureuses pures et dures de l'élégance refusèrent cependant de se priver de leurs bas et entreprirent de se teindre les jambes et d'y dessiner de fausses coutures afin d'imiter leurs pièces de lingerie préférées. Les femmes au moindre génie créateur optèrent pour le port du pantalon, une avancée que finit par devoir accepter une société par ailleurs confrontée aux raids aériens et à la naissance du be-bop.

Histoire de la mode (mémoire de maîtrise),
Élizabeth Nichols.

23

Les commérages sont des scoops avant l'heure en robe de satin rouge.
Liz Smith (1923), journaliste et écrivaine américaine.

Je me réveille avec un bout de dentelle collé sur la figure. Et parce qu'on frappe violemment à ma porte.

Je jette un coup d'œil vaseux alentour. Une lueur grisâtre filtre à travers la fenêtre et je m'aperçois que j'ai oublié de tirer les rideaux hier soir. J'ai d'ailleurs oublié pas mal de choses, hier soir. Comme mettre mon pyjama. Me démaquiller. Me brosser les dents.

On continue à cogner à coups redoublés.

— J'arrive !

Je roule de mon lit et titube tandis qu'un étau me serre la tête. Résultat d'une absorption démesurée de Coca light toute la nuit. Je vacille jusqu'à la porte que j'entrouvre prudemment. En peignoir bleu pâle, Vicky Thibodaux se tient sur le seuil.

— Alors ? demande-t-elle anxieusement. Tu as fini ? Tu as réussi ? Tu as pu la sauver ?

Je frotte mes yeux pleins de sommeil et je réussis enfin à demander :

— Quelle heure est-il ?

— Huit heures. Je me marie dans quatre. QUATRE ! TU AS TERMINÉ ?

— Vicky, je murmure en listant les paroles que j'ai répétées dans ma tête depuis environ deux heures de matin. Il faut que je te...

— Oh, fais chier ! s'écrie-t-elle.

Elle se jette de tout son poids sur le battant, le repousse, moi aussi par la même occasion. Elle avance de trois pas dans la pièce, se fige en découvrant ce qui est suspendu à la patère.

— C-c'est... bégaie-t-elle. C-c'est...

— Laisse-moi t'expliquer, Vicky. La robe sur laquelle ta couturière a cousu ces monceaux de dentelles n'était pas assez structurée en elle-même pour exister sans...

— Je l'adore ! souffle la jeune femme.

— ... toutes ces fanfreluches qui la recouvraient. Grosso modo, ta robe n'était QUE dentelles... Bref, j'ai... Tu quoi ?

— Je l'adore, répète Vicky.

Attrapant ma main, elle la serre. Sans pour autant quitter des yeux le vêtement accroché au mur.

— Je n'ai jamais rien vu d'aussi beau, reprend-elle.

— Hum... je marmonne, intensément soulagée, bien sûr. Merci. Elle me plaît aussi. Je l'ai dénichée au grenier l'autre jour. Elle était un peu tachée, mais j'ai réussi à la récupérer. J'ai raccommodé quelques déchirures çà et là et réparé une des bretelles. Hier soir, je l'ai ajustée en prenant les mesures sur ta robe de mariée. Elle devrait t'aller, du moment que tu n'as pas maigri ou grossi en une nuit. Puis j'ai consacré une bonne heure à la repasser... Dieu merci, il y avait un fer dans la cuisine...

Elle m'écoute à peine, hypnotisée par la Givenchy qui luit doucement dans la lumière matinale.

— Euh... veux-tu l'essayer ?

Elle hoche la tête, apparemment incapable de prononcer un mot et commence à se dévêtir. Je décroche la robe de son cintre avec douceur. L'original – le monstre à dentelles – est suspendu à un autre crochet, juste à côté. Je les ai mises là exprès, histoire que Vicky choisisse. La robe de mariée n'est plus aussi laide, si je puis me permettre. J'ai réussi à réduire la quantité de dentelles, même s'il était impossible de tout ôter si je ne voulais pas me retrouver sans rien. Au lieu d'une meringue, elle ressemble maintenant à une de ces tenues que porteraient d'anciennes championnes de patinage artistique dans *Barbie on Ice*. Mais à côté de la Givenchy, elle n'a aucune chance.

Exactement ce que j'espérais.

Je me surprends à retenir mon souffle pendant que j'aide Vicky à s'insérer dans les mètres de soie crème. Puis, une fois qu'elle a passé les bretelles, je me glisse derrière elle pour boutonner les perles dans le dos. Une à une, elles se ferment. Aisément. Et Vicky, elle, ne retient pas son souffle, je l'entends haleter sous l'effet de la joie, tandis qu'elle s'inspecte.

— Elle me va ! s'écrie-t-elle. Elle me va parfaitement.

— Eh bien, c'est normal. J'ai déplacé les...

— Je veux me voir ! m'interrompt Vicky. Où y a-t-il un miroir ?

— Dans la salle de bains, de l'autre côté du couloir.

Claquant bruyamment la porte de ma chambre, elle se précipite là-bas. Un véritable éléphanteau. Soudain, un cri :

— Omondieu ! C'est génial !

Enfin ! J'ai enfin fait quelque chose de bien au lieu de mes habituelles gaffes.

La future mariée réapparaît, aussi discrète qu'un Panzer.

— Je l'adore ! me lance-t-elle.

Pour la première fois depuis que je l'ai rencontrée, elle est tout sourire. Ce qui lui donne un air totalement différent. Disparue, la jeune arrogante gâtée qui déteste son frère et à peu près tous les gens sur terre. À la place, j'entrevois la jeune fille charmante et attirante qui a préféré un informaticien flegmatique du Minnesota plutôt que l'héritier texan d'une grande fortune du pétrole auquel sa mère la destinait. Il faut croire que ce qu'on dit des mariées le jour de leur mariage est vrai. Elles sont toutes belles. Même aussi tôt le matin et non fardée, Vicky est resplendissante.

— Je l'adore, et je t'adore, TOI, jubile-t-elle. Je vais la montrer à ma mère.

Elle embrasse ma joue puis me serre très fort contre elle, à ma grande surprise.

— Je n'oublierai jamais, reprend-elle. Tu es un génie.

Puis elle file dans un tourbillon de soie.

Complètement épuisée, je me recouche, aspirant à un peu de rab de sommeil.

Je parviens à dormir une heure, peut-être deux, quand je suis de nouveau réveillée sans ménagement. Cette fois, quelqu'un s'est jeté sur moi. Quelqu'un qui me rappelle beaucoup Shari, à en juger par ses paroles :

— Omondieu ! Omondieu Lizzie ! Debout ! Tu ne vas pas en croire tes oreilles. DEBOUT !

Serrant les paupières, j'enfouis ma tête sous l'oreiller.

— Je m'en fiche. Sérieux. Je suis morte. Va-t'en !

— Je te jure que ce que j'ai à t'apprendre t'intéressera, assure Shari en m'arrachant l'oreiller des mains.

Privée de ma seule protection contre le soleil éclatant qui envahit la pièce, je la fixe de mes yeux bouffis de sommeil et déclare avec une hostilité remarquable :

— Ç'a intérêt à valoir le coup, Shar. Je ne me suis pas couchée avant cinq heures, à cause de cette idiote de robe.

— Oh, ça le vaut. Luke l'a larguée.

— Qui ?

— Comment ça, qui ? s'énerve Shari en m'assommant avec l'oreiller. Dominique, crétine ! Il vient de l'annoncer à Chaz, lequel m'a tout rapporté. Alors, je me suis ruée ici pour te le dire.

— Un instant... Luke a rompu avec Dominique ?

— Hier soir, apparemment. Après que tout le monde s'était couché. J'ai bien cru entendre une dispute, mais les murs sont tellement épais, ici...

— Attends ! (La nouvelle est trop importante pour que je l'encaisse alors que j'ai la gueule de bois, suite à mes excès nocturnes de Coca light.) Ils se sont séparés ?

— Non, Luke l'a LARGUÉE ! jubile mon amie. Il a expliqué à Chaz qu'il avait enfin compris que lui et elle n'avaient rien en commun dans la vie. Et que ses nichons étaient faux.

— QUOI ?

— Ce n'est pas la raison pour laquelle il a cassé. Il a juste mentionné ce détail en passant.

— Omondieu !

Gisant sur mon lit, j'essaye de comprendre ce que j'éprouve. Je me sens mal, je crois. Mais c'est peut-être parce que je n'ai dormi que trois ou quatre heures, après tout.

— C'est ma faute, finis-je par murmurer.

— Ça va bien, la tête ? piaille Shari. Comment pourrais-tu être responsable ?

— J'ai répété à la mère de Luke ce que Dominique nous avait raconté... qu'il souhaitait être médecin. J'ai aussi laissé échapper le projet de transformer cet endroit en maison de repos hôtelière. Bibi a dû en toucher un mot à son fils.

— Les mecs ne rompent pas avec leur petite copine parce que leur mère ne les apprécie pas, Lizzie, raille Shari.

— N'empêche, j'ai honte. J'aurais mieux fait de me taire...

— Le couple avait des problèmes avant même que tu débarques.

— Mais...

— C'est Chaz qui m'a mise au courant. En plus, cette fille se balade avec des tongs à six cents dollars la paire. Remets-toi. Cela n'a rien à voir avec toi ni avec ce que tu as dit ou non à la mère de Luke.

Je digère cela. Elle a raison, bien sûr. Je serais drôlement prétentieuse de croire que je suis pour quelque chose dans ce qui s'est passé entre Luke et sa copine.

— J'avais deviné qu'ils étaient faux, finis-je par marmonner.

— Je sais. Ils ne bougeaient pas. Même quand elle se déplaçait.

— Or, des nénés de cette taille-là, ça ne tient pas en place.

— Tu piges ce que ça veut dire, hein ? Tu as toutes tes chances avec lui, à présent.

— Je te rappelle qu'il me hait, je rétorque aussitôt, peu désireuse de me monter le bourrichon pour rien.

— Ce n'est pas vrai.

— Tu as dit qu'il était amer.

— Certes. Hier soir.

— Tu vois ?

— Mais depuis, il a largué sa copine.

— Il sera encore amer ce matin. Je l'ai accusé d'être un menteur, je te signale. Alors que c'est faux.

— J'ai une idée ! Et si tu t'excusais ?

— Ça ne changera rien. Pas s'il m'en veut toujours. Ce qui est sûrement le cas. À sa place, je réagirais pareil.

— Je ne pense pas, mais là n'est pas le problème. Écoute, pour moi, ça ne fait aucun doute, tu vas devoir ramper devant lui. En même temps, il en vaut la peine, non ?

— Évidemment.

Je repense à ce jour dans le train, à sa patience, sa gentillesse, sa drôlerie. À ses cils, si longs dans la lueur du soir. Et à cet épisode dans le grenier, quand il a été adorable avec moi. Au Coca light qu'il m'a acheté. À son insistance à me trouver courageuse, en dépit des apparences. Je proteste néanmoins :

— Ça ne servirait à rien. Prends par exemple...

Brusquement, la porte de ma chambre s'ouvre, et Chaz y passe la tête, visiblement agacé.

— Désolé, les filles, je sais que c'est un pur bonheur de bavasser dans le dos de mon pote Luke, mais avez-vous songé que nous avons un mariage sur les bras et que nous avons promis de donner un coup de main ?

C'est ainsi que, une heure plus tard, je me retrouve à

361

porter un plateau de cocktails champagne-jus d'orange, offrant des libations de bienvenue aux invités assoiffés – et maussades – regroupés sur la pelouse pour le mariage de Victoria Rose Thibodaux et Craig Peter Parkinson. Il fait beaucoup plus chaud que ce qui était prévu, et les messieurs transpirent dans leurs costumes-cravates, cependant que les dames s'éventent avec leur programme. La cérémonie est censée débuter à midi, et il ne devrait pas y avoir de retard. Le pasteur – importé directement de la paroisse de la future mariée, à Houston – est arrivé, ainsi que les fleurs, le gâteau et même le quartet à cordes chargé de jouer la marche nuptiale (corvée que Satan's Shadow a énergiquement refusé d'exécuter, à l'instar des reprises).

Même Vicky est prête, à la plus grande surprise de l'assemblée. La rumeur affirme qu'elle attend midi dans la fraîcheur de la maison.

J'aimerais être moi aussi un peu fraîche. Malheureusement, je suis dans un état épouvantable. Parce que je n'ai pas encore réussi à voir Luke. Enfin, si, je l'ai aperçu – il court dans tous les sens, accueillant les fêtards, réglant les ultimes petits tracas, époustouflant dans son costume sombre et, contrairement à ses pairs, très à l'aise malgré la chaleur. Mais il ne s'est pas approché de moi une seule fois, n'a même pas regardé dans ma direction. Je comprends parfaitement qu'il soit furieux – amer – à mon encontre. N'empêche, il pourrait au moins me donner une chance de m'expliquer.

— Il y a de l'alcool, là-dedans ? s'enquiert Baz, le batteur de Satan's Shadow, en désignant un des verres que je trimballe.

— Oui, du champagne.

— Dieu soit loué ! (Il attrape deux verres, les vides

cul sec et les repose sur le plateau.) Quelle foutue chaleur, hein ?

— Au moins, tu es habillé en conséquence, je lui réponds poliment.

En effet, le groupe paraît avoir décidé de s'épargner toute contrainte vestimentaire en portant des shorts, des tongs et, au moins pour Kurt, en charge des claviers, pas de chemise.

— T'aurais pas vu Blaine, par hasard ?

— Non.

Mon attention se porte ailleurs. Luke vient en effet de s'approcher au bras d'une femme âgée pour l'aider à s'asseoir sur une des chaises pliantes que Chaz et moi avons alignées depuis que je me suis levée, ménageant une allée au milieu sur laquelle on s'apprête à dérouler un tapis blanc. Suivant mon regard, Baz hèle Luke.

— Hé, Luke ! Par ici !

Non ! Omondieu ! Non ! Je veux certes parler à Luke, mais pas ainsi. En PRIVÉ. Je ne tiens pas à ce que notre première rencontre depuis la scène déplaisante d'hier soir se déroule devant témoins, encore moins en présence d'un batteur prénommé Baz.

— Oui ? dit Luke en nous rejoignant.

Comme d'habitude, sa seule proximité suffit à affoler mon pouls comme celui d'une adolescente lors des soldes chez Claire. Il est vraiment à couper le souffle, sous le soleil, avec ses épaules larges, son visage rasé de frais, et... Omondieu ! des chaussures à troustrous ! Des chaussures à TROUS-TROUS ! J'adore...

Au point que j'ai du mal à ne pas lâcher mon plateau.

POURQUOI a-t-il fallu que je sois assez bête pour l'accuser d'avoir vendu la mèche à Shari au sujet de ma maîtrise ? Pourquoi, sous prétexte que JE suis inapte à garder un secret, faut-il que je croie qu'il en va de même pour les autres ?

— Hé, mec ? lui lance Baz, t'as vu ton cousin Blaine ? Personne ne le trouve.

— Non.

Je note que le regard de Luke est posé sur moi, bien que je n'arrive pas à déchiffrer les émotions que cachent ces prunelles sombres. Me déteste-t-il ? M'aime-t-il ? Lui suis-je complètement indifférente ?

— Quelqu'un a vérifié sa chambre ? reprend-il. Blaine est un lève-tard, si je ne m'abuse.

— T'as raison, réplique Baz. Bonne idée.

Sur ce, il s'éloigne, nous laissant, Luke et moi en tête à tête, un peu gênés. Je saisis l'occasion avant qu'il file à son tour.

— Écoute, je marmonne d'une voix qui paraît très douce en comparaison du tintamarre que produit le sang battant dans mes tempes. Je voulais juste... à propos d'hier soir... Shari m'a expliqué...

— Oublie, veux-tu ? réplique-t-il vertement.

Des larmes montent à mes yeux. Shari a parlé d'amertume – c'est vrai. Mais de là à m'empêcher de m'excuser ! Malheureusement, je n'ai pas le temps d'ajouter quoi que ce soit, car M. de Villiers, l'air très alerte dans un costume crème, s'approche de moi, une bouteille de champagne à la main.

— Lizzie, Lizzie, me réprimande-t-il joyeusement, il y a des verres vides sur votre plateau. Vous devriez aller trouver Mme Laurent pour faire le plein.

— Je m'en occupe, décrète Luke en me débarrassant de ma charge.

— Non ! dis-je fermement en résistant.

Heureusement qu'il n'y a que trois flûtes dessus, sinon, ça serait un désastre.

— J'ai dit que je m'en occupais, répète Luke en tendant les bras.

— Et j'ai dit que NON.

— Lizzie !

Luke, son père et moi nous retournons en reconnaissant Bibi de Villiers. Magnifique en tenue jaune pâle et capeline assortie, elle semble bouleversée.

— Où avez-vous trouvé cette robe ? me demande-t-elle.

Je baisse les yeux sur la chinoiserie que je porte, celle-là même que j'ai mise à ma descente de l'avion dans l'espoir d'épater Andy... il y a des milliards d'années. C'est le seul vêtement qui m'a paru approprié à un mariage. Mis à part que je ne peux pas mettre de culotte en dessous. Ce que personne sauf moi n'a besoin de savoir.

— Heu... à la boutique où je travaille, dans le Michigan...

— Pas celle-là, me coupe Bibi, l'air à la fois anxieux et joyeux. (Ce qui, au passage ne paraît pas gêner du tout son époux, qui la contemple avec la tête émerveillée d'un gosse le soir de Noël.) Celle que vous avez réparée pour Vicky cette nuit.

Luke se fige. Quant à son père, il continue de fixer sa femme, complètement énamouré. Alertée par l'attitude de Luke, devinant qu'il y a anguille sous roche, c'est avec prudence que je réponds.

— Ici, à Mirac. Dans le grenier.

— Pardon ? s'écrie Mme de Villiers, ahurie. Et où exactement ?

Je n'ai pas la moindre idée de ce qui se passe, même

365

si je soupçonne que l'intérêt de Bibi est tout sauf poli. La Givenchy lui appartenait-elle donc ? La taille irait... la robe va à Vicky, Vicky est la nièce de Bibi... Je décide de la jouer sûre. Pas question de lui révéler les conditions atroces dans lesquelles j'ai dénichée la robe. Ce secret-là, je l'emporterai avec moi dans la tombe. Aussi, j'improvise :

— Dans un carton. Elle était soigneusement emballée. Amoureusement emballée, irais-je jusqu'à dire...

Je comprends que j'ai bien agi, lorsque Bibi se tourne vers son mari et s'exclame :

— Tu l'as gardée ! Après toutes ces années !

Soudain, elle se jette au cou de Guillaume, qui rougit de bonheur.

— Ben, oui, naturellement, marmotte ce dernier. Qu'est-ce que tu croyais, Bibi ?

Alors qu'il est évident – pour moi, du moins – qu'il n'a aucune idée de ce dont parle sa femme. Il est juste content qu'elle le serre de nouveau dans ses bras. À côté de moi, Luke étouffe un juron. Heureusement, quand je lève les yeux vers lui, craignant d'avoir commis une boulette, je constate qu'il sourit.

— Qu'est-ce qui se passe ? dis-je à voix basse.

— Je pensais bien que j'avais déjà vu cette Givenchy quelque part, répond-t-il sur le même ton. Sur des photos noir et blanc, seulement, si bien que... ce vêtement que tu as sauvé, c'était sa robe de mariée.

— Mais... (Je halète.)

— Je sais, murmure-t-il en me prenant par le bras pour m'entraîner loin de ses parents.

— Un fusil ! Elle enveloppait un...

— Je sais, répète-t-il tout en me conduisant en direction de la table où Mme Laurent monte la garde près d'un broc de jus d'orange. Cette robe était une pierre d'achoppement entre eux deux depuis des années. Elle pensait qu'il l'avait jetée avec tout le reste après les fuites dans le toit...

— Ce qui n'était pas le cas. Il l'a juste...

— Oui. (Luke s'arrête brusquement et, à ma grande déception, me lâche.) Écoute, il l'aime vraiment, même s'il n'est pas du genre sentimental. Ma mère signifie beaucoup, pour lui. Son fusil de chasse aussi, hélas. Je doute qu'il se soit rendu compte de quelle robe il s'agissait. Il l'avait sous la main, c'est tout, donc... tu connais la suite.

— Omondieu ! je m'écrie, le cœur serré. Et moi qui ai déplacé les pinces pour qu'elle aille à Vicky !

— Je ne pense pas que ma mère trouvera à y redire.

Il tourne les yeux vers ses parents, qui sont pratiquement en train de s'envoyer en l'air devant tout le monde. Nous les observons environ trente secondes, puis je me rappelle que je suis censée présenter mes excuses. Même si, à ma dernière tentative, il m'a envoyée bouler. Me demandant comme m'y prendre – un simple « désolée » suffira-t-il ? Shari a parlé de se mettre à plat ventre devant lui, alors faut-il que je tombe à genoux ? –, j'ouvre la bouche. Sauf qu'il me coupe l'herbe sous le pied et, d'une voix très différente de celle qu'il a employée tout à l'heure pour m'ordonner d'oublier ça, il lâche :

— Comment as-tu deviné ? Pour la robe ?

Soudain, je ne supporte plus de le regarder dans les yeux. Je baisse la tête sur mes escarpins dont les petits talons s'enfoncent de plus en plus dans le gazon.

— Eh bien, j'ai juste senti que cette robe avait de l'importance pour ta mère, alors j'ai essayé d'imaginer la façon dont j'aurais aimé qu'on traite une Givenchy qui m'aurait appartenu.

C'est alors qu'il me retire le plateau des mains, le pose sur la table de Mme Laurent et prend mes doigts dans les siens.

— Lizzie ! ronronne-t-il de sa voix grave.

Là, je suis obligée de relever la tête. OBLIGÉE.

Et je comprends qu'il vient de me pardonner.

Ou non ?

— Je suis dés...

À cet instant, je suis interrompue par le quartet à cordes qui, installé dans l'ombre d'un chêne, émet quatre notes familières : *Dum dum-da-dum.*

La fin de la Seconde Guerre mondiale donna une nouvelle impulsion à la mode. On vit le retour des silhouettes en sablier et, brusquement, les grands créateurs se mirent à produire du prêt-à-porter – à destination des jeunes filles notamment, qui, durant le boom économique ayant suivi le conflit, eurent soudain les moyens de s'offrir leurs propres vêtements. Comment expliquer autrement le succès de la jupe bouffante ? Comme pour les jeans taille basse d'aujourd'hui, cet engouement n'eut de sens que pour celles qui choisirent de s'en attifer.

Histoire de la mode (mémoire de maîtrise),
Élizabeth Nichols.

24

L'amour n'est que bavardage,
Les amis la seule chose qui compte.
Gelett Burgess (1866-1951), artiste, critique et poète amé-
ricain.

La cérémonie est une réussite.

Et je ne dis pas ça parce que je suis de ceux qui y ont contribué en veillant à ce que la mariée ait une robe aussi époustouflante. Le mariage aurait été chouette, même avec l'original commandé par Vicky.

Il aurait seulement été beaucoup plus ornementé de dentelle.

Shari, Chaz, Mme Laurent, Agnès et moi sommes assis au fond. Lors de l'échange des vœux, Mme Laurent et moi essuyons nos larmes, cependant que Chaz ricane (je ne comprends pas le problème qu'ont les mecs avec les mariages). Cela ne m'empêche pas néanmoins de jeter des coups d'œil à Luke, installé près du premier rang, du côté des invités de la mariée (en réalité, il n'y a pas vraiment de côté réservé aux invités du marié, car à l'exception des parents, de la sœur et de trois vieux potes de la fac de Craig, il était plutôt vide, jusqu'à ce que la meute de personnes liées à Vicky et sa famille l'envahisse). Il ne cesse de regarder en direction de ses parents, qui rigolent et se bécotent comme des lycéens amoureux.

Aucune trace de Dominique. Soit elle refuse de descendre de sa chambre, soit elle a déjà filé du château.

— Vous pouvez embrasser la mariée, annonce soudain le pasteur.

Mme Thibodaux éclate en joyeux sanglots, et c'est fini.

— Viens, me dit Shari en attrapant mon bras. Nous sommes encore une fois de corvée au bar.

Je contemple Luke avec regret. N'arriverais-je donc jamais à m'excuser ? Au demeurant, si je parviens à me retrouver seule avec lui, acceptera-t-il de m'écouter ?

Nous nous précipitons pour atteindre le bar avant les invités suants et assoiffés, et nous mettons aussitôt à faire sauter les bouchons de champagne (pas moi, cependant, je suis plus prudente). Tout le monde paraît de bien meilleure humeur maintenant que la cérémonie est terminée. Les hommes dénouent leur cravate et ôtent leur veste, les femmes, par crainte de tacher leurs souliers sur l'herbe, vont pieds nus. Patapouf et Minouche traînent dans les pattes des serveurs qui offrent des plateaux de canapés à tout un chacun. Bref, ça marche comme sur des roulettes, jusqu'à ce que Luke nous rejoigne et demande à voix basse :

— L'un de vous a-t-il aperçu Blaine ?

Je regarde du côté de l'estrade montée hier. Baz, Kurt

sont à la batterie et aux claviers. Le bassiste, dont j'ai oublié le nom, accorde sa guitare. Un groupe d'amies de Vicky sont déjà sur la piste de danse, impatientes que le concert débute. En revanche, il n'y a personne derrière le micro.

— Satan's Shadow semble avoir perdu son chanteur, fait remarquer Shari.

C'est alors qu'Agnès arrive en courant, angélique dans ce qui doit être sa plus jolie robe, une petite chose en organdi rose qui conviendrait mieux à un bal de fin d'année. Mais c'est justement ce qui est si mignon. Elle glisse quelques mots saccadés en français à Luke, lequel sourcille.

— Flûte ! marmonne-t-il avant de filer vers sa tante et son oncle.

Tout en me dépêchant de remplir les flûtes qu'on me tend, je demande à Agnès ce qu'il se passe et ce qu'elle vient de dire à Luke.

— Juste que la chambre de Blaine est vide, répond-elle en écartant une mèche folle de ses yeux. Sa valise, tout a disparu. C'est pareil chez Dominique. Et la camionnette de Satan's Shadow n'est plus là.

Je sens quelque chose d'humide et de froid sur ma main et constate que je suis en train de renverser du vin partout.

— Merde ! s'exclame Chaz, hilare, qui a entendu. Merde de merde !

— Quoi ? s'énerve Shari (qui n'a jamais beaucoup aimé faire le service). Qu'y a-t-il de drôle ?

— Blaine et Dominique... réussis-je à marmotter.

Je suis glacée, tout à coup. Je me souviens de ma conversation avec le jeune musicien, dans la cuisine. Et de moi lui promettant qu'il ne tarderait pas à trouver une jeune fille qui serait plus qu'heureuse de sa récente richesse. Et de ma discussion hier soir avec Dominique, à qui j'ai révélé le contrat que Blaine avait signé avec sa maison de disques... sans parler de celui avec Lexus. J'ai comme l'impression que Blaine s'est dégoté une nouvelle petite copine, et Dominique un type susceptible de prê-ter l'oreille à ses plans pour gagner toujours plus de fric.

— Quoi, Blaine et Dominique ? insiste impatiem-ment Shari.

— On dirait bien qu'ils ont mis les bouts ensemble.

Et c'est ma faute.

Une fois de plus.

C'est au tour de Shari de céder à la maladresse. Elle est tellement surprise qu'elle tressaille, inondant les Converse de Chaz.

— Hé ! Fais gaffe ! s'écrie-t-il.

— Blaine et Dominique ? répète-t-elle. Tu en es sûre ?

— Il n'est pas là, elle non plus. C'est mal barré pour Satan's Shadow, j'ajoute après un coup d'œil vers la scène.

Resplendissante dans sa robe et son voile, Vicky a rejoint ses copines et paraît remarquer, pour la première fois, l'absence de son frère.

— Pourvu que Blaine ne soit pas le seul à savoir chan-ter, se marre Chaz.

— Il reste le quartet, non ? suggère Shari.

Je lui fais remarquer qu'un père et sa fille n'ouvrent pas le bal sur Tchaïkovski.

Ça me scie. Que Blaine fasse un coup pareil à sa sœur. Ça me scie ! Ça ne devrait pas d'ailleurs, si l'on consi-dère l'implication de Dominique dans sa désertion.

Je n'en suis pas moins responsable. POURQUOI a-t-il

fallu que j'aille parler de Blaine à cette garce ? Alors qu'il était dans un état de vulnérabilité sentimentale évidente, le pauvre chou. J'aurais dû deviner qu'il ne saurait résister aux avances de la sournoise. Après que Luke l'a larguée, elle devait être furax... et avait besoin du seul genre de thérapie efficace sur elle, celle prodiguée par un futur héritier comme Blaine. Or, quoi qu'en pense Shari, je suis responsable de la séparation de Luke et Dominique. Par parce qu'il serait secrètement amoureux de moi. Oh que non ! Mais parce que je l'ai encouragé à poursuivre des études de médecine plutôt que s'installer à Paris en compagnie de la Canadienne...

Franchement, c'est ma faute.

Et je me rends compte qu'il ne me reste plus qu'une chose à faire pour réparer.

En aurai-je le courage ? Il va bien falloir.

— Je reviens tout de suite, dis-je en jetant la serviette que j'utilise pour déboucher les bouteilles.

Sur ce, je file à grandes enjambées en direction de l'estrade.

— Hé ! crie Shari. Où vas-tu ?

Je ne m'arrête pas. Je n'ai pas du tout envie d'agir comme je m'apprête à le faire, mais ce n'est pas comme si j'avais le choix. Vicky est en larmes, maintenant. Craig tente de la réconforter, ainsi que ses parents. Les invités se pressent autour d'eux, plus préoccupés par la détresse de la mariée que par l'absence de musique.

— Comment a-t-il osé ! gémit Vicky. COMMENT ?

— Ce n'est pas grave, chérie, la console sa mère. Les garçons se débrouilleront sans lui, n'est-ce pas, vous autres ?

Baz, Kurt et l'autre gars échangent un regard. Baz est le seul à avoir les tripes d'avouer :

— Hum... aucun de nous ne sait chanter.

— Eh bien, vous vous contenterez de jouer, réplique Mme Thibodaux. Vous ne vous êtes pas cassé les doigts, me semble-t-il ?

— Non, balbutie Baz en contemplant ses doigts, mais... Blaine s'est tiré avec la liste des morceaux programmés.

— Trouvez quelque chose qui convienne à la première danse ! siffle Ginny.

— *Le Fouet de Cheetah* ? suggère Baz après un nouveau coup d'œil à ses potes.

— Je suis pas sûr, mec, lui répond Kurt, l'air apeuré (enfin, autant que peut l'être un gamin de vingt et un ans complètement défoncé). Y a pas mal de « putain », là-dedans.

— Ouais, sauf que si personne ne chante...

J'aperçois Luke, qui observe sa cousine avec inquiétude. Ça suffit à me convaincre définitivement. Donc, avant d'avoir le temps de me persuader que je commets une nouvelle gaffe, je grimpe sur la scène. Les trois musiciens me dévisagent.

— Salut ! me lance le bassiste (comment s'appelle-t-il, bon sang ?) avec un grand sourire à l'adresse de mes jambes nues.

— Ce truc est ouvert ? je demande en tapotant le micro.

« *Ce truc est ouvert ?* » Ma voix donne l'impression de résonner dans toute la vallée.

— Houps ! J'imagine que oui.

« *oui, oui, oui, oui...* »

Sur la pelouse, tout le monde se tourne vers moi, y compris une Vicky bouche bée. Et Luke. Qui a l'air d'avoir reçu un gnon dans le plexus. Super...

— Salut ! dis-je dans le micro.

Omondieu ! Qu'est-ce que je fiche ici ? Et pourquoi est-ce que je cède une fois de plus à mes mauvais penchants ?

Ah oui ! Parce tout est ma faute.

Ont-ils remarqué que mes genoux tremblaient ?

— Je m'appelle Lizzie Nichols. Blaine Thibodaux était censé être à ma place, mais... hum, il a eu un empêchement. (Je jette un coup d'œil derrière moi, à la recherche d'encouragements. Baz hoche la tête énergiquement.) Une urgence qui l'a obligé à partir. Heureusement, nous avons le reste de la troupe. Hein, les gars ?

Les trois larrons se trémoussent, mal à l'aise. La foule, bien élevée en dépit de sa perplexité, applaudit. Franchement, je n'en reviens pas que ces pauvres types aient réussi à signer un contrat de plusieurs millions de dollars.

En voyant Shari qui, une expression de choc absolu sur le visage, se fraie un chemin parmi les invités, je reprends :

— Donc, je voulais juste féliciter Vicky et Craig. Vous formez un couple formidable, tous les deux.

Nouvelle ovation, plus enthousiaste cette fois. Vicky continue de pleurer, mais elle y met moins de cœur. Elle a surtout l'air hébétée.

— Et... hum, comme le chanteur manque à l'appel, j'ai pensé qu'en l'honneur de ce jour si spécial... (Sur la piste de danse, Shari secoue la tête en faisant « non ! » avec les lèvres.)... mon amie Shari Dennis et moi-même pourrions vous chanter une mélodie qui, chez nous, dans le bel État du Michigan... (Shari s'agite le chignon avec tant de véhémence maintenant que ses cheveux lui fouettent la figure.)... accompagne traditionnellement la

première danse des mariés... (« Non, Lizzie, NON ! »)
Je suis sûre que vous la connaissez tous, alors n'hésitez
pas à vous joindre au chœur ! Prêts, les gars ?

Baz et Kurt s'interrogent du regard. Le bassiste per-
sévère à mater mes gambettes.

— Vicky et Craig, je vous la dédie chaleureusement !
« *ment, ment, ment, ment...* »

Et je me lance :

— « *Now, I...* »

J'ai déjà chanté ce truc[1] à des centaines d'occasions,
aux réunions de famille, aux concours de talents des
écoles, aux compétitions de la cité U, et, chaque fois,
j'avais ingurgité pas mal de bières. Là, ma voix est si
amplifiée qu'elle résonne à travers la pelouse, puis les
vignes, le long de la falaise et dans la vallée. Les touristes
allemands qui filent au gré de la Dordogne sur leurs
bateaux gonflables doivent m'entendre. Ceux qui
débarquent de leur car pour admirer les peintures
rupestres de Lascaux doivent m'entendre. Même Dominique et Blaine, où qu'ils soient, doivent m'entendre.

Sauf que personne ne reprend les paroles.

Bah ! Ils doivent avoir besoin de quelques encouragements supplémentaires. – « ... *had...* »

Hum. Toujours personne avec moi. Même pas les
musiciens. Je me tourne vers eux, ils me dévisagent avec
ahurissement. Qu'est-ce qu'ils ont ?

— « ... *the time of my life...* »

Impossible qu'elle ne leur dise rien. D'accord, ce sont
des mecs. Mais quoi ? Ils n'ont jamais eu de sœur ?

— « *And I never...* »

---

1. Soit *The time of my life*, célébrissime duo composé par Franke Previte et inter-
prétée par Bill Medley et Jennifer Warnes, inclus dans la bande originale du film *Dirty
Dancing* (1987).

Que se passe-t-il ? Je ne suis quand même pas la SEULE à adorer cette chanson ? SHARI aussi. Sauf qu'elle reste plantée sur la piste de danse, à secouer la tête en faisant « non, non, non » avec les lèvres.

J'apostrophe encore une fois les musiciens :

— Allez les mecs ! On se bouge ! Je sais que vous la connaissez. « ... *felt this way before...* »

Au moins, Vicky sourit à présent. Et elle remue du popotin. Elle, connaît la chanson, même si Craig paraît un peu paumé. Omondieu ! Qu'est-ce qui m'a pris ? Je chante ma chanson préférée depuis toujours, la chanson idéale pour un mariage devant cette grande assemblée qui se borne à me zyeuter sans réagir. Même Luke ouvre des yeux ronds, à croire que je viens de débarquer d'un vaisseau spatial. Et voilà que Shari a disparu. Où a-t-elle filé ? Elle était là il n'y a pas une minute. Comment ose-t-elle me laisser tomber comme ça ? Nous nous sommes données en spectacle là-dessus depuis la maternelle. Elle chantait la partie fille. TOUJOURS. J'ai honte pour elle. D'accord, je n'ai pas assuré ma maîtrise, ce n'est pas une raison pour m'en vouloir à mort pendant des siècles. Surtout que nous sommes amies à vie. En plus, je me suis excusée.

Soudain, la caisse claire résonne.

Baz ! Baz s'y met enfin, lui aussi !

Ha ! Je savais qu'il la connaissait. TOUT LE MONDE la connaît.

J'enchaîne aussitôt en me retournant pour lui adresser un sourire reconnaissant :

— « ... *Oh, I...* »

Maintenant, c'est au tour de Kurt, qui tape quelques notes hésitantes. Oui, Kurt ! Tu y es, Kurt !

— « ... *had the time of my life...* »

Merci, les gars ! Oh, merci pour votre soutien !

— « ... *It's the truth*... » entonne tout à coup une voix.

Et Shari grimpe sur l'estrade et vient se poster devant le micro, à côté de moi. Quant au bassiste, quel que soit son prénom, il commence à gratouiller des notes familières, tandis que Craig prend Vicky par la taille et la fait virevolter.

Brusquement, tout le monde applaudit... et se met à chanter.

— « *And*, braillons-nous, Shari et moi, *I owe it all to you*... »

Omondieu ! Ça marche ! Ça marche ! Les gens s'amusent ! Ils en oublient la chaleur, la fuite du frère de la mariée avec la bonne amie du cousin, et ils dansent. Et reprennent les paroles en chœur.

— « *You're the one thing, that I can't get enough of, baby*... »

Baissant les yeux, je constate que les parents de Luke se trémoussent avec leurs invités.

— « *So, I'll tell you something*... », je continue, incrédule, « *This must be love !* »

La noce se marre. La noce danse. La noce frappe dans ses mains. Satan's Shadow a imprimé une espèce de rythme latin à la musique – on dirait *Vamos à la playa*. C'est un peu bizarre, mais tant pis. Parce que le résultat n'est pas mal du tout, finalement.

Alors que nous entamons le crescendo, Shari me donne un sacré coup dans les côtes, ce qui n'est pas prévu dans notre chorégraphie. Lui jetant un coup d'œil, je remarque qu'elle est devenue aussi blanche que la robe de Vicky. Elle tend le doigt. Je tourne la tête.

Andy Marshall approche à grands pas de l'estrade.

Les swingantes années 1960 apportèrent autre chose que la révolution sexuelle. La mode en effet subit une révolution bien à elle. Soudain prédomina le sentiment que « tout se porte », des minijupes aux teintures maison. Le retour des fibres naturelles – celles-là même qu'utilisaient nos ancêtres pour tisser leurs pagnes – dans les années 1970 ramena la mode à ses origines, lorsque les hippies trouvèrent d'autres usages au chanvre que celui popularisé par les beatniks de la décennie précédente... quoique ce dernier reste largement en vogue aujourd'hui auprès des étudiants des campus universitaires.

Histoire de la mode (mémoire de maîtrise),
Élizabeth Nichols.

25

Alors que les commérages des femmes sont universellement tournés en ridicule parce qu'ils seraient triviaux et
sans intérêt, ceux des hommes, surtout quand ils
concernent les femmes, sont appelés théorie, idée, fait.
Andrea Dworkin (1946-2005), critique féministe améri-
caine.

Heureusement que nous venons juste de nous égosiller
sur « *And I owe it all to you* », parce qu'il s'était montré
un peu plus tôt, je me serais étranglée avec ma salive.

L'assistance éclate en chaleureux applaudissements, et
Shari et moi saluons. Je profite de ce que j'ai la tête en
bas pour remarquer que le bassiste se baisse aussi, histoire de se rincer l'œil – dans mon cas, il ne va pas être
déçu du voyage, puisque je ne porte pas de culotte sous
ma robe –, pendant que Shari murmure :

— Nom d'un chien, Lizzie, qu'est-ce qu'il fabrique ici, celui-là ?

— Aucune idée, je réponds, au bord des larmes. Qu'est-ce que je fais ?

— Comment ça qu'est-ce que tu fais ? Tu vas lui parler, un point c'est tout.

— Je ne veux pas ! Je lui ai déjà dit tout ce que j'avais à lui dire.

— Apparemment, tu n'as pas été assez persuasive. Alors, retourne-z-y.

Nous nous relevons au moment où une des amies de Vicky, sous les encouragements de copines (« Vas-y, Lauren ! » et « T'en es capable, ma vieille ! ») saute sur l'estrade et nous arrache le micro.

— Salut, nous lance-t-elle. Vous avez été géniales, les filles. Hé, les gars, ajoute-t-elle à l'intention des musiciens, vous connaissez *Lady Marmalade* ?

Baz jette un regard à Kurt, qui hausse les épaules.

— On devrait se démerder, lui renvoie le bassiste.

Là-dessus, Baz commence à donner le rythme.

— Lizzie ! me hèle Andy, au pied de la scène, son blouson de cuir moche sur un bras.

Qu'est-ce qu'il FOUT ici, bon Dieu ? Comment m'a-t-il retrouvée ? Pourquoi s'est-il pointé ? Il ne m'aime pas. Je sais qu'il ne m'aime pas. Alors, pourquoi se donner autant de mal ?

Omondieu ! C'est sûrement la petite gâterie. Franchement, j'ignorais qu'une turlute avait autant de pouvoir ! Si j'avais été au courant, je vous jure que je ne lui en aurais jamais taillé une.

Je descends de l'estrade, suivie par Shari, qui me chuchote :

— Ordonne-lui de partir. Explique-lui que tu ne veux

plus avoir affaire à lui. Menace-le de porter plainte auprès des flics pour harcèlement. Ils doivent sûrement avoir ça aussi, en France, non ?

Andy, le visage blême d'anxiété, m'attend en bas des marches.

— Te voilà enfin, Liz ! s'écrie-t-il quand je le rejoins. Je t'ai cherchée partout...

— Qu'est-ce que tu fiches ici ?

— Je suis désolé, s'excuse-t-il en tendant la main pour prendre mon bras, mais tu t'es enfuie. Je ne pouvais pas laisser les choses comme ça...

— Pardon ? intervient une femme avec un fort accent texan. Vous êtes la jeune fille qui a dessiné la robe de la mariée ?

— Hum, non. C'est une pièce vintage. Je l'ai juste remise au goût du jour.

— Je tenais à vous féliciter. Vous avez accompli un travail fantastique. Cette robe est magnifique, tout bonnement magnifique. On ne devinerait jamais qu'elle est vintage. Jamais.

— Eh bien, merci.

L'invitée s'éloigne. Je me retourne pour affronter Andy. Je n'en reviens pas. C'est la première fois qu'un type me pourchasse à travers toute l'Europe. Enfin, qu'il traverse la Manche pour moi.

— Écoute, je lui assène, nous avons rompu, toi et moi.

— Des clous. Tu m'as largué, mais tu m'as pas donné une chance de m'expliquer...

— Mademoiselle ? le coupe une autre femme. Est-ce vous qui avez conçu la robe de Vicky ?

— Non, je l'ai seulement restaurée. C'est un vintage. Je me suis contentée de la nettoyer et de l'ajuster.

— En tout cas, elle est superbe. Fantastique. Et j'ai beaucoup aimé votre chansonnette.

Je rougis.

— Oh ! Merci. Ça n'a pas marché entre nous, je reprends à l'intention d'Andy quand elle est partie. J'en suis navrée. Tu n'es pas celui que je croyais. Et tu sais quoi ? Il se trouve que je ne suis pas non plus celle que je croyais être.

Je suis un peu surprise de m'entendre énoncer cela, sauf que c'est la vérité vraie. Je ne suis plus celle qui est descendue de cet avion à Heathrow, bien que, par hasard, je porte la même robe. Je suis quelqu'un de totalement différent. Qui exactement ? Je ne suis pas sûre... une autre en tout cas.

— Sache que je ne te garde pas rancune, j'ajoute en serrant la main d'Andy. C'était une erreur.

— Pas d'accord, réplique-t-il en me serrant également les doigts. (Sinon que ce geste n'est pas amical, contrairement au mien ; on dirait plutôt qu'il refuse de me lâcher.) Je crois que c'est moi qui ai commis des tas d'erreurs. Mais tu m'as pas laissé le temps de m'excuser, Lizzie. Voilà pourquoi j'ai débarqué ici. Je veux que tu me pardonnes, puis je t'emmènerai dans un bon restau, et on rentrera à la maison...

Cette conversation, déjà bizarre, prend une tournure encore plus cocasse, vu son accompagnement musical. Derrière nous, Lauren s'égosille sur « *Gitchy gitchy ya ya da da !* » tout en exécutant une chorégraphie qui a au moins le mérite de ravir le bassiste.

— Andy... comment as-tu découvert où j'étais ?

— Tu m'as seriné au moins un million de fois dans tes mails que ta copine Shari passait l'été dans un château de Dordogne appelé Mirac. Ça n'a pas été très compliqué. Et maintenant, accepte de revenir avec moi, Lizzie. Je te promets que, cette fois, ce sera pas pareil... JE serai différent.

— Je ne retournerai pas en Angleterre avec toi, Andy, j'explique aussi gentiment que possible. Je ne t'aime plus. J'ai été très contente de te connaître, sauf que... non. Nous devons nous dire au revoir.

Il en reste comme deux ronds de flan.

— Pardonnez-moi, s'interpose une femme d'âge moyen. Désolée de vous interrompre. Il paraît que vous êtes celle qui a restauré la robe de la mariée. Cela signifie que vous avez pris une vieille robe et que vous l'avez réparée ?

Qu'est-ce qui se passe ? Que me veulent toutes ces nanas ?

— En effet.

— Eh bien... encore une fois, je suis navrée de vous ennuyer, mais... voilà. Ma fille aimerait porter la robe de mariée de sa grand-mère pour son mariage, en juin l'an prochain. Malheureusement nous n'avons trouvé personne qui accepte de la remettre en état. Toutes les couturières que nous avons contactées assurent que le tissu est trop vieux et trop fragile et refusent de prendre le risque de l'abîmer.

— C'est effectivement un vrai problème, avec les tissus anciens. Bien qu'ils soient de meilleure qualité que ceux d'aujourd'hui. J'ai cependant découvert qu'en utilisant des nettoyants naturels, rien de chimique, on obtenait d'assez bons résultats.

— Des nettoyants naturels... Écoutez, ma chère, vous avez une carte de visite ? J'aimerais vraiment rester en contact avec vous pour discuter plus amplement de ce sujet. Comme vous semblez occupée...

Elle jette un coup d'œil à Andy.

— Euh... je réponds tout en tapotant ma robe avant de me rappeler qu'elle n'a pas de poches. (D'ailleurs, en aurait-elle, je n'ai pas de cartes de visite, de toute façon.) Je n'ai rien sur moi, mais je reviens très vite vers vous pour vous donner mes coordonnées. Ça irait ainsi ?

— Ce serait parfait. À tout à l'heure, alors.

Elle s'éloigne, non sans avoir lancé un autre regard craintif à Andy.

— Lizzie ! explose d'ailleurs ce dernier comme s'il n'en pouvait plus. T'es pas sérieuse, là ! Je comprends que t'aies l'impression d'avoir besoin d'un peu de temps à toi, mais après tu te rendras sûrement compte de ce que toi et moi on a en commun. C'est super spécial. Je te montrerai. Je te traiterai comme une reine. Je me rattraperai, je te le jure. Quand tu reviendras à Ann Arbor à l'automne, je t'appellerai...

Une émotion des plus surprenantes m'envahit quand il prononce ces paroles. Je ne me l'explique pas très bien, sinon que c'est comme si, soudain, il m'avait laissé entrapercevoir le futur... un futur que je vois aussi clairement à présent que s'il était en haute définition.

— Je ne retournerai pas à Ann Arbor cet automne, Andy. Sauf pour récupérer mes affaires. Je déménage à New York.

Derrière moi, j'entends Shari qui lâche :

— Ouais !

Toutefois, quand je me retourne, elle est figée devant la prestation de Lauren qui, se prenant pour Patti Labelle, implore le public de bien vouloir coucher avec elle ce soir.

— À New York ? TOI ? s'écrie Andy, ahuri.

— Oui, moi, je réplique en dressant le menton et

d'une voix qui ne ressemble pas à celle de d'habitude. Ça t'étonne ? Tu penses que je n'en suis pas capable ?

— Je t'aime, Lizzie. Je te crois capable de tout. Je te trouve formidable.

Avec sa prononciation anglaise, cette déclaration sonne bizarre. Mais bon, je lui pardonne. Je lui pardonne tout.

— Merci, Andy, je réponds en souriant.

Je me suis peut-être trompée sur son compte. Pas pour ce qui concerne notre incompatibilité cependant. N'empêche, si ça se trouve, il n'est pas aussi nul que ça. Avec un peu de chances, même si nous ne pouvons être amants, nous resterons bons amis...

— Pardon ? lance quelqu'un.

Qui, ce coup-ci, n'est pas une matrone de la bonne société de Houston venue me demander comment j'ai réussi à détacher une robe vieille de cinquante ans. C'est Luke.

Et il a l'air drôlement furibond.

— Oh, Luke, salut...

— C'est vrai ? me coupe-t-il, agressif, en désignant Andy du pouce. C'est bien lui ?

Je ne comprends pas ce qu'il a. Luke, d'ordinaire si aimable avec tout le monde.

Enfin, sauf avec moi. Mais j'imagine que je le mérite.

— Euh... je marmonne en me dandinant, gênée. Oui. Luke, je te présente Andy Marshall. Andy, voici...

Hélas, je ne termine pas ma phrase, parce que Luke ne m'en laisse pas le temps. En effet, il recule le bras et expédie son poing au beau milieu de la figure d'Andy.

Anarchie ! Tel fut le cri de ralliement des punks dans les années 1980. Leur style postapocalyptique n'avait cependant rien d'anarchique. Le mouvement punk et le souci du bien-être physique, tendance balbutiante à l'époque qui ne cessera de se développer jusqu'à nos jours, eurent une influence durable tant sur la haute couture que sur les habitudes vestimentaires de la rue – c'est à eux que nous devons les incontournables actuels que sont les bottes de moto et les pantalons de yoga.

Histoire de la mode (mémoire de maîtrise),
Élizabeth Nichols.

26

Le silence est la plus intolérable des réponses.
Mason Cooley (1927-2002), professeur de littérature amé-
ricain réputé pour ses aphorismes.

— Il a voulu me tuer ! ne cesse de répéter Andy.

Ses paroles sont toutefois assez peu compréhensibles derrière la serviette remplie de glace que Mme Laurent applique sur ses lèvres.

— Mais non, répond Chaz d'une voix lasse. Arrête de te comporter comme un bébé, pauvre naze.

— Va te faire mettre, réplique Andy, assis sur la table de la cuisine. J'aimerais voir ta réaction si on t'en collait une en pleine tronche.

Inquiète, je demande à Chaz où est Luke.

— Aucune idée, me répond-il.

C'est Chaz qui est intervenu et a séparé les pugilistes. Façon de parler, vu que seul Luke a frappé, avant de reculer en secouant la main. Apparemment il s'est blessé sur une des dents d'Andy. Ce dernier se plaint d'ailleurs qu'elle est déchaussée. Chaz, qui était venu féliciter Shari pour s'être ridiculisée sur scène, a réussi à empêcher Andy de riposter à l'attaque de Luke rien qu'en posant une main sur son épaule. Il semble qu'Andy soit plus du genre amant que combattant. Même s'il n'a pas l'air de s'en douter.

— Il m'a attaqué sans raison aucune ! gémit-il. Je faisais rien à Liz. On bavardait, c'est tout.

— Lizzie, pas Liz, le corrige Shari sur un ton ennuyé.

Appuyée contre l'évier, elle tâche d'éviter les serveurs qui vont et viennent avec le premier plat – du saumon – tout en nous jetant des regards courroucés, cependant que, de son côté, le chef essaye de progresser dans la préparation du deuxième plat – du foie gras.

— C'est pareil, élude Andy. Quand je retrouverai ce salaud, je vais lui flanquer une de ces trempes.

— Tu ne flanqueras de trempe à personne, objecte fermement Chaz. Parce que tu t'en vas. Il y a un train pour Paris à quinze heures, et je veillerai à ce que tu le prennes. Tu nous as déjà assez causé d'ennuis comme ça pour aujourd'hui, mon vieux.

— J'ai rien fait ! répète Andy, outré. C'est la faute de ce cinglé de Français.

— Il n'est pas français, marmonne Shari en examinant ses ongles.

— Écoute, Lizzie, reprend Andy de derrière sa serviette, je suis désolé de mettre ça sur le tapis maintenant, mais je me demandais... pour l'argent.

— Pardon ?

— Ben oui, quoi, l'argent que tu as promis de m'avancer pour mon inscription en fac. J'en ai vraiment besoin, Liz.

— Oh non ! s'exclame Shari. Ne me dites pas qu'il...

— La ferme, je réplique. Je m'en occupe.

Car j'en suis capable. Je reconnais que je n'ai jamais cru qu'il avait parcouru tout ce chemin juste pour essayer de se rabibocher avec moi. En revanche, et très sincèrement, je n'avais pas pensé non plus qu'il avait juste été poussé par le fric.

— Andy, je reprends, tu es venu jusqu'ici pour me prier de te prêter cinq cents dollars ?

— Tu as dit que tu me les donnerais, réplique le bêta. Mais bon, un prêt, c'est mieux que rien. Ça m'embête de te les demander, sauf que, en un sens, tu me dois bien ça. Après tout, je t'ai accueillie chez moi, il y a eu l'essence que mon père a mis dans la voiture pour aller te récupérer à Heathrow, et...

— Je peux le frapper ? me supplie Chaz. S'il te plaît, Lizzie ?

— Non.

Mon expression ne doit laisser à Andy aucun doute sur mon intention de ne pas lui filer le pognon, car il a perdu son air de chien battu. Il a même fermé les yeux. Shari pousse une exclamation étouffée.

— Omondieu ! Tu pleures, Andy ?

La réponse est évidente quand il reprend la parole.

— Es-tu en t-train de m'annoncer q-que je me suis t-traîné jusqu'ici et que j'aurai pas un r-rond au bout du c- compte ?

Je suis sous le choc. Il chiale. Pour de bon. Luke a dû être plus brutal que je le pensais.

— T'as seulement dit que tu pouvais pas en parler au téléphone, sanglote-t-il. T'as jamais...

— Andy, j'explique dans un murmure, hébétée, nous avons rompu. Qu'espérais-tu ?

— Mais tu comprends pas ? beugle-t-il. Si je rembourse pas ces mecs, ils vont... me casser les jambes.

Je tressaille.

— Le bureau des inscriptions compte te briser les jambes ?

— Non, frissonne-t-il. J'ai... j'ai pas été tout à fait réglo avec toi. Ce sont les types du poker à qui je dois du fric. Ils veulent leur oseille, et ils rigolent pas. Je peux pas en parler à mes parents... ils me ficheraient dehors. Et mes copains sont fauchés eux aussi. Je te jure, Lizzie... tu étais mon dernier espoir.

Je le contemple, tandis que les mots se frayent lentement un chemin dans mon esprit. Puis je jette un coup d'œil à Chaz et Shari, qui me regardent, Chaz avec un petit sourire, Shari avec un air qui laisse clairement entendre : « Ne cède pas. Tiens bon, cette fois, Nichols. »

— Oh, Andy ! Je suis désolée, lui dis-je tout en lui tapotant l'épaule.

Quand je songe que j'ai aimée cette épaule, ça me scie. Et me scie aussi qu'il me prenne pour une telle andouille. Il pense vraiment que je suis poire au point de lui refiler de l'argent ?

— En tout cas, tu n'auras pas tout perdu. Si ça te tente, il y aura bien une part du gâteau de mariage pour toi. Salut.

Et je me glisse dehors par la porte de derrière, où Patapouf et Minouche attendent patiemment quelques délicats reliefs.

— Andy mon garçon (c'est Chaz que j'entends parler), j'ai l'esprit ouvert. Et je suis plein aux as. Alors, parlons affaires. Qu'as-tu à proposer en guise de caution ? Ce blouson, là, il vaudrait quelque chose, par hasard ?

Agnès est adossée à la Mercedes. En me voyant, elle paraît soudain ravie, prête à recevoir tout commérage qui se pointerait de son côté. La bagarre entre Luke et Andy est sans doute la chose la plus excitante qui se soit produite à Mirac depuis longtemps. Elle aura des tas de trucs à raconter à ses copines, à la rentrée.

— L'Anglais a-t-il besoin d'être transporté à l'hôpital ? me demande-t-elle joyeusement. Parce que je peux appeler mon père. Il se chargera volontiers de ton ami.

— Ce n'est pas mon ami. Et l'hôpital ne sera pas nécessaire. Chaz s'occupe de l'emmener à la gare et, avec un peu de chance, nous ne le reverrons plus jamais.

— Oh ! marmonne la gamine, vaguement déçue. J'attendais plus de cette dispute.

— À mon avis, ça suffira pour aujourd'hui. À propos, as-tu aperçu Luke ?

— Oh oui ! Il est parti en direction des vignes. Je crois qu'il est dans le chai.

— Merci.

Sur ce, je contourne la maison pour gagner la pelouse. Le déjeuner bat son plein, et tout va bien maintenant que Satan's Shadow a pigé comment jouer les reprises. Sur scène, une des filles de la sororité de Vicky s'égosille sur Alanis Morissette. Pas vraiment du matériau de mariage, mais tout le monde est apparemment trop ivre pour s'en rendre compte. La plupart des invités n'ont d'ailleurs même pas eu écho de la bagarre. Seules quelques personnes qui étaient dans les parages ont vu quelque chose, mais la rapide intervention de Chaz les a privées de l'espoir d'un bon pugilat, si bien qu'elles se sont de nouveau intéressées à ce qui se déroulait sur l'estrade.

Si ces gens n'ont guère idée de ce qui a eu lieu, ils ont l'air en revanche très au courant de qui je suis. Il fallait sans doute que je m'y attende après m'être complètement ridiculisée devant ces deux cents étrangers. Maintenant, ils ont l'impression que je suis leur meilleure copine. Ou alors, le mot s'est répandu sur les prouesses que j'ai réalisées grâce à la crème de tartre, car chaque femme présente a une question à me poser sur une vieille robe de mariage qu'elle possède – comment se débarrasser de telle ou telle tache, comment insérer des soufflets dans une manche, comment la restaurer sans abîmer le tissu, comment même dénicher une robe vintage. Je réponds du mieux que je peux avant de finalement atteindre la cave, un bâtiment aux murs épais aussi vieux que la maison. Je pousse les lourdes portes en chêne, entre.

À l'intérieur, le silence évoque celui d'un mausolée. Même si, contrairement à un mausolée, des rais de lumière dorée filtrent à travers les fenêtres à meneaux. On ne distingue ni la musique – qui s'entend pourtant dans toute la vallée, j'en suis sûre – ni les bavardages de la noce. Le long des parois sont alignés de hauts fûts, dont le père de Luke a insisté pour que j'en goûte le contenu pendant ma visite. Les verres que nous avons utilisés alors, ainsi que ceux des invités ayant eu la curiosité de s'intéresser à la production de M. de Villiers, s'empilent près d'un évier en pierre, à l'autre bout de la pièce.

L'évier où Luke se tient, faisant couler de l'eau sur sa main.

Il ne m'entend pas arriver. Ou du moins, il ne réagit pas. Il me tourne le dos, tête penchée. Il a dû se faire vraiment mal en frappant Andy. Ce qui explique pourquoi j'oublie toutes mes craintes de lui reparler après mes vilaines accusations de la veille et me précipite vers lui.

— Laisse-moi voir ça, lui dis-je.

Il sursaute.

— Nom d'un chien ! s'exclame-t-il. On s'amuse à effrayer les garçons ?

Je retire sa main de sous le filet d'eau. Les jointures en sont enflées, même si la peau n'est pas entamée.

— Tu as de la chance. Il prétend que sa dent est déchaussée. Tu aurais pu te couper.

— Je sais, répond Luke en fermant l'eau de sa main gauche. J'aurais mieux fait de viser son nez plutôt que sa bouche.

— Tu aurais mieux fait de ne rien viser du tout, je rétorque en le lâchant. Je contrôlais parfaitement la situation.

Il ne proteste pas, s'essuie à un torchon accroché au mur.

— Oui, admet-il, penaud. Je ne comprends pas ce qui m'a pris. Qu'il ait osé se pointer ici... quel culot ! Sauf si...

Je le dévisage. Je ne peux m'empêcher de remarquer à quel point ses boucles ont l'air épaisses et noires dans la pénombre de l'endroit.

— Sauf si quoi ?

— Sauf si tu lui as demandé de venir, termine-t-il sans me regarder dans les yeux.

— QUOI ? Tu rigoles ? Tu penses vraiment que...

— Je n'en sais rien, soupire-t-il en reposant le torchon.

— Je croyais pourtant avoir été assez claire dans le train ! Andy et moi avons rompu. Il ne m'a poursuivie que parce qu'il comptait sur moi pour le sortir du pétrin dans lequel il s'est fourré.

— Et... tu l'as fait ? demande-t-il, ses prunelles sombres fixées sur moi.

— Non. Chaz semble avoir pris les choses en main.

— Ça lui ressemble, sourit-il.

Je suis obligée de détourner la tête. Ces beaux sourires provoquent trop d'émotions en moi. Puis je me rappelle que je suis venue ici pour lui dire quelque chose de précis. Prise d'une soudaine timidité, je me lance, le regard posé sur mes orteils vernis.

— Je suis désolée pour hier soir, réussis-je à marmonner. J'aurais dû me douter que tu n'avais pas parlé à Shari. Au sujet de ma maîtrise. Je me suis comportée comme une imbécile.

Comme il ne bronche pas, je lève les yeux, histoire de vérifier qu'il m'a bien entendue. Il m'observe avec une expression indéfinissable, à mi-chemin entre le sourire et le froncement de sourcils. Me hait-il ? Ou, au contraire et en dépit de ma bouche qui ne cesse de proférer des âneries, m'aime-t-il bien ? Mon cœur bat si fort que je suis persuadée qu'il le perçoit à travers la soie de ma robe, et je baisse une nouvelle fois les yeux, sur ses pieds cette fois et non plus les miens, ce que je regrette aussitôt en voyant les chaussures à trous-trous. Ce que c'est SEXY !

— Je m'excuse aussi d'avoir raconté à ta mère que tu avais été accepté à l'université de New York. Et d'avoir craché le morceau à propos des plans de Dominique pour transformer le château. Je t'assure que je voulais juste suggérer d'autres alternatives que la maison de repos pour richards. Comme louer Mirac à des familles aisées ou... Franchement, j'essayais de rendre service...

— Je te signale que j'ai réussi à me passer plutôt bien de tes services ces vingt-cinq dernières années, rétorque-t-il.

Ouille.

— Ce qui explique sûrement pourquoi tu as une carrière, une vie et une copine aussi satisfaisantes, ne puis-je m'empêcher de riposter, piquée au vif. Je te signale que, sans moi, Vicky ne serait pas aussi jolie dans sa robe, tes parents ne sembleraient pas avoir signé une trêve, et personne n'aurait l'air de tellement s'amuser...

Je m'interromps en constatant qu'il sourit.

— C'était une blague, se défend-il. Rien qu'une blague. Je t'ai déjà dit que j'étais nul en blagues.

Et là, il m'attire à lui et se met à m'embrasser.

Vous parlez d'un choc ! Je ne comprends pas ce qui se passe. Enfin, si... sauf que ça n'a aucun sens. Luke de Villiers m'embrasse. Les bras de Luke de Villiers sont enroulés autour de moi et me serrent avec une telle force que je sens son cœur battre aussi fort que le mien. Les lèvres de Luke de Villiers déposent une pluie de baisers légers comme des plumes sur ma bouche.

Puis voilà que celle-ci s'entrouvre, cédant à l'assaut de la sienne. Son baiser est long, passionné, délicieux, je m'accroche à lui parce que mes genoux ne me soutiennent plus, et seuls ses bras me retiennent. Sa langue explore l'intérieur de ma bouche comme s'il n'arrivait pas à se rassasier de moi, je devine quelque chose de dur sous le tissu de son pantalon. Sa main, celle avec laquelle il a frappé Andy, entoure mon sein sous la soie de ma robe, et je voudrais qu'il le caresse encore plus fort, et un son m'échappe...

— Merde, Lizzie, lâche-t-il d'une voix qui ne ressemble pas du tout à la sienne.

La seconde qui suit, il me soulève et m'installe sur le fût le plus proche, mes jambes s'ouvrent de leur plein gré sans que j'y sois pour rien, et il se positionne entre elles. Le devant de ma robe est également dégrafé, et je ne vois pas du tout comment Luke s'y est pris, parce que les attaches sont censées être astucieusement dissimulées, et ses doigts se promènent sur ma poitrine nue que chauffent les rayons de soleil passant à travers les carreaux. Je ne peux m'arrêter de l'embrasser, de fourrager dans ses cheveux noirs et épais quand sa bouche se met à descendre de mon cou à mes seins, enflammant ma peau. Là où le soleil m'effleure, ses lèvres m'embrassent.

— Bon sang, Lizzie, marmonne-t-il soudain, mais tu n'as pas de culotte !

— Je sais. Je ne voulais pas qu'elle fasse des marques sous ma robe.

Il pose sa bouche là également.

Perchée sur ma barrique, j'ai l'impression que le soleil me transperce de toutes parts, mais c'est bon, et je baisse mes yeux à demi-fermés et je songe que c'est drôlement bizarre, la tête de Luke de Villiers fourrée entre mes cuisses, bizarre mais bon aussi, et après je ne songe plus a rien si ce n'est au soleil qui semble d'ailleurs s'être transformé en supernova, là, en plein dans le chai de M. de Villiers.

Puis Luke se redresse, passe un bras autour de ma taille, me rapproche contre lui, et j'enroule mes jambes autour de ses reins, et mes doigts caressent son torse velu. Puis il est en moi, dur et imposant, et nous bougeons au même rythme, lui s'enfonçant de plus en plus en moi, et moi essayant de me serrer toujours plus contre lui, et il embrasse mon cou et mes épaules là où les rais de lumière tombent et, tout à coup, le soleil me submerge, c'est comme si j'étais engloutie sous des millions de gouttes dorées, et je hurle combien c'est bon, et lui aussi.

Et alors, tandis que, debout, il me tient toute suante contre lui qui halète dans mes cheveux, je me rends compte que nous venons de nous envoyer en l'air dans une cave à vins.

Et que c'était génial. Je n'ai même pas eu à me soucier de mon propre pied ! Luke s'est totalement chargé du bon temps que je prenais. Deux fois, même.

— Ai-je mentionné que je pense être amoureux de toi ? lâche-t-il quand il a repris son souffle.

Je rigole. C'est plus fort que moi.

— Ai-je mentionné que c'est réciproque ?

— Ouf !

Nous ne bougeons pas. Il est agréable de rester ainsi.

— Il faut probablement que je t'avertisse, reprend-il ensuite, que j'ai décidé de suivre ces cours de rattrapage à New York.

Voit-il mon cœur tressauter dans ma poitrine ?

— Vraiment ? dis-je en m'efforçant de paraître décontractée. C'est amusant, parce que figure-toi que je m'installe à New York.

— Quelle coïncidence ! rigole-t-il en appuyant son front contre le mien.

Un peu plus tard, nous nous glissons hors de la cave, main dans la main, juste à temps pour assister au découpage du gâteau par les jeunes mariés. Agnès est la première à nous repérer et arrive au galop, chargée d'un plateau de flûtes. Nous nous servons puis, côte à côte, observons Vicky et Craig se donner mutuellement un bout de gâteau.

— Pourvu qu'ils fassent ça délicatement, je murmure

à l'oreille de Luke. J'ai horreur de ceux qui se fourrent de gros morceaux dans la bouche

— En plus, après, tu seras obligée de retirer les taches de chocolat de sa robe, ricane Luke.

— Ne m'en parle pas.

Rien qu'à l'idée, je frissonne.

— Salut, vous deux ! nous lance Shari, accompagnée de Chaz. Où étiez-vous passés ?

— Nulle part, je réponds en rougissant jusqu'à la racine des cheveux.

— À d'autres ! se marre Shari. Des nulle part comme ça, j'y suis allée moi aussi.

— Mais qu'est-ce que vous racontez ? s'interroge Chaz, paumé. Tu n'as pas bougé d'ici, Shari ! C'est moi qui me suis appuyé de ramener le connard à la gare. À propos, Lizzie, j'ai décidé que, dorénavant, tous tes petits amis devront recevoir mon aval. Tu n'es pas digne de confiance quand il s'agit de les choisir toute seule.

— Ah bon ? je rigole en échangeant un regard amusé avec Luke, qui m'enlace.

— Hé, que se passe-t-il ? s'exclame Chaz en remarquant le geste.

— Je t'expliquerai un jour, chéri, intervient Shari en lui tapotant le bras.

— Personne ne me dit jamais rien, boude-t-il.

— Parce qu'il faut remonter droit à la source d'information, explique Shari.

— Laquelle ?

— Radio Lizzie.

C'est là qu'une Ginny Thibodaux passablement éméchée se rue sur moi et plante un baiser sur ma joue.

— Lizzie ! s'écrie-t-elle. Je vous ai cherchée partout. Je voulais vous remercier de ce que vous avez fait pour ma Vicky. Cette robe... est somptueuse ! Savez-vous que vous nous avez sauvé la vie ? Vous êtes extraordinaire. Il faut absolument que vous lanciez votre propre affaire !

— Pourquoi pas ? je réponds en souriant.

En conclusion, contentons-nous d'espérer avoir démontré ici le rôle fondamental qu'a joué la mode dans l'Histoire et le développement de l'humanité. Des peaux de bêtes – destinées à protéger du froid les hommes des cavernes rassemblés autour d'un feu – aux chaussures signées Prada – dont le cachet et la beauté ont la préférence des femmes d'affaires modernes à l'occasion d'un cocktail –, la mode s'est imposée, au cours des siècles, comme l'une des avancées les plus significatives et les plus passionnantes de l'homme – et de la femme.

L'auteur du présent ouvrage attend avec impatience de voir quelles surprises et innovations lui réserve le monde de la couture dans les années à venir.

Histoire de la mode (mémoire de maîtrise),
Élizabeth Nichols.

Composition JOUVE - 62300 Lens
N° 1156364g

Impression réalisée sur CAMERON par
BRODARD ET TAUPIN
La Flèche
en février 2007

Dépôt légal Imprimeur : 39535 - Éditeur : 81573
20.16.1323.3 / 01 - ISBN : 978 - 2 - 0120 - 1323 - 0
Loi n° 49-956 du 16 juillet 1949 sur les publications destinées à la jeunesse.
Dépôt légal : mars 2007.